O RIO
ENTRE
NÓS

O rio entre nós
© Thiago Zanon, 2022
© Quixote+Do Editoras Associadas, 2022

CONSELHO EDITORIAL	Alencar Fráguas Perdigão
	Cláudia Masini
EDITORA RESPONSÁVEL	Luciana Tanure
EDITOR	João Camilo de Oliveira Torres
GERENTE FINANCEIRO	Sofia Rossi
TECNOLOGIA DE INFORMAÇÃO	Alessandro Guerra
REVISÃO	Shirley Maria
PROJETO GRÁFICO	Daniella Domingues

CATALOGAÇÃO NA PUBLICAÇÃO (CIP)
Bibliotecária Janaina Ramos – CRB-8/9166

Z33   Zanon, Thiago
         O rio entre nós / Thiago Zanon. — Belo Horizonte: Quixote+DO, 2022. 272 p.; 14,8 X 21 cm

         ISBN 978-65-86942-79-8

         1. Romance. 2. Literatura brasileira. I. Zanon, Thiago. II. Título.

                                                    CDD 869.93

Índice para catálogo sistemático
I. Romance : Literatura brasileira

Rua Alagoas, 1.270 Sala 304
Savassi, Belo Horizonte/MG
CEP 30130 168
editoraquixote@gmail.com
(31) 31411256

Nesta edição, respeitou-se o Acordo Ortográfico da Língua Portuguesa de 1990, que entrou em vigor no Brasil em 2009.

quixote-do.com.br

Thiago Zanon

O RIO ENTRE NÓS

Para quem, nunca presente, nunca ausente.

[...]
Nothing much could happen
Nothing we can't shake
Oh, we're absolute beginners
With nothing much at stake
As long as you're still smiling
There's nothing more I need
I absolutely love you
But we're absolute beginners
But if my love is your love
We are certain to succeed
[...]

(David Bowie)

PARTE 1   **Praga**

1

Nunca escapei das quatro paredes deste quarto, fui sempre prisioneiro aqui. Olho pela janela, o rio ainda corta a cidade ao meio, o vento frio entra, tudo está igual. Frio que em outros tempos me esquentou a pele e me fez sonhar. As pedras da cidade velha estão no mesmo lugar, os cantos escondidos são os mesmos. Volto-me para a cama coberta por papéis. Os anos desperdiçados estão deitados em nossa cama, minha e dele. Na parede um quadro é a testemunha absoluta dos meus enganos. Fecho os olhos, a única imagem que me surge é aquele rosto branco, firme, meu.

Eu o vi pela primeira vez há vinte e cinco anos, num supermercado desta cidade então estranha. De longe, ele me prendeu na mira dos seus olhos, incisivos, em resposta ao meu sorriso. Por instantes, e não sei quanto, estive ali em estúpida perplexidade. Segundos de contato entre a ausência de palavras e a sequência delas, improvisadas. Segundos de surpresa, os inesquecíveis, cujas marcas ainda carrego. Naqueles dias eu tinha o rosto de um anjo e um corpo ágil, volúpia e vontades. Era um tempo de possibilidades e a vida brotava pelas mãos. Um tempo em que tudo me era possível, queria tudo, o tempo todo. Sentia minhas paixões voarem descontroladas, como um redemoinho muito intenso que me levava para todos os lados e para todas as pessoas.

A aventura na qual me lancei, os riscos assumidos, as decisões sabidamente equivocadas que tomei. Do que abri mão e do que não abri, do que ganhei ou deixei de ganhar. Sobre isso é toda minha memória, segundos que duram para sempre.

Desci do trem na estação central de Praga no dia 3 de abril de 1994, eu completava vinte e sete anos. Fiquei procurando as casas rosas, alguém havia me dito que Praga era rosa, mas não via nada assim. Desci do vagão com minha mochila, minha única posse naquela viagem, leve a ponto de não atrapalhar a liberdade do meu caminho.

Não vendo o rosa, saí da estação e me deparei com um vasto gramado. O ponto de ônibus ficava no final, à direita, na *Bolzanova*. Segui inseguro, embora não devesse: aquela era nossa quinta ou sexta parada, dependendo de como se conta. "Nossa", eu digo, porque viajava com Fabrício, meu amigo e colega da faculdade. Havíamos acabado o segundo ano de residência em clínica médica e, antes de partir para a próxima fase, decidimos passar esses meses na Europa. Quantos? Não sabíamos, naquele momento já se iam três. Fabrício e eu tínhamos nos separado em Berlim, pois ele quis passar mais alguns dias com uma menina que conheceu. Ela havia prometido mostrar ao meu amigo umas exposições incríveis, ele fingiu interesse, eu fingi acreditar, e assim tomamos rumos distintos. Após alguns dias em Munique, parti para Praga, onde deveríamos nos encontrar no apartamento alugado para aquela semana. Um país há pouco reaberto para o mundo.

Parado no ponto, vi quando o ônibus se aproximou. Não reconheci a marca, pensei ser uma dessas heranças comunistas, Lada ou coisa assim. Era bem velho e soltava uma fumaça escura; acenei e entrei. Nosso apartamento ficava em *Malá Straná*, a cidade pequena, aquela parte a oeste do rio Moldava. A estação fica numa área mais nova da cidade e o ônibus percorria avenidas mais largas do que as vielas que eu queria ver. Aquela avenida provavelmente fora menos retilínea do que eu via. Ansiava pelas vielas e becos da cidade velha e do bairro judeu. Lugares de duelos travados, amores jurados, esquecidos, traídos. Promessas feitas, golpes planejados. Algo tão antigo quanto a humanidade, cada beco de uma cidade antiga esconde suas histórias. A *Narodni* me pareceu muito reta para ser original, como numa Paris *haussmannizada* pelas mãos de um Napoleão qualquer, tão nocivo para a história quanto cafona.

O ônibus chegou ao meu ponto, já quase junto ao rio. Desci e fui surpreendido por uma Praga diferente. A retidão da avenida deu lugar a um rio azul-escuro, com balaústres de pedra nas margens e, a minha direita, a *Staré Město*, a cidade velha, com os fantasmas que eu sonhava. Olhando para frente e além do rio estava *Malá Straná*, a cidade pequena. Se eu olhasse para o alto, à direita, veria o Castelo de Praga e, logo abaixo, a Ponte Charles. O livrinho do *Lonely Planet* começava a tomar forma em frente aos meus olhos. Não havia rosa, os telhados eram alaranjados; o bosque logo abaixo do castelo, verde; o rio corria azul com suas ondas brancas, fazendo o barulho que os rios fazem, com pressa de encontrar outro rio.

Havia pessoas nas ruas, alguns turistas, claramente, como eu. Uns, como eu me sentia, maravilhados, outros com pressa de dar um *click* e seguir adiante. Meu amigo e eu havíamos combinado de fazer essa viagem com calma, tínhamos todo o tempo do mundo. Seria pelo menos uma semana em cada lugar que queríamos ver, e os planos poderiam ser mudados a qualquer momento. Ele era a companhia de viagem ideal, embora nossos gostos não fossem sempre os mesmos. Fabrício era, ainda é, mais prático, menos romântico. Houve uma ou outra vez que ele me irritou, quando queria ir a mais bares que conhecer outros lugares: ele queria viver a cidade de hoje, como me disse. Os museus, ele podia ver em livros. Esse argumento não me convencia, claro, ele queria era arrumar romances, ou "pegar mulheres", como ele falaria naquela época.

Eu também, naquela época, não diria "arrumar um romance", mais provável que eu dissesse "dar uma".

Falando em "dar uma", eu não tinha dado nenhuma ainda naquela viagem. Quase aconteceu, dei uns beijos num menino em Madrid, mas, no fim, não quis continuar. Depois teve uma paquera mais intensa em Bruxelas, igualmente desimportante.

Duas meninas me pediram que tirasse uma foto delas, na ponte, com o castelo ao fundo. Perguntaram depois se poderiam tirar uma foto minha. *All right*, respondi, não sabendo muito bem o porquê. Fizemos a foto e eu segui meu rumo ouvindo as meninas darem suas risadinhas enquanto se afastavam. Eu também sorri.

Plaska era meu endereço, uma pequena rua lateral entre o rio e o monte, onde, mais à frente, está o castelo. Fui seguindo o mapa, olhando ora para o pequeno desenho que tinha em mãos, ora para o chão de pedras e, ainda, para a frente para não trombar em nada. Achei a rua e, logo, nosso prédio, que devia ser uma construção de 1800 e alguma coisa, a fachada toda em pedra, três andares com janelas verdes nas laterais, uma varanda ao meio sob a qual estava a sisuda porta de madeira também pintada de verde. Fabrício já devia estar lá, tentei hesitante abrir a porta, receando que estivesse trancada e eu precisasse gritar por ele, mas não estava. No *hall*, uma escada de madeira levava ao segundo andar, onde nos hospedaríamos. A porta do apartamento, novamente verde, essa sim, estava trancada. Bati algumas vezes até que Fabrício aparecesse e me saudasse com a alegria de sempre e seu indefectível sotaque de Recife.

"Por que demoraste tanto? Aposto que vieste olhando tudo, viajando e tal, tô certo?"

"Tá certo sim, Fabrício". Era bom revê-lo.

O apartamento era espaçoso, talvez em 1800 não houvesse tantas restrições no mercado imobiliário e as pessoas fizessem como queriam. Havia um *hall* de entrada de onde se abriam dois grandes arcos, um para a sala de estar, com a pequena varanda que se via do lado de fora, e o outro para a cozinha. A sala era mobiliada com móveis que eu não teria comprado, um sofá de veludo azul e duas poltronas, também de veludo, que eu não soube dizer se eram vermelhas ou laranjas. Estranha combinação. A luz entrava pela porta da varanda e iluminava o cômodo completamente, convidando um inoportuno vento que saía pelo outro lado da casa, e havia uma lareira. A cozinha tinha azulejos brancos revestindo do piso até o meio da parede, uma janela por onde se via o rio, um fogão de ferro (do qual eu gostei), uma geladeira *General Electric* dos anos 60 e uma mesa de madeira com quatro cadeiras. Um dos quartos tinha passagem pela sala, o outro pela cozinha. O único banheiro também dava para a cozinha. Era grande, com uma banheira antiga.

Fabrício me indicou o meu quarto, aquele da cozinha, claro, ele chegou primeiro. Era pequeno, uma cama de solteiro, um guarda-roupa e uma escrivaninha ao lado da cama. Abri a janela, os fundos do apartamento tinham a vista do rio que se alongava saltitante até onde eu podia ver. Entre nosso prédio e o rio, apenas casas térreas que não atrapalhavam minha contemplação solitária da primavera naquela cidade, da qual eu começava a gostar.

"Alexandre, Alê, vem aqui", ouvi Fabrício chamando. Estava acabando de separar as roupas sujas que deveriam ir para a lavanderia. Aliás, precisamos dividir as tarefas, um iria atrás da lavanderia e o outro, ao supermercado.

"Indo", gritei.

Fabrício estava parado em frente à lareira segurando um bolo de aniversário com as velas 2 e 7, um chapeuzinho de papel, e, assim que me viu, apertou o play num antigo três em um: a sala se inundou com o perfunctório, porém, indelével, "Parabéns da

Xuxa". Dei risada vendo aquele homenzarrão de um metro e noventa cantar "parabéns, parabéns, hoje é o seu dia, que dia mais feliz!".

"Que besta! Só você, Fabrício". Caí na gargalhada enquanto ele tirava um apito de algum lugar e contribuía com a melodia já por si extasiante de parabéns. Depois me disse que não achou língua de sogra no mercado, mas comprou vinho.

"Feliz aniversário, amigão! Pensou que eu ia esquecer? Hoje a gente vai comemorar até o sol nascer! Prepara!"

Fiquei emocionado e nos abraçamos. Ele devia ter trazido a fita do Brasil e planejado aquele momento. Tínhamos nos conhecido ainda nos trotes, ficamos amigos de cara. No começo da faculdade, nos primeiros anos, eu bebia muito. Talvez fosse pela pressão de estar na Medicina, talvez pelos meus pais, talvez porque eu fosse bem bobo. E o Fabrício me ajudava, me tirava das ciladas nas festas ou quando a gente saía para os bares ali de Pinheiros e eu queria tomar todas.

Numa dessas saídas depois de passar vinte e quatro horas na faculdade, ainda no primeiro ano, fomos com alguns colegas num boteco de mesinha de plástico e copo americano. Lembro que depois de algumas horas, já bem alto, encostei Fabrício na parede e coloquei minha boca na dele, tentando um beijo. Ele me segurou pelos ombros e me afastou, deu uma daquelas gargalhadas e ficou me olhando.

"Mermão, tá louco, o que foi isso?"

"Hã?" Pálido e sem condições nem de ficar sem graça, dei risada, e, colocando o dedo em frente aos lábios, fiz *shhh*. Demos muita risada e, assim, eu saí do armário para ele. Levando um fora.

"Amei a festa surpresa, mas esse bolo tá uma merda".

"Tá, né?" Ele riu. "Custava fazer aniversário em Paris ou em Roma? Aqui não tem essas coisas não. Nem sei se tem comida típica, deve ter uns ensopados e tá visto. Bolo que nem em casa, não achei."

"Escuta, então você já foi ao supermercado? Eu vou na lavanderia."

Fabrício levou a mão à testa como quem diz *putz!* Ele havia comprado o bolo, mas não pegou mais nada.

"Mas vá tu, eu vou na lavanderia. Você não vai saber lavar a roupa, dá aqui a sua."

2

O caminho para o supermercado, pela *Uzejd*, passa ao lado do parque e ao sopé da colina onde está o castelo. Tive vontade de subir e ver tudo naquela hora mesmo, mas resolvi deixar para o dia seguinte. A rua estava movimentada, vários restaurantes e bares, as pessoas fora de casa. Vi uma mãe trazendo duas crianças pelas mãos, tentando equilibrar a bolsa enquanto falava aquele idioma incompreensível; garçons parados na porta dos bares esperavam os clientes; turistas apressados tentavam enfiar mil anos de História num dia. Entre um devaneio e outro, achei o supermercado numa ruazinha saindo de uma grande praça, de chão de pedras, cercada de prédios antigos com seus telhados alaranjados.

Minha lista não era grande: café, pão, cereais, queijo, salame, frutas e, obviamente, vinho. Cerveja também, já que estávamos em Praga. Os queijos estavam à direita da entrada, e eu queria algo local. Encontrei o *Oloumuc*, que nunca havia ouvido falar, mas que é de uma cidade de mesmo nome, tinha um cheiro forte. Peguei o pão, salsichas checas e fui em direção à barraca das frutas. Andar em supermercados de outros países é sempre uma aventura, um passeio cheio de descobertas, com cores e cheiros diferentes, produtos que nunca havia visto misturados com alguns conhecidos, nomes estranhos e preços numa moeda que deixa difícil saber se as coisas são caras ou baratas. Eu queria laranjas, maçãs e figos, mesmo sem fazer ideia sobre o tipo de fruta que encontraria, embora buscasse mesmo laranjas, minha preferida.

Enquanto meus pensamentos iam das frutas até a roupa limpa que me esperaria em casa, enquanto eu não esperava nada de diferente, enquanto talvez alguém tenha pedido licença em palavras desconhecidas, enquanto eu não pensava... foi então que o vi.

Ele estava do outro lado da banca de frutas, escolhendo... laranjas! Para minha surpresa, a minha fruta. Pegava uma a uma, maiores e mais coloridas que as do Brasil, examinava, colocava de volta, escolhia outra. Havia tanta seriedade naquele processo que poderia ser uma pintura de algum checo obscuro com o título "O homem e as laranjas": ficaria por décadas encalhada no sótão de alguma galeria de Praga, até que alguém a comprasse e colocasse sobre a lareira. Eu quis ter aquela imagem sobre a lareira, sobre o sofá, sobre qualquer coisa perto de mim. Sobre mim.

Teria uns trinta anos, usava uma camiseta branca bem justa de mangas longas. A pele era muito branca, olhos alongados, escuros, os lábios pareciam muito vermelhos, talvez pelo contraste com a pele. Eu estava hipnotizado. Era uma sensação de excitação, mas estranhamente paralisante — entre fugir ou lutar, eu não fazia nada. Ele escolhia suas laranjas, eu permanecia ali. Por acaso ele levantou o olhar e me viu, sorriu, eu sorri de volta. Acho que sorri.

"*Máš rád pomeranče?*"

"Hã?"

"Desculpe", ele disse em inglês, "pensei que você fosse daqui. Gosta de laranjas?"

Eu não sabia como responder, as palavras haviam sumido, as malditas, quando mais se precisa delas. Sorri sem que palavra saísse de mim. Claro que eu gosto de laranjas! Laranja é minha fruta preferida, eu estava pensando nisso agora há pouco. Eu vim aqui comprar essas laranjas! Ele me olhou um tempo com um sorriso curioso, mas desistiu de esperar que eu dissesse algo. Com a sacola cheia das frutas, acenou com dois dedos na testa e seguiu em direção à seção de verduras.

Parado, comecei a mexer nas laranjas, tangerinas, limões. De cabeça baixa, mexia nas frutas de um lado para o outro. Tudo o que eu via era aquela boca vermelha. Quando ele sorria o canto da boca se virava para cima e as covinhas apareciam. Boca vermelha. Pensei nos braços sob a malha fina, pensei no que eu estava fazendo ali, olhando para baixo e agindo como se fosse um menino de treze anos. Acordando, olhei em volta, deixei as laranjas, o queijo e tudo mais na banca, e fui atrás dele. Corri a área das verduras, depois a das carnes, depois todos os cantos daquele mercado. Fui até os caixas, nada, saí para a rua lateral por onde havia entrado e caminhei para a praça. Naquele curto intervalo, ela havia se enchido ainda mais de gente, as luzes da cidade começavam a ser acesas, o pôr do sol estava próximo, o alaranjado mais intenso, a temperatura me parecia maior que a real. Caminhei sem rumo por entre as pessoas procurando pelo estranho. Melhor assim, cheguei a pensar, não saberia o que dizer. Talvez dissesse "quero ficar com você hoje, agora". Ou talvez, "você quer jantar comigo?" Talvez o nome dele, que eu não fazia ideia qual era. Melhor mesmo é ir para casa, tomar banho, vestir minha roupa lavada e sair com Fabrício para comemorar meu aniversário em algum lugar cheio de gente linda. Daí eu poderia passar pela mesma situação de não saber o que dizer para outra pessoa. Nesse divagar, lembrei do meu último romance em São Paulo — o que ele andaria fazendo? Outra coisa na qual seria melhor nem pensar. Era assim comigo, caía de cabeça, tudo era um caso sério, tudo merecia atenção eterna e sofrimento contínuo.

Ao dobrar a esquina que me levaria de volta à *Uzjed* me lembrei "e as compras?". Teria que voltar, ou a única coisa que haveria em casa seria meio pacote de café velho, meio bolo de aniversário excessivamente doce, duas peras murchas e um resto de vinho. Tudo de procedência desconhecida. Conformado e de forma abrupta, dei meia-volta... e parei ao que me pareceram centímetros dele.

"Procurando por mim?", perguntou com o sorriso curioso.

"Voltando ao supermercado, deixei minhas compras para trás." De algum jeito, e graças a Deus, eu saí do estado de antes e retribui o sorriso.

"Posso te oferecer essa laranja?" Mostrou uma das escolhidas, grande e muito alaranjada, como o pôr do sol que me fazia proteger os olhos com a mão.

"Vou aceitar."

"Ótimo, vamos sentar ali na beira do rio, tem vários bancos."

Pouco a pouco, os tons da cidade evoluíam ainda mais intensos. Olhei novamente, tentando ser discreto, para seus braços, o peito, as orelhas, as pernas, o cabelo, aquele jeito de dono da rua, de saber exatamente o que está fazendo, de ter o controle total da situação. Sentamos num banco à margem do rio, a poucos metros do balaústre, o castelo atrás, a cidade velha à frente, o rio.

"Meu nome é Alexandre."

"Alexander, *Alexandria*, nome de tantas cidades. Sebastian. De onde você é?

"São Paulo, no Brasil, sabe?"

"Claro que sei." Olhou-me como se eu tivesse dito algo absurdo.

"Nem todo mundo sabe."

"Quem foi à escola sabe."

Achei pretensioso, pensei até em dizer, mas não era o momento. Eu estava fascinado demais: sentado naquele banco, eu lutava para não falar muita bobagem, para não parecer afobado, para não começar a rir ou a ter espasmos. Essa sensação, tão conhecida, ali me pareceu diferente. Sentimentos que comecei a ter aos treze anos, em minhas viagens ao interior do estado, e nunca passaram ou, ao menos, para pessoas como eu, parecem não passar.

Ele parecia alheio ao meu desconforto. Pegou uma das laranjas e começou a descascar com as mãos, enfiou o polegar na parte superior, perfurando a casca e deixando um pouco do suco escorrer, e começou a puxar a casca, despindo a fruta. Senti minha boca se encher de água, um arrepio me fez tremer. Enquanto ele tirava o restante da casca, olhou para mim e sorriu novamente. Tirou alguns gomos e mordeu um pedaço, mais suco escorreu.

"Você quer?"

Ele levou o mesmo pedaço, já mordido, à minha boca. Recebi a laranja das mãos dele, sem impedir que meus lábios tocassem seu dedo molhado. Ao retirar a mão, lambeu os dedos para enxugar o suco. E eu ali parado.

"O que te traz a Praga, Alexander? Alex, posso te chamar assim?", seu sotaque era leve.

"Vim passar uns meses viajando com um amigo, um pequeno sabático. A gente passou pela Espanha, França, Bélgica, Holanda, Alemanha e agora estamos aqui."

"Legal, e quando voltam ao Brasil?"

"Nossa passagem é para o final da semana, saindo de Paris. A gente comprou assim, mas vamos mudar, adiar mais umas semanas e seguir até a Grécia, acho", logo percebi que a pergunta havia sido bem mais simples que a minha resposta. *Too many words*, eu lembrava da bronca do professor de inglês na escolinha.

"Uau, quanta aventura! Que bacana. Eu queria fazer isso também, sair por aí sem prazo pra voltar. Mas, como sou daqui, escolheria uma coisa mais selvagem, Rússia, China, Japão! Atravessar o mundo pela Transiberiana, me perder por aí!" Ele parecia animado com a perspectiva. Comecei a notá-lo solto, sem fazer pose de dono da bola, da praça, do mundo. Pareceu-me franco e verdadeiro, desarmado. Então, me aventurei por águas não navegadas, sem bússola e de olhos vendados.

"E por que não faz essa viagem pela Transiberiana? Ou você é desses que fala muito no que quer fazer durante o fim de semana e na segunda-feira não fez nada?", haveria algo mais estúpido para eu dizer?

Sebastian olhou para mim e sorriu, o que achei ser deboche.

"Segundas deveriam ser opcionais." E olhou para o rio.

"O quê?" Senti certa mudança de humor e tentei mudar de assunto. "Imagino quantas coisas já não aconteceram nestas águas, hã?"

Ele se virou para mim com um olhar mais sério, as covinhas sumiram. Percebi que meu comentário havia tocado algum ponto sensível.

"Eu trabalho, sustento meu pai doente, não tenho essa possibilidade. Não hoje, quem sabe um dia, não é, Alex? Um dia, eu pego a segunda-feira e faço algo real dela, que não seja levantar e ir trabalhar para pagar contas."

"Desculpe, Sebastian", era a primeira vez que eu pronunciava o nome dele, percebi que me demorava uma fração de segundo a mais no *bas*, "você tem razão, eu também trabalho, mas consegui essa brecha."

"O que você faz?" Fitou-me novamente. Talvez o fato de eu trabalhar nos aproximasse, ele deveria estar pensando que eu era um playboy preguiçoso.

"Eu sou médico."

Soltou uma gargalhada que eu não entendi.

"Sabe o que eu faço? Sou ajudante de cozinha no restaurante do hotel Intercontinental. Acho que nossas perspectivas serão sempre bem diferentes."

Eu não estava entendendo como a conversa havia descambado para nossas profissões, para poder ou não viajar, Transiberiana ou o diabo. Eu queria que ele me desse outra laranja na boca, babada, comida, só isso. Ele estava alterado.

"Mas tudo bem, Alex, tenho que trabalhar, servir o jantar hoje. Você é uma gracinha e tudo, lindos olhos, espero que se divirta em Praga, foi legal te conhecer.", dizendo isso se levantou, limpou as mãos na calça justa e saiu caminhando para a rua, me deixando sem entender nada.

"Sebastian", ainda gritei para ele, "a gente se vê de novo?"

"*Samozřejmě*, por que não? Praga é uma cidade pequena! Não é um mundo tão grande!" E desapareceu na praça lotada. Não pensei em ir atrás dele.

O sol havia se posto, fiquei olhando o rio, agora escuro, sem me preocupar com nada do que pudesse ter acontecido naquelas águas.

3

Vaguei pela margem, buscando o caminho do apartamento. A cidade refletida no rio, como um caminho pontilhado, e eu procurava não pensar no encontro que acabava de ter. Entrei numa pequena loja de conveniência, comprei duas garrafas de vinho e um pouco de queijo.

Chegando ao apartamento, Fabrício quis saber por que eu havia atrasado tanto no supermercado e por que não tinha trazido as coisas que saíra para comprar. Enquanto ele abria a primeira garrafa, busquei uma tábua e uma faca para o queijo. Sentamos à mesa da cozinha e brindamos mais uma vez.

"Deixa ver se eu entendi. Você conheceu o sujeito no supermercado, perdeu, achou de novo, foram comer laranja, ele deu a laranja na sua boca, você se derreteu todo. Daí ele levantou e foi embora, sem mais explicações?"

"Mais ou menos isso. Resumindo, isso aí mesmo."

Olhei para a taça nas mãos, mexendo o líquido para lá e para cá.

"Enfim, foi inquietante. Ele que é bem estranho, muito branco, vai ver nem vivo estava."

Fazer um chiste da situação me ajudava a me afastar dela. Sebastian tinha sido um susto.

"Quais os próximos passos?"

"Não tem próximos passos, não sei o nome todo, o telefone, nada."

"Mas sabe onde ele trabalha."

Era verdade, o hotel, então eu poderia encontrá-lo, se quisesse.

"E hoje, vamos jantar?", perguntei buscando mudar o assunto.

"Não, vamos numa disco que tá rolando aqui, comemorar seu aniversário."

Fabrício já tinha falado desse lugar, eu preferia fazer alguma coisa só nós dois. Mas, estranhamente, me senti desejando sair.

Enchi as taças mais uma vez, erguendo a minha:

"A Praga e seus mistérios, que assombrem a gente!"

"A Praga e à festa de hoje, que faça a gente gozar, isso sim!"

4

O lugar que escolhemos, que Fabrício escolheu, era na outra margem, na *Staré Město*, perto de *Josefov*, o bairro judeu. Não precisei de muita roupa, apenas jeans, uma camiseta e a malha azul com capuz. Saí de casa ainda com o cabelo molhado, maior do que deveria, caía na minha testa, e eu adiava o corte para a próxima cidade, sempre. Fabrício era mais friorento, vestiu um sobretudo. Ainda tive que ouvir que puta não sente frio. O simples fato de vestir roupas lavadas já era um prazer quase como o dedo de Sebastian na minha boca. Precisava parar de lembrar daquilo.

Atravessamos a ponte e seguimos margeando o rio em direção à cidade velha, pequenas ruas, becos, lugares escuros, bares, pessoas, vida. A cidade velha era o que eu achava que Praga toda deveria ser, um labirinto de possibilidades. Havia muita gente na rua, meu olhar vagava sem direção por entre estranhos. Do outro lado estava o castelo iluminado sobre o monte, imponente, como se espera que sejam os castelos. Disse a Fabrício que no dia seguinte iríamos lá.

"Depende do que acontecer hoje", foi a resposta.

Ao dobrarmos uma das pequenas ruas, passamos em frente a um karaokê, cheio de gente desafinada e bêbada. Igual em São Paulo, comentamos.

Chegamos após uma caminhada curta, era uma porta numa rua pequena lotada de gente. À frente, estava uma *hostess* com aquela cara de fome, escolhendo quem entrava. Achei muito *Stu-*

dio 54, não imaginava que ainda existia lugar assim, anos 70 ou 80, muito politicamente incorreto.

Compramos duas cervejas num carrinho de sorvete, enquanto observávamos a multidão. A frente do bar estava cheia de jovens, homens e mulheres, algumas delas muito bonitas. Pareceram mais atraentes do que os rapazes.

Se aquele era o lugar da moda, ele, como um homem da moda, certamente iria. Era para isso que eu estava lá, afinal.

"Bora entrar, Alê, vai na frente e me puxa, para na frente da mulher que ela te põe pra dentro."

Fui cortando pela massa humana, puxando Fabrício pela mão. Conseguimos chegar rente ao cordão, onde dois grandalhões faziam a guarda da moça com a lista. Ela olhava para as pessoas e não expressava prazer ou dor. Um grupo de quatro meninas, todas lindas, ganhou o direito de entrar.

"Foca na mulher, sorria pra ela, sei lá, joga o cabelo, faz cara de fome."

Finalmente ela me viu, eu sorri rapidamente e tombei a cabeça um pouco, tentando parecer confiante. Ela cochichou com um dos grandões, que abriu o cordão e pediu que eu entrasse, puxei Fabrício pela mão. Pronto, estávamos dentro.

O primeiro salão era o do bar, tinha uma forma irregular, as paredes eram revestidas de madeira escura. Tocava *Girls and Boys* do *Blur*, um certo encanto decadente no ar. Havia bastante gente, mas não estava lotado, dava para conversar e andar sem dificuldades. O outro salão era a pista de dança que, naquele momento, não me pareceu tão cheio. Os banheiros eram no subsolo. A decoração em madeira dava um ar sombrio ao lugar, quase como o lusco-fusco dos becos do lado de fora. As pessoas tomavam os onipresentes *negronis* e *dry martinis* e cervejas locais. E *gin*, muito *gin*. Pedimos duas *Primator* para entrar no clima checo.

Eram rostos novos, pessoas de várias idades, mas a maioria entre os vinte e trinta, e eu estava me aproximando dos trinta, em breve esse lugar não seria mais para mim. Ou, então, eu seria como aqueles poucos seres que não se importam com essas convenções e fazem o que querem, vivem como querem até não quererem mais. Talvez eu ainda seja um desses, pensei enquanto continuava olhando os rostos novos, lisos e cheios da graça eslava.

Naquele lugar, lembrei novamente do meu ex, tinha sido um rompimento doloroso para mim. Nos conhecemos no meu terceiro ano da faculdade, ele fazia Direito, e o começo foi um conto de fadas. Ele me chamava de "Pequeno Príncipe" e eu adorava. Depois, acho que... não sei o que eu acho, depois ele cansou e passou a ser como dizem que os homens são, instáveis, e, devo admitir, foram incontáveis noites esperando o telefone tocar. Aí um dia ele me deixou. Era fácil esquecer a parte ruim e só lembrar da boa, por menor que fosse.

E pensar que eu repetiria o erro...

Estava ali com esses pensamentos e Fabrício, ao meu lado, fazendo cara de mau para as meninas, quando alguém parou na minha frente.

"Oi, sou Daniel, e você?"

Olhei para o menino e imaginei quantos anos teria. Dezessete? Dezoito? Treze? Era bonito, o cabelo lhe caía na testa, mas com corte. Uma cara de espertinho. Tinha um jeito infantil e meio andrógino que não me atraiu. Era bonito sim, mas não era para mim. E meu olhar insistia em rodar pelo salão. Não respondi o meu nome e muito prazer, em vez disso, perguntei:

"Você tem idade pra estar aqui?" O rapaz me olhou com cara de espanto. Fabrício, que ouvia tudo, me disse em português: "Não fode". Foi Fabrício mesmo que respondeu ao Daniel:

"Esse é o Alexandre, na verdade ele é muito simpático, só anda ácido. Mas converse um pouco com ele, não ligue muito pro que ele diz, foca mais assim, nele. E com licença que eu vou entrar na pista."

E assim ele me deixou a sós com Daniel que, a essa altura, sorria com ironia, aquele sorriso sem mostrar os dentes, quando apenas a boca mexe.

"Seu amigo está certo, seja gentil comigo, Alexandre."

"Desculpe, você quer uma cerveja, eu já ia pegar outra". Sorri de volta.

"Quero sim, a minha tá acabando, e eu tenho vinte e três anos". Riu mostrando os dentes.

"Um bebê... eu tenho vinte e sete, aliás, faço vinte e sete hoje", não sei por que eu quis contribuir com aquela informação para a conversa. Para ganhar parabéns? Ou para que houvesse conversa?

Daniel me deu parabéns e ficou parado, sorrindo e me olhando. Aquilo estava me incomodando um pouco.

"Eu nunca vi olhos dessa cor, sério!"

Pensei que já bastava de cafonice. Olhei para o menino e sorri de forma condescendente, dando um gole na cerveja.

Queria que aquela conversa acabasse, e poderia ter acabado com ela, mas não o fiz. Fiquei ali, olhando em volta, às vezes para Daniel, fingindo ouvir o que ele dizia, e ele falava muito. Quando acabei minha cerveja, o silêncio finalmente chegou, me obrigando a sair do automático e aceitar que estava conversando com alguém.

Daniel aproveitou o silêncio e passou a mão no meu cabelo, tirando-o do meu rosto. Massageou minha orelha com seu polegar. Eu não me movia, não falava, mas finalmente percebi a pessoa à minha frente. Daniel colocou a cerveja na mesinha onde estávamos apoiados, a mão por dentro da cintura do meu jeans, e com determinação, puxou meu corpo junto ao dele. Eu sentia seus dedos tocando de leve a minha pele por dentro da calça, encostando nos meus pelos. A música, o barulho das pessoas, tudo desapareceu. Lá estava eu, me dando para um outro estranho no mesmo dia. Senti a língua dele na minha boca e quis mais. Conversamos e nos beijamos muitas vezes ali naquele canto do primeiro salão. Fabrício voltou, Fabrício foi, e nós ficamos ali. Passei da cerveja para o *gin*, *gin* tônica, *gin* com *campari*, *gin* com *gin*.

Daniel estava na faculdade, fazia Economia na *London Business School*, gostava de morar na Inglaterra, mas sonhava em voltar para Praga, não sabia ainda para fazer o quê. Combinamos que eu iria com ele para Londres. O *gin* fez a combinação, eu me sentia tonto. Ele trouxe água.

"Vou ao banheiro, me espera aqui?", perguntou.

Respondi que sim, que não tinha outro lugar para ir. Ele foi na direção da escada que levava ao subsolo, e fiquei ali, copo na mão e um sorriso embriagado na face avermelhada, entre arrependido e querendo mais. No meu próprio subsolo.

Provavelmente havia fila, porque ele demorou. Ou minha noção do tempo já estava comprometida. Decidi procurar Fabrício na pista e atravessei a porta giratória que separava os ambientes. Do outro lado a música era bem mais alta, o lugar mais escuro, com luzes brilhantes piscando. Vi Fabrício logo de cara, conversando com duas meninas num canto. Sorri para ele e caminhei em sua direção.

Foi quando *True Faith* começou a tocar, me lembro com perfeição. *I feel so extraordinary, something's got a hold on me.* Foi ao primeiro acorde que eu o vi, parado, conversando com um rapaz de camisa polo. Tinha um copo na mão, e vestia uma camiseta preta, outro contraste com a pele. Dessa vez pude ver seus braços, agora à mostra. Falava alegremente com o outro, passou a mão nos cabelos, curtos, não havia o que arrumar, era uma dança de sedução. A calça, que me pareceu a mesma da tarde, marcava bem suas curvas. Eu me esqueci onde estava, esqueci de Daniel, esqueci que estava meio bêbado. Esqueci tudo. *I don't care if I'm here tomorrow.*

E, então, ele me viu parado ali. Seu semblante mudou: quando virou o rosto, estava rindo da conversa deles e, ao me ver, ficou sério, como alguém pego fazendo algo errado, como se pedisse desculpas. Permaneci onde estava, as luzes da pista de dança se moviam ao ritmo do *New Order*, refletindo em mim e nele, numa dança de imobilidades.

Veio ao meu encontro, já com o sorriso de novo, aquele mesmo sorriso curioso da tarde, e disse ao meu ouvido:

"Eu não disse que era uma cidade pequena? Um mundo pequeno?"

"Pequeno, sim, bom te encontrar de novo, assim por acaso."

"Eu sei, Alex, eu queria ter te dado meu telefone e marcado alguma coisa, mas é complicado pra mim."

Complicado? Como pode ser complicado? Eu via a complicação ali na frente de camisa polo. Não havia motivo para continuar aquela conversa, mas a lembrança úmida da laranja pingando das mãos dele na minha boca era inebriante.

"Difícil explicar, Alex, minha vida não é lá tão simples como você imagina."

Minha mente se contorcia acelerada, como se houvesse qualquer justificativa para eu já estar me sentindo traído: e o de camisa polo?; e o que não é tão simples? Estou nessa cidade por uma semana, não vou casar com você e ser mais um para ser sustentado com seu salário de ajudante de cozinha. Não falei nada disso.

"Tranquilo, Sebastian, não importa, não quero te atrapalhar, tô com uns amigos aqui." Tentei desviar o olhar. Sebastian tocou meu rosto e virou-o novamente, segurou meu queixo, seu polegar a centímetros da minha boca. *I used to think that the day would never come.* Novamente na mesma noite, o tempo parou e tudo estava suspenso. Virei o rosto para não olhar direto para Sebastian, ele reagiu chegando o dedo mais perto da minha boca, eu estava de olhos fechados e queria alcançar aquele dedo, enfiar aquele dedo na boca. Fomos interrompidos.

"Você está aqui. Eu estava te procurando, trouxe seu gin." Era Daniel que nos olhava consternado. "Mas não quero atrapalhar, toma a bebida, legal te conhecer, Alexandre."

O susto me trouxe um instante de sensatez. Não estava certo, comigo ou com Daniel. Afastei-me de Sebastian.

"Talvez você tenha razão, deve ser muito complicado para você."

Ele assentiu.

"Não, Daniel, desculpe, este é Sebastian, um conhecido. Fica aqui comigo."

"Tem certeza? Então vamos voltar pro outro salão?" E lá fomos. Deixei a pista naquela companhia doce, com Sebastian nos olhando. Chegamos ao primeiro salão, e Daniel, ignorando o que havia visto, tratou de emendar outro assunto. Eu virei meu copo de gin de uma vez. *I see delight in the shade of the morning sun.*

"Calma, Alexandre! Assim você vai passar mal."

A verdade é que eu já estava passando mal, de vários males, estava com o estômago revirado, sem equilíbrio e as palavras saíam truncadas. Gente demais, vozes demais, cores demais, Daniel demais. Eu só queria sair correndo, ir a qualquer lugar onde houvesse um canto silencioso para eu me esconder até tudo passar.

"Eu não tô bem, bebi muito. Vou pra casa, pode ser? A gente se fala amanhã?"

Disse que, claro, e ainda deu um beijo que eu não via a hora que acabasse. Trocamos telefone, peguei minha malha na chapelaria e saí pela noite já fria de Praga.

De madrugada, as pessoas não estavam mais lá. O bairro de Josefov era vazio e conversava comigo, dizia que dali eu não sairia vivo, me ameaçava com seus escuros. Os becos, antes charmosos, pareciam agora assustadoras gargantas de pedra, eu não sabia aonde me levariam. Saí andando a passos largos, procurando não cair quando pisava numa pedra mais saliente, me apoiando nas paredes e tentando achar meu caminho. Cobri a cabeça com o capuz, tremia de frio.

Escuro, pedra, ruas estreitas. Que caminho tomar? De repente uma música me atraiu, tentei ouvir e fui na direção dela. Dobrando aqui e ali, me vi em frente ao bar de karaokê que havíamos passado no caminho. Dali eu saberia chegar ao apartamento na *Plaska*. Passei pelo bar, parei, dei meia-volta e entrei. Agora havia bem menos gente, um ar decadente ao qual me senti adaptado, quis ficar ali. *Gin, fumaça, dor, microfonia.* Uma garota de vinte e poucos anos cantava *Fly me to the moon,* e era afinada, ou pensei que fosse. *In other words, I love you.*

Ainda havia umas dez pessoas por ali, o garçon suspirou ao me ver entrar, como quem percebe que sua hora de fechar acabava de ser adiada. A moça terminou de cantar e os dez remanescentes aplaudiram: as pessoas se ajudavam, empatia é a palavra num karaokê.

Estava embriagado, subi ao palco e tomei o microfone do DJ. Sentei no banquinho, devo ter achado que eu era o João Gilberto, não sei, sentei, escolhi a música e cantei.

Wise men say, only fools rush in, but I can't help, falling in love with you.

Queria continuar de outra forma a montanha-russa que tinha sido aquele meu dia, meu aniversário. Eu achava que cantava afinado, de novo, como todo mundo no karaokê acredita. Ainda hoje acho que cantei bem, bom que na época não existiam *smartphones*. As pessoas me olhavam sorrindo.

Like a river flows, surely to the sea, darling so it goes, somethings are meant to be.

Encompridava algumas notas desastradamente no pequeno púlpito que servia de palco, quando o vi entrar no bar, encostando-se junto à porta, de braços cruzados, me olhando. Senti alegria, muita alegria. O que ele estaria fazendo ali? O que poderia ter mudado entre o "muito complicado" e este momento? Ele me olhava e sorria.

Take my hand, take my whole life too, for I can't help, falling in love with you.

O público me concedeu um aplauso de generosidade. Meus dez fãs assoviaram e falsamente pediram bis, Sebastian também batia palmas, debochado. Fez um sinal para que o encontrasse do lado de fora. Desci do palco acreditando estar refeito, nem álcool nem frio eu sentia mais. Saí do bar e procurei por ele, avistei-o na esquina, me olhando, sorrindo com um dos lados da boca levantado.

Quase como uma criança estabanada, corri em sua direção e me joguei em seus braços num abraço que tinha demorado demais para acontecer. Nos beijamos sem método, sentia o calor de sua boca em contraste com suas mãos frias nas minhas costas por baixo da malha. Foi involuntário não pensar em mais nada e apenas sentir a corrente de endorfinas, adrenalinas, serotoninas que me inundaram. Eu estava duro e ele também, eu me esfregava nele sem pudor. Sebastian me puxou para um beco escuro e muito estreito, passou a língua no meu pescoço enquanto apertava minha bunda, logo enfiou a mão dentro da minha calça. Enfiei também minha mão na calça dele e segurei seu pau, estava duro e úmido. Ali no meio da rua eu poderia ser qualquer coisa, era indomável, quão diferente da aventura há pouco no bar, diferente de tudo.

"Me fode", falei baixinho.

Sebastian me virou de costas contra a parede fria de pedra, apoiei as mãos e o rosto sentindo um arrepio ao contato, ele desceu minhas calças, o vento gelado na minha pele, eu era todo dele, todo daquele lugar. Passou saliva nas mãos, me umedeceu e me penetrou, fundo, pulsante e continuamente. Nada existia, eu era uma massa disponível. Sebastian segurava minhas mãos contra a pedra e mordia minha orelha, havia um tanto de dor em tudo aquilo, eu não me sentia fazendo amor, eu me sentia um animal no cio. Eu sou um animal no cio. Gozamos.

Sebastian se ajeitou, eu também subi as calças, lembrando que estávamos na rua. Ele me beijou na boca suavemente, desta vez com método.

"Amanhã, meio-dia, aqui neste lugar?", perguntei e ele não disse nada, "posso te esperar, né?"

Sebastian me olhou de uma maneira terna e me deu mais um beijo. Foi se afastando, andando de costas, olhando para mim.

"Fique bem, Alex, seja bom, amanhã será outro dia, vamos ver." E, se virando, desapareceu no escuro da *Staré Město*.

Pensei em correr atrás e perguntar o que aquilo queria dizer. Mas não precisava, não precisava de mais nada. Comecei a rir e saí em disparada rumo ao apartamento, corria e ria, em minha imaginação ouvi *New Order*, ouvi Elvis, ouvi a *Cello Suite1 em Dó Maior*, ouvi minhas próprias risadas e gemidos. Cheguei ao apartamento, subi, me olhei no espelho pequeno e manchado e toquei minha boca ferida, vi meu pescoço também marcado. Troquei de roupa e me lavei, mas não tomei banho. Queria dormir com o cheiro dele.

Minha opinião sobre karaokê, e sobre as pessoas do karaokê, mudou para sempre. A liberdade é uma noção avassaladora.

5

Parecia muito longe, mas eu ouvia o barulho na cozinha, podia sentir o cheiro de café, e Fabrício cantarolava. Minha mente voltava aos acontecimentos da noite anterior sem uma ordem precisa, o bar, Daniel, Sebastian, karaokê, Sebastian, Sebastian, Sebastian.

Enfim me levantei, disse bom-dia a Fabrício sem desviar do caminho ou olhar para ele e entrei no banheiro. Meu cabelo estava desarrumado, vestia apenas um short de dormir e cheirava a cigarro e sexo. Deixei a água do banho levar aquela presença que, mesmo ausente, eu insistia em sentir. Devo ter ficado sob o chuveiro uns vinte minutos, depois vesti o mesmo short com o qual tinha dormido (lavar roupa era um luxo), e entrei na cozinha.

A mesa estava posta e Fabrício, sentado, bebia o café e mordia um pão na chapa, que provavelmente havia comprado naquela manhã antes que eu levantasse. Tinha mais itens na mesa, a manteiga, o queijo, o salame. Sem graça, olhei para ele e sorri como quem diz *ops,* ele gargalhou.

"Que que tu aprontou ontem?"

"Nada, como assim?" Beberiquei o café enquanto fixava o olhar nas coisas sobre a mesa, "Você comprou tudo isso hoje?"

Ainda não havia decidido se contaria, se deveria ou queria contar tudo.

"Sim. Tu estava com o novinho, maior paixão, e de repente não te vi mais, achei que vocês tivessem vindo pra cá, mas cheguei e não tinha ninguém. Foi pra casa dele?"

"Não, na verdade saí de lá sem ele. Fui embora. O cara da laranja estava lá, daí que me atrapalhei todo... e fui embora". Eu queria contar ou não?

"Pois não vi nem você nem ele mais, daí que pensei. Mas tu também não veio pra casa, o que aconteceu?"

Não haveria como não contar que eu tinha dado para um estranho num beco escuro. Omiti a parte em que eu senti o chão desaparecer, que não vi nem ouvi nada do que poderia estar acontecendo em volta. O resto eu contei, não sem um pouco de constrangimento. Fabrício, como eu deveria ter esperado, deu risada e disse que eu era louco, que deveria tomar cuidado, que sendo médico eu sabia que nunca deveria transar sem proteção, mas foi só isso. E, por fim, a pergunta: "E como você está com tudo isso?"

"Estou inebriado". Coloquei os pés na cadeira e abracei meus joelhos, Fabrício se serviu de mais café. "Eu disse, eu pedi pra ele, que a gente se visse de novo hoje ao meio-dia. Mas acho que ele não vai."

"E por que não?"

"Acho que foi mais pra mim que pra ele, entendeu? Eu tô assim, ele deve estar cuidando da vida e pensando que ontem à noite pegou um brasileiro, que foi uma coisa exótica, só isso. Isso, ele deve me achar um exotismo tropical."

Fabrício me olhou com um olhar de reprovação.

"Tu acha que alguém fica com um macho com essa sua cara e trata como arroz e feijão?"

"Sei lá, não seria o primeiro."

"Não sei. Esse cara deve tá que só pensa em você. Vai nesse encontro e vê o que rola, só não esquece que a gente vai embora em quatro dias, não dá pra querer casar e tal."

A ideia de me casar com ele, mudar para Praga e trabalhar de ajudante num restaurante havia passado loucamente pela minha cabeça. Era outra ideia que não precisava compartilhar.

Era 4 de abril, meu aniversário tinha ficado para trás, um novo ano para mim. Andando pela rua, comprei uma maçã numa barraca de frutas na ponte. Dei meia-volta, não quis atravessar aquela ponte, iria pela outra, a *Karlův most*. Eram mais de onze horas, as ruas já estavam cheias dos mesmos turistas do dia anterior. O sol refletia nas muralhas do castelo e nas águas do Moldava, havia vida e luz, tudo quase igual à ontem. Atravessei a ponte e me vi novamente na cidade velha, o lado dele, onde as coisas dele aconteciam. O lado de lá, em *Malá Straná*, era o meu lado e, nessa separação inventada, me sentia parte daquela cidade, parte daquelas histórias que poderiam, deveriam ter acontecido através dos séculos, os amores perdidos, os duelos. O castelo não era um ponto turístico, era a sede do poder do Reino da Boêmia, do qual eu era um súdito, aquelas ruas de pedra eram por onde caminhava todos os dias para encontrar meu amor, que provavelmente tinha um nome terminando com c, que se pronunciaria *chi*. Eu era *Czechia* no corpo todo.

Tinha essa sensação de pertencimento, como em São Paulo quando ia correr aos domingos no parque, toda a amplidão bucólica e urbana ao mesmo tempo. Naquele momento eu via a mutação da paisagem e as artérias da cidade se dilatavam. Praga estava assim naquela manhã, dilatada, pedindo que eu mergulhasse nela e gozasse muito, até que fosse desafiado a um duelo, no qual eu fatalmente morreria, sem vacilar.

Estava ansioso, ainda faltava um pouco para o meio-dia. Não queria chegar ao encontro antes da hora. Encontro comigo mesmo, a ideia de ser o único a comparecer era insistente. Sentei num café na avenida que margeia o rio, pedi um expresso. Fiquei ali, vendo o andar da cidade, pensando que gostaria de ficar em Praga para sempre. Paguei o café e fui em direção ao local do encontro, àquele local, àquela esquina de Praga no bairro judeu. Demorei um pouco a me localizar, mas encontrei o karaokê e, em seguida, o pequeno beco. Era realmente estreito, mas, à luz do dia, servia de passagem a muitos que iam e vinham sem a menor ideia do que eu havia feito ali algumas horas antes. Encostei-me na parede onde ele me havia pressionado, coloquei as mãos nas mesmas pedras. Um metro de largura, uns cinco metros de extensão até acabar em um pequeno café secreto. À noite, não havia visto nada, só uma caverna escura.

Esperei, meio-dia, meio-dia e meia. Esperei mais um pouco e entendi o que eu já sabia. Foi estranho como a constatação do óbvio me machucou. Tive um princípio de ansiedade, minha respiração tornou-se pesada, quis socar aquelas paredes. Ele tinha ficado comigo e pronto, hoje contaria a amigos que tinha comido um turista e dariam risada tomando aquelas cervejas fortes. De repente, senti a dor da penetração mal planejada, a culpa pelo sexo desprotegido em plenos anos 1990, tudo era incômodo e arrependimento. Ele era rude, ele não merecia que eu estivesse ali.

Saí caminhando pelas ruas estreitas da *Staré Město* sem mais saber para onde ir. Devo ter andado uma hora, me distanciei do rio e perdi a referência geográfica. Pensei em ligar para Daniel, em chamar Fabrício e irmos embora daquela cidade. Andei pela *Pariska*, uma rua que me lembrou Paris. Parei de frente para a *Španělská synagoga*, suas linhas arquitetônicas me pareceram árabes. Foi uma sensação estranha, um momento de prestar atenção em algo que não a minha raiva. Sentei em um banco da pracinha e Kafka me veio à cabeça — quanto ele deve ter caminhado naquelas ruas! Josef K., desorientado, era eu. Tudo muito surreal, meu enlevamento imediato era pouco provável, era absurdo. Estaria eu condenado a sofrer, injustamente, por isso?

Entrei num bar na praça redonda e pedi uma cerveja. Tomei quatro, não sabendo o que esperar acontecer. Fiquei meio bêbado, às duas da tarde, olhando a sinagoga pensando, "o que você faria, K.?".

6

Saí do bar rumo ao hotel Intercontinental, perguntando a direção aqui e ali. Em meio a cervejas, eu decidi que isso não podia ficar assim, que não dá pra fazer isso comigo. Esse cozinheiro de merda ia ver uma coisa, quando eu entrasse naquela cozinha e quebrasse tudo.

Paralisei em frente ao hotel. Observei o prédio, não era, como ainda não é, uma construção bonita, as ruas em volta, a *Parizka*, são muito mais atraentes. Entrei no *lobby*, não estava vestido para a ocasião. O perfume estava em todo o ambiente, um cheiro de coisa cara, embora Praga em 1994 não fosse um lugar caro. Fui até o restaurante no nono andar e levei um susto com a vista maravilhosa da cidade, todas as cúpulas, castelos e castelinhos, o céu azul emoldurando um cenário idílico.

Havia mais algumas poucas pessoas almoçando. O garçom veio, me trouxe água e pão, perguntou se eu gostaria de ver o cardápio. Ao invés de responder, perguntei a ele:

"O Sebastian trabalha aqui? Está aí hoje?" O homem olhou para mim com cara de espanto.

"Sebastian da cozinha?"

"Isso, o ajudante. Veja para mim, enquanto resolvo se vou comer."

Com evidente desconforto, o garçom deixou o cardápio. Eu estava sendo um pouco rude, sabia disso, mas eu desejava ter o controle de alguma coisa. Eu era o cliente, escolheria o que comer, se comeria, como tratar o garçom. Alguma decisão naquela cidade seria minha. Ali, Sebastian não poderia me tratar como qualquer um, me dizer para ficar bem, ser bom. Era minha própria pessoa novamente, e ai de quem quisesse me testar. Ficar bem? Ser bom? Ser bom o caralho.

"O que você está fazendo aqui?", Sebastian perguntou secamente.

Engasguei com o pão que engolia e quase o vomitei.

"Não sei", foi tudo o que consegui dizer, "almoçando?"

Sebastian olhou para cima e suspirou, temi que desse um tapa na minha cara e me mandasse embora.

"Alex, tem tanto que você não entende."

Ele não parecia mais ter raiva, alguma resignação, talvez, com a percepção que provavelmente ele começava a ter, que eu não deixaria as coisas por menos.

"Desculpe vir aqui assim", já não tinha nada da empáfia de alguns minutos antes.

Olhei para ele com doçura e medo, medo do que ele pudesse dizer em seguida. Ele também me olhava, os lábios vermelhos me chamando.

Fiquei parado esperando o que fazer, que ação tomar. Arrependido de ter ido? Não, olhar para ele novamente já tinha valido o vexame. Ficamos alguns instantes olhando um para o outro. Eu é que não iria dizer nada para quebrar aquele momento, mas ele disse:

"Fique aí, vou fazer seu almoço, o melhor da sua vida."

"Eu não escolhi ainda."

"Eu vou escolher, só fique aí e espere."

E voltou para a cozinha, ou de onde quer que tenha surgido, e eu ali, obediente. O garçom veio e deixou outra cesta de pães, sem que tivesse acabado a primeira, me olhando com evidente escárnio. Já não o assustava mais, não ia escolher meu prato, não mandava mais em nada, nem em mim. Resignado e excitado, fiquei olhando a decoração do salão. O mesmo garçom trouxe uma garrafa de vinho, de uma vinícola local, oferta da casa. Recostei na cadeira olhando minha taça cheia do líquido vermelho escuro, o que é que eu estava fazendo? Um brinde à falta de noção, à inconsequência apaixonada!

Filé de porco, um molho cremoso, algo doce, uma carne forte, cheirosa, um pedaço de laranja, o toque sensual. Imaginei que Sebastian viria almoçar comigo, mas não veio e, após enrolar alguns minutos, comecei a comer. Estava delicioso. Quando terminei continuei ali, sem saber exatamente o que fazer, a garrafa de vinho na metade. Enquanto houvesse bebida haveria um motivo para não me levantar e ir embora.

Sebastian voltou, não usava mais o *dólmã*, estava com uma esperada camiseta de manga comprida. Sentou-se e perguntou o que eu tinha achado da comida. Muito boa.

"Gostou do *Svíčková*? É um prato bem típico daqui. Sabe, eu acho um absurdo que um restaurante como esse faça uma culinária ocidental e se esqueça do que temos aqui, acho um erro. Não servimos esse prato aqui, fiz pra você."

"Tem um gosto forte, acho que o turista pode achar estranho", disse essas palavras com todo o cuidado, eu já sabia quão suscetível ele era, mas ele concordou.

"Você tem razão, mas isso é porque as pessoas não conhecem. Pensa na comida japonesa: se você disser para alguém, que nunca experimentou, que vai servir peixe cru, vai causar repulsa, mas todo mundo ama. Isso aqui é parecido."

Minha próxima frase deveria ser muito mais cuidadosa, se eu não quisesse ouvir um "fique bem".

"Você já tentou ter essa conversa com o *chef*?", falei e fechei os olhos por dentro, já esperando o chega pra lá ou algo do tipo "você acha que minha vida é fácil?".

"Já, algumas vezes, ele acha que não vale a pena. Acho que só poderei trabalhar assim o dia que tiver meu restaurante, se esse dia chegar."

Respondi com a única coisa que me ocorreu:

"Um brinde à comida checa, e que seu dia chegue!"

Sebastian me olhou e sorriu com doçura, colocou a mão sobre a minha, estremeci. Apertou-a enquanto acariciava com o polegar.

"Mas ele, o *chef*, é um cara legal. Apenas não concordamos nisso. Ele é tão legal que me deixou tirar o dia hoje, sabe, eu disse a ele que um amigo muito querido estava aqui, que eu não sei quando teria outra chance de estar com ele e que queria tirar o resto do dia e mostrar Praga pra esse meu amigo. Esse amigo, tão corajoso quanto frágil, de quem já gosto muito", disse isso e fixou o olhar em nossas mãos. "O *chef* disse que eu podia ir, que ele cuidaria de tudo, hoje não é um dia movimentado, e me desejou um dia feliz com esse amigo especial", fez uma pequena pausa antes de completar, "Na verdade, não foi tão fácil como estou dizendo, tive que insistir bastante e prometer mil compensações."

Um sorriso imenso tomou meu rosto, meu coração pareceu disparar, apertei a mão dele. Não estava exatamente entendendo aquilo, mas era tudo o que eu queria ouvir. Sorri e disse obrigado.

Deixamos o Intercontinental cerca de quatro da tarde, e Sebastian me perguntou se eu gostaria de visitar o castelo, especificamente a Catedral de São Vito e eu concordei.

Ele me contava coisas do castelo e da história local — havia sido um foco de resistência na Segunda Guerra. Falava da monarquia dos Habsburgo, da Guerra dos Trinta Anos, da dissolução do Sacro Império Romano, a Primavera de Praga, a Revolução de Veludo alguns anos antes. Ele falava e falava. Não era apenas eu, portanto, que olhava para aquela cidade e pensava em quanta coisa já havia acontecido naquele lugar. Por trás daquela fachada de "fique bem, seja bom", ele pensava nessas coisas, era mais do que o estereótipo do moço bonito. Enquanto eu pensava nisso, e pensava no que estava pensando, eu concluía que estava fodido.

Sentamos num banco no fundo da catedral. A luz do fim de tarde entrava pela porta gigantesca atrás de nós e refletia nos vitrais azuis acima do altar. Estava quieto e calmo, eu estava calmo. Sebastian estava excitado em me contar tudo aquilo.

"Você tem muito orgulho do seu país, não é?"

"Tenho sim, fica meio claro, né? Morei muitos anos em Paris, estudei lá, mas aqui é minha casa. Mesmo assim, penso em voltar e fazer uma carreira lá, aqui ainda é muito limitado."

"Essa seria a sua Transiberiana? Ser *chef* em Paris?"

"Sim, seria minha Transiberiana, minha grande aventura. Minha mãe era de lá, moramos lá quando meu pai fugiu em 1968, na Primavera de Praga, fugiu dos soviéticos. Eu tinha seis anos, mas lembro dos tanques de Brezhnev na *Narodni*, aquela avenida que desce da estação até o rio. Não que Paris em 1968 fosse um lugar tranquilo, mas havia liberdade. Enfim, não dá pra ir por enquanto, como já te disse."

"Vocês ficaram de 1968 até agora em Paris, quero dizer, até a abertura?"

"Isso, até 1989, quando o Muro caiu e teve a Revolução de Veludo na Boêmia. Passei todos esses anos lá, fiz meus estudos e me formei no *Cordon Bleu*, mas voltamos, e agora eu cuido do meu pai. Minha Transiberiana é essa, fora que meus avós me deram as costas quando descobriram que eu sou gay."

Fiz silêncio e olhei para o altar, para os vitrais, as imagens, São Vito. Eu já sabia o suficiente para não insistir, não dizer que dava sim, que era só ele querer. Mesmo porque eu só queria curtir a companhia dele, não resolver seus problemas.

"Não dá", ele suspirou e olhou para o teto da igreja, "porque não trabalho só para mim. Meu pai é alcoólatra e me dá muito o que fazer, tenho que sustentá-lo, sabe, minha mãe morreu faz muitos anos, antes de voltarmos para Praga. Cada dia que chego em casa é uma surpresa, nunca sei exatamente o que esperar. Não sei nem por que estou te falando isso."

Então era isso, o trauma, a suscetibilidade.

"Ele deve ser muito grato a você pelo seu sacrifício."

Sebastian soltou uma risada nervosa e me olhou diretamente. Como sempre, estremeci.

"Não é Alex, não é. Ele também não aceita que sou gay, como meus avós. Além de tudo, me discrimina dentro da casa que eu sustento. Ele foi um jovem bonito e cheio de ideais, virou um velho preconceituoso e doente."

Pensei se não era o momento de mudar de assunto, dizer quanta coisa já deve ter acontecido nessa igreja, ou talvez segurar seu rosto entre as minhas mãos e dizer que tudo ia ficar bem. Seu olhar continha mágoa, certa raiva, mas principalmente mágoa.

"De repente", eu arrisquei, "pode existir lugares para cuidar dele, o que ele tem é uma doença, não é um problema de caráter."

Finalmente Sebastian se exaltou.

"Você acha que é fácil?"

Ele tinha essa insistência em dizer que eu achava as coisas fáceis.

"Abandonar seu pai, mesmo que ele seja um merda de pai, um merda como pessoa? Eu não posso pagar nada, eu também sou um merda, sem nada. Sem carreira, sem dinheiro. Sou um merda de trinta e dois anos fadado a um trabalho medíocre e uma vida medíocre, como a dele. Venho de uma longa linhagem de medíocres."

Sebastian tinha os punhos fechados e estava vermelho, ele estava se abrindo comigo. Toda minha bebedeira havia passado, e eu queria dizer a coisa certa. O olhar de mágoa tornou-se apenas raiva. Com cuidado, coloquei a mão sobre seu punho cerrado.

"Não acho que nada seja fácil. Hoje vi coisas que talvez você já não veja: o jeito com que cozinhou, seu amor pela comida e pela história do seu país. Você tem talento para o que faz, e pode, sim, ir longe, mesmo que você fique aí me dizendo que não. Eu simplesmente não acredito nesse futuro de mediocridade. Também, pelo que você falou, seu pai ficou assim, e você pode escolher outro caminho, o seu caminho, que não repita a história dele."

"Você nem me conhece, Alex." Em seu olhar, além da constatação do óbvio, um pedido para que eu provasse que ele estava errado.

"Tem razão." Consegui rir e isso desanuviou um pouco. "Conheço só uma parte, e gosto muito, queria conhecer mais dela".

"Safado." Foi a vez de ele rir.

"Mas agora pensei outra coisa: me leva na sua casa, me deixa ver onde você mora, como é a sua Praga, não essa aqui que qualquer cartão postal mostra, o que me diz?"

"Sério, eu moro longe, não é *Malá Straná*." E me olhou desconfiado.

"Longe? Sério? Não disse que sabia onde é São Paulo? Você não tem ideia do que é longe. Sabe o que é dar plantão no Santa Marcelina?"

Claro que não. Sebastian ponderou, tentou me convencer que seria um passeio sem graça, mas eu estava irredutível. Por fim, descemos a colina e atravessamos o rio de volta para a cidade velha, onde tomamos um ônibus com destino à periferia, a leste de Praga.

O caminho não era longo, longe é realmente um conceito relativo. Sentia que ele estava apreensivo, provavelmente meio inibido de me levar àquela parte desconhecida da cidade. O ônibus deixou a cidade velha por avenidas mais largas de asfalto (e não de pedras), mas parecidas com o que eu conhecia de casa. A paisagem mudou após alguns quilômetros, as construções antigas deram espaço a prédios mais novos, porém, sem estilo nenhum. Prédios e construções quadradas, cinza ou bege, como grandes caixotes. Não havia telhados alaranjados e muito menos o rosa que eu ainda procurava em Praga, construções da época comunista. Havia sinais de pobreza, mas não eram os bairros pobres que eu conhecia, eram bairros operários, talvez. As ruas eram limpas e havia pessoas, não me pareceu perigoso.

Descemos num ponto e caminhamos uns três quarteirões. Aquele era o bairro dele, me disse, a paisagem era a mesma que vira pouco antes, caixotes cinza, uma estética que contrastava fortemente com a Praga que eu já pensava conhecer.

"Aqui é onde as pessoas vivem de fato", disse a ele, que assentiu.

Havia também os bairros ricos, ele me disse que nem todas as pessoas viviam ali. Às vezes, ele realmente me subestimava.

Chegamos a seu prédio, como os outros, de quatro andares, cinza, janelas quadradas. Em frente, algumas crianças brincavam e alguém havia colocado uma mesa na calçada, onde quatro idosos jogavam cartas. Ao passarmos ao lado de uns homens que conversavam, Sebastian acelerou sem muita explicação, mas eu vi que um deles nos olhou fixamente.

"Antes de você subir, deixa eu ver se meu pai está lá, acho que ele tá na rua fazendo o que sempre faz, mas, se ele estiver em casa, não dá pra você entrar, tudo bem?"

"Claro, te espero aqui."

Sebastian entrou no prédio e eu fiquei esperando. Aquele homem que pensei que nos observava atravessou a rua, veio ao meu encontro, e falou comigo:

"*Jsi Sebastianuv pritel?*"

"Desculpe, eu não falo a sua língua."

"Amigo, você, Sebastian."

"Sim... por quê?"

"Paga, ele paga." E esfregava os dedos indicando dinheiro.

"Não estou entendendo, pagar?". O homem estava agitado.

"Aluguel, paga aluguel, dois meses."

"Acho melhor o senhor falar com ele". Aquela conversa estava pra lá de desagradável, aquele homem queria que eu pagasse os aluguéis para Sebastian?

"Ele fugir. Chama, chama, ele."

Enquanto o homem continuava tentando estabelecer contato comigo, Sebastian apontou na saída do prédio, desceu as escadas que levavam do primeiro nível ao térreo gritando coisas que eu não entendi, estava transtornado. Ele e o homem gritaram por uns dois minutos, Sebastian levantou o braço como se fosse bater no homem, mas se segurou, e o homem foi se afastando assustado enquanto continuava gritando. Sebastian estava vermelho, as veias de seu pescoço saltavam, havia cólera em seus olhos tingidos de revolta.

"O que esse cara te disse? O quê?", me perguntou, tentando conter a ira.

"Não entendi, ele não falava inglês", menti.

"*zkurvysyn, zkurvysyn,* filho da puta."

Não falamos mais nada, ele me puxou pela mão e voltamos ao ponto de ônibus. "Mas e seu apartamento?" "Não hoje", ele respondeu. No ônibus ele começou a se acalmar, a respiração foi voltando ao normal, a pele clareando. Fosse o que fosse, aquela questão do aluguel era importante. Dois meses de aluguel atrasados, assumindo que o homem estivesse dizendo a verdade. Quando percebi ele mais calmo, segurei sua mão, e ele sorriu.

"Sebastian, quem era aquele homem?"

"O proprietário do apartamento que eu moro, um filho da puta."

"Qual o problema dele?"

"Vamos não falar disso? Foi um erro te trazer aqui, não tem nada para você. Vou te levar de volta."

Chegamos ao mesmo ponto de onde havíamos partido, na cidade velha, junto ao rio. Descemos, o sol já se punha. Fazia vinte e quatro horas que havíamos nos conhecido.

"Vamos trocar", ele me disse com um sorriso, "agora você me mostra a sua casa."

Então era essa a ideia, perfeito.

"Vamos, tá bem, e eu adoraria ter uma casa em Praga!"

"Quem sabe um dia!"

Atravessamos a ponte Charles e seguimos por *Malá Straná*, passamos pelo parque *Kampa*, o mesmo movimento do dia anterior, mesmas lojas e restaurantes, mesmos turistas. Eu era outro. Sebastian, não sei se era outro, mas outro para mim. Era próximo agora, era alguém que eu pensava poder confiar, contar as coisas. Dizer o que eu pensava sobre a minha residência em cardiologia, que queria sair da casa dos meus pais, queria um cachorro, queria estar com ele, lamber o corpo dele, tomar banho com ele. Ele ainda era o cara que vi nas laranjas, a menos de quinhentos metros de onde estávamos, o mesmo sorriso curioso, com a boca vermelha que levemente me fez pensar que ele estava rindo de mim, os mesmos braços fortes, a mesma voz, mesmo sotaque. Era outro.

Paramos na barraca de frutas e compramos alguns figos. Não tem laranjas, brinquei, e ele riu. Compramos também uma garrafa de vinho branco e seguimos para a *Plaska*. O apartamento estava vazio, ele disse que meu quarto era enorme, apontando o de Fabrício.

"Não é o meu, vem aqui que te mostro."

Fomos para o meu quarto pequeno com vista para o rio, com o vinho e os figos. Tiramos os sapatos e sentamos na cama, brindamos "a um dia especial", eu disse; "a um dia inesquecível" foi a resposta dele. Pegou um dos figos e mordeu, em uma cena repetida e possivelmente cansativa para quem não a viveu, mas que eu ansiava, e trouxe a outra metade à minha boca. Eu mordi o pedaço inteiro do figo, demoradamente, dessa vez ele não tirou a mão, passei minha língua em seus dedos, os suguei, ele deixou, lambi sua mão, lambi já segurando seu punho.

"O azul me atrai", ele disse, e eu não prestei atenção.

Segurou minha nuca e me beijou com o figo que tinha me dado. O beijo dele, o figo, tudo se misturou. Eu ofegava.

Nos revezamos em tudo, nos exploramos em tudo, nos despimos de pudores no que fizemos e falamos, passamos nosso tempo juntos em um carnaval de suor, saliva, gozo e palavras. Aquilo, no meu pequeno quarto, foi diferente do que aconteceu na rua: cada segundo foi percebido, cada ação foi espontaneamente planejada, cada toque foi sentido em seu tempo, e o tempo era infinito naquela tarde. E com tanta paixão ele me olhava, que ficou fácil me sentir Neruda, *abro mão da primavera para que continues me olhando.*

Horas mais tarde, acordei com barulho na cozinha. Era Fabrício falando em inglês com alguém, uma mulher. Quase dez da noite, Sebastian dormia ao meu lado, braço direito cruzado atrás da cabeça. A pele de seu braço vista pelo lado de dentro era praticamente transparente, as veias azuis me lembraram aulas de anatomia. Levantei da cama e vesti o mesmo short da manhã, arrumei o cabelo com as mãos, precisava cortar aquilo antes de voltar ao Brasil. Voltar, o pensamento me atravessou como uma lança. Dei dois tapas na cara e abri a porta. Fabrício estava arrumando as compras de supermercado, parecia que havia o mundo ali.

"Nossa, quantos dias você pretende ficar na cidade?", perguntei.

Fabrício riu e disse que, na dúvida, tinha exagerado.

"E quem é sua amiga?"

"Essa é Elena, ela é de Nápoles, conheci num café hoje à tarde."

Cumprimentei Elena, uma morena bonita.

"Alê, caralho, vai se vestir pra receber visita, põe uma cueca debaixo desse short, veste uma camisa e penteia o cabelo."

Voltei para o quarto e acordei Sebastian, contei que tínhamos visita. Passamos, ou tentamos passar, discretamente para o banheiro já com duas trocas de roupas, a minha e a que emprestei a ele. Tomamos nosso banho, que foi até rápido perto do que poderia ser, e voltamos para a cozinha.

"Mermão, eu comprei tanta coisa, não tenho ideia do que fazer."

Fabrício tinha comprado um monte de verduras, legumes, carnes, peixe. Parecia mesmo que planejava estender o tempo em Praga.

"Eu trouxe um cozinheiro hoje, Sebastian pode fazer nosso jantar!"

Ele me olhou um pouco desconfortável, mas eu sabia que era fingimento.

"Que bom, porque eu também não cozinho nada", Elena falava um sotaque italiano bem marcado, era simpática. Alta, tinha a pele morena como a de Fabrício, e estava sentada de pernas cruzadas numa das cadeiras de madeira, cabelos ondulados que pareciam recém-saídos de um salão. Perguntei o que ela fazia, estudava música em Nápoles.

"Então eu cozinho e você canta", Sebastian disse enquanto já separava as compras.

Enquanto ele cozinhava, Elena e Sebastian conversaram animadamente sobre a política da Europa e a Queda do Muro anos antes, da Itália, da *Checkia*. Parecia que seriam melhores amigos por uma noite e, por uma fração de segundo, tive ciúmes. Fabrício estava encantado, olhava para ela do mesmo jeito que eu olhava para Sebastian. O estoque de vinho era farto, como todo o resto, brancos e tintos da Itália principalmente. As primeiras entradas saíram, verduras cozidas de todas as formas, como eu nunca vira antes, e pasta.

"Come in Campania!"

"Esattamente!"

A noite seguiu colorida, feliz, éramos um feliz clichê, a cidade abaixo de nós; o castelo acima, o rio em seu curso eterno umedecendo o ar, vibrando em ondas que chegavam até nós, se misturando ao som dos talheres e do vidro, das risadas; a lareira projetando estranhas imagens na parede oposta. De vez em quando esse movimento todo era interrompido por instantes de silêncio, para que nossos olhares pudessem se entrelaçar cúmplices, olhares como mãos dadas que acolhem e esquentam, e indicam que o melhor está por vir. Naquela noite, entre um prato e outro, entre uma música e outra, era isso que eu sentia. Sentia que o melhor estava por vir, porque aquilo tudo era muito bom para ser uma única noite.

Elena cantava, buscando inspiração em velhas letras da sua Itália — *gira il mondo, gira, nello spazio senza fine, con gli amore appena natti, con gli amore già finiti* —, e o amor assim nascido projetou uma sombra que duraria por décadas na minha vida — *ma tutti sogni nell'alba svaniscon perché, quando tramonta la luna li porta con se* —, e de repente a noção de eternidade foi aniquilada pela letra. *Todos os sonhos se vão na aurora, porque, quando se põe, a lua os leva consigo.* Então temi que meu encontro com Sebastian não fizesse parte da minha vida, que fosse levado pela lua quando o dia viesse.

Elena e Fabrício foram se deitar, Sebastian e eu ficamos lavando os pratos e panelas. Silêncio, apenas a água que corria, a vista do rio lá fora atravessando a janela escancarada apesar do frio, o tilintar da louça e dos metais, sem música e sem mais palavras, como num poema de Adélia Prado. A luz da madrugada que entrava parecia refletida no rosto branquíssimo dele, eu secava os pratos e os enfileirava no escorredor. Quando terminou, me entregou o último e se virou para mim, encostado na bancada, me olhando. Enxuguei o prato e joguei o pano em seus ombros.

"Sabe, você pode achar que eu sou exagerado, precipitado, mas isso tudo que vivemos desde ontem, eu sinto..."

"*Only fools rush in*, você cantou isso ontem."

Entre completar o que eu queria dizer e não dizer nada, optei pelo silêncio, apenas segui com meus olhos travados nele.

Sebastian não desviou o olhar, continuou também fixo em mim numa espera louca, mas não dissemos nada, até que ele pôs a mão no meu rosto, afastando meu cabelo dos olhos.

"Alex, um dia, se você voltar para Praga, vou inventar um prato com seu nome, para você. Vai ter laranja ou figo e alguma coisa azul."

"E uma carne de gosto forte", sorri.

Decidi não me preocupar com a aurora que viria. Eu teria uma semana com ele, em uma semana tudo muda, em um dia tudo tinha mudado. Em mais cinco eu o teria convencido a se mudar comigo para São Paulo. No dia anterior, esse cara tinha me abandonado três vezes, no parque, no bar, no beco. E naquele momento ele estava lavando minha louça, não haveria nada que eu não pudesse conseguir dele.

Fomos deitar na cama de solteiro, ele com a minha camiseta. Fazia frio, fechei a janela, liguei o aquecedor portátil. Dormimos abraçados e me senti seguro. Antes de pegar no sono, ele me disse coisas na língua dele, que eu não entendi, mas respondi apertando sua mão sob a coberta. No completo escuro, dormi sentindo o cheiro morno daquele corpo por quem eu abriria mão da primavera.

Mas os sonhos desaparecem na aurora: acordei no dia seguinte e busquei por ele na cama. Estava sozinho, como eu previa. Com a mão sobre o rosto e os olhos fechados, desisti. Foi a primeira vez que desisti dele.

7

O vento de Praga me batia na cara, a primavera parecia ter acabado, pulado o verão e aterrissado direto em um outono frio, horrível, do qual eu queria escapar. Praga era a cidade do abandono. Mas parecia que eu queria mais.

Procurei um banco e troquei mil dólares em traveler checks. Com aquela pequena fortuna em mãos, tentei me lembrar o ônibus que tínhamos pegado para a casa dele na véspera. Encontrei e fui, de novo, ao subúrbio da cidade que eu queria deixar para trás.

Não foi difícil encontrar o homem que tinha me cobrado os aluguéis, entreguei o envelope e disse que Sebastian tinha me pedido para entregar a ele, que aquilo cobriria vários meses de aluguel, adiantado. O homem só faltou me abraçar, e eu insisti, agradeça a Sebastian, eu estou só entregando o envelope. Ele pareceu não acreditar em mim, e menos ainda se importar com a origem do dinheiro.

Voltando para a *Plaska*, Fabrício estava finalizando o checkout da casa, e a nossa reserva em Paris. O voo para o Brasil seria somente dali a dois dias, mas eu preferia estar em qualquer lugar, não podia mais ficar em Praga uma hora que fosse.

"Tu quer ficar naquele apartamento bonito que tu conhece ou fechar esse hotel aqui? Chama Brighton e fica na *Rivoli*", Fabrício escreveu o nome do hotel e a tarifa em um papel sobre a mesa da cozinha.

"No hotel", respondi.

As malas estavam prontas, a senhora que faria a limpeza chegou, o taxi também.

Sentei e escrevi um bilhete para Sebastian, era provável que ele voltasse ali, quando soubesse dos aluguéis.

Deixei o pequeno envelope sobre a mesa e instruí a senhora, que se alguém com aquele nome viesse, ela deveria entregar. Se ninguém viesse, que destruísse o envelope.

No curto bilhete lia-se:

Sebastian,

Eu te deixo essa nota para agradecer esses dois dias em Praga, foi meu melhor aniversário. Espero que você não interprete mal esse meu gesto de te ajudar com o aluguel. Não faço isso porque duvide de sua habilidade para saldar seus compromissos. Faço para te libertar e repetir, quantas vezes for, que você deve sair em direção à sua Transiberiana, onde quer que ela esteja. E você vai encontrá-la! Você precisa encontrá-la! Para mim, você foi um relâmpago, uma ventania, você me ajudou muito mais que eu a você, acredite, me fez ver o rosa em Praga e, na delicadeza dos nossos dias, um pouco de mim mesmo. Espero que se encontre e, quem sabe um dia, a gente se reencontre. Não é um mundo tão grande.

Seu, Alexandre

Seu? Era isso mesmo que eu queria dizer? Foi o que disse.

PARTE 2   Paris e São Paulo
(ou o resto da vida)

8

Fui um jovem bom. Olhando agora, aos cinquenta e três anos, fui bom. Em alguns momentos, obviamente, isso não foi verdade, mas na maioria do tempo eu era interessado nas relações, preocupado com as pessoas com as quais eu vivia, com quem amava. Era melhor naqueles dias do que hoje, me sinto corroído por um cinismo que não tinha. Mesmo sendo bom, não foi fácil perdoar os acontecimentos de Praga, também não foi fácil esquecer o desenlace daquela história nos dois dias seguintes em Paris.

Sabia que pagar o aluguel faria com que ele voltasse ao apartamento da *Plaska* e recebesse meu bilhete, sabia que esse meu ato o levaria a pensar no que havia feito comigo. E aí está o pequeno toque de maldade do qual não me dei conta na época (ou dei?). Eu não ligava tanto para a dívida dele, achava que era um problema que ele deveria resolver, mas quis pagar para estabelecer um nível diferente naquela relação, na qual eu havia saído humilhado. Sequer se despediu. Agora ele me devia, agora eu o humilhava. E ele merecia essa humilhação — ao ler o bilhete de amor ridículo (como todos) e condescendente que deixei, esperava que ele sentisse culpa ou até raiva. E que se afundasse na mediocridade de sua vida tão difícil de resolver. Qual minha surpresa quando nada disso aconteceu. Meu narcisismo era desconhecido para mim, só muito depois vim a notar coisas a meu respeito que naquela época eu não via.

Voltamos a São Paulo em um voo quase vazio, na classe executiva havia umas cinco pessoas, o que possibilitava um serviço rápido, como eu necessitava. Precisava que a comissária mantivesse minha taça de vinho cheia. Fabrício viajava na econômica, não havia ninguém para tentar me manter são. Em algum canto alguém roncava, a cabine estava escura, salvo pela tela a minha frente, que mostrava o caminho percorrido, África, Atlântico... Quando o avião pousou e nos encontramos, Fabrício me olhou com estranhamento, não podia acreditar que eu já estava bêbado às sete da manhã.

O motorista, Antonino, que eu conhecia desde criança, nos esperava no desembarque. Fabrício e eu jogamos as mochilas no porta-malas e tomamos o caminho da cidade. Eu me sentia enjoado pelo vinho, e com um pouco de receio de encontrar meus pais daquele jeito. Minha mãe não perceberia nada sobre a bebedeira nem sobre meu estado emocional em geral, já meu pai veria tudo num minuto. Talvez ele estivesse fora, o que seria bom.

Um breve desvio para deixar Fabrício em Pinheiros, e logo estávamos na frente do meu prédio, uma travessa no final da rua Alagoas, uma torre imensa sobre o vale do Pacaembu que, pelo estilo, me fazia acreditar ter sido construída no bairro errado. Vivíamos ali fazia pouco, ainda tinha saudades da casa na Rua Ceará (casas são sempre melhores), mas aquela casa também tinha virado uma torre olhando o vale. Enquanto o elevador iluminava os botões dos andares, eu tentava me arrumar. Dei dois tapas no meu rosto e acertei o cabelo como deu (definitivamente, teria que ser cortado com urgência), meus olhos estavam um pouco vermelhos. Quando cheguei ao último andar, as portas do apartamento estavam abertas, mamãe me esperava no *hall* de entrada. Ela tinha uns sessenta anos naquela época, era magra e uma mulher bonita. Arrumada e maquiada como se fosse sair ou receber alguma visita ilustre, o apartamento todo parecia um grande cenário onde ela atuava.

Esse jeito dela me deixava aflito, pois sentia que se deixava estereotipar cada vez mais no papel da madame. Aos pulinhos quando entrei em casa, ela me abraçou com a pouca força que tinha, passou a mão na minha barba de dois dias, com amor e, como previ, não notou meu estado, não viu que eu não estava tão feliz quanto ela. Reparou sim, em outras coisas — a única palavra que disse foi que eu parecia um menino de rua, vestido daquele jeito.

Subi ao meu quarto para um banho, mamãe queria que tomássemos café da manhã juntos. O quarto estava preparado para me receber, roupa de cama nova, um perfume amadeirado; escrivaninha arrumada de forma impecável; as portas, que davam para a varanda com vista para o vale, abertas. Joguei a mochila no chão e entrei no banheiro, a água quente me fez bem, limpou tudo o que restava da viagem. Foi como um ritual de purificação, pelo menos até o instante em que meus pensamentos voltaram àquela rua escura de Praga e eu senti meu rosto contra a pedra fria, o vento congelando meu corpo exposto e as mãos de Sebastian na minha cintura, me puxando contra si. Fiquei de pau duro e me entreguei à lembrança totalmente. Quando acabei, senti raiva.

Vesti uma calça de moletom, uma camiseta de manga longa e desci descalço para o café. Era abril e fazia um friozinho. Mamãe me esperava sentada à cabeceira da mesa e, atrás dela, a copeira parecia uma estátua egípcia de uniforme preto.

"Melhor agora, mamãe?" Sorri e dei um beijo em seu rosto.

Conversamos um pouco sobre a viagem, ela disse que queria saber tudo, contei sobre os lugares que visitamos, as pessoas, os passeios históricos, e que eu tinha lembrado de trazer a encomenda dela de Paris. Só não contei o que realmente tinha feito daquela viagem um acontecimento, até que ela perguntou:

"E de que cidade você mais gostou?"

"Paris", menti.

"Que sem graça, Paris não é novidade!"

Daí em diante foi só ouvir mamãe contando suas aventuras. Interrompi quando ela falava que discutiu com o *maître* do *Arpège* porque a alcachofra não estava "à romana" e ele tentava explicar que era porque estavam em Paris.

"Mamãe, vou me mudar, vou procurar um apartamento e morar sozinho."

Beatriz, minha mãe, a quem eu chamava de mamãe por alguma memória feliz da infância, se calou imediatamente e quase derrubou a xícara de café. Olhou ameaçadoramente para mim, com olhos carregados de horror, sombra e rímel, da mesma cor emprestada aos meus.

"Por que isso agora, Alexandre? Falta alguma coisa?"

"Porque já passou da hora, concorda? Fiz vinte e sete anos, trabalho, posso pagar. Quero viver como adulto, ter minha liberdade. Acho bem fácil entender isso."

"Trabalha com o quê? Bolsa de residência lá é trabalho? Ganha quanto? Não dá pra comprar nada."

"Minha ideia é alugar." Às vezes, ela me desesperava. "Ganho o suficiente, mamãe, posso dar plantões."

O olhar de horror dela me deu pena, as palavras "alugar" e "suficiente" na mesma frase devem ter lhe causado uma reação química explosiva. Ela se levantou, jogou o guardanapo em mim e disse para eu fazer como quisesse. Deixou-me sozinho naquela mesa gigantesca, a copeira não sabia para onde olhar. Perguntei seu nome, era Carmem, havia começado havia dois meses.

"Então, Carmem, a coisa tá feia assim todo dia?"

"Cada dia pior, com licença, doutor."

E, provavelmente arrependida da franqueza, também me deixou sozinho na sala, olhando o estádio lá embaixo e mexendo sem interesse na omelete.

Morar sozinho era apenas uma das resoluções pós-viagem, uma das coisas que pensei enquanto me enchia de vinho no avião. A outra era esquecer Sebastian, tirar aquele pensamento constante da mente, me interessar por outra pessoa, ou pessoas, homem ou mulher, não me importava, desde que eu extinguisse a memória onipresente dele e o sentimento de abandono.

Dormi o dia todo. Mamãe entrou no quarto algumas vezes para ver se estava tudo bem. Fingi não acordar, não queria voltar ao assunto antes que ela tivesse se acalmado. Entre um breve despertar e outro, fiquei ali, apenas o barulho muito distante da cidade me fazia companhia. Às sete da noite, comi um sanduíche e liguei para Fabrício: eu queria sair, já havia descansado o suficiente e não tinha que retornar à residência antes de duas semanas, queria ver São Paulo. Ele não quis a princípio, mas concordou depois, não sem antes protestar que eu só o arrastava para lugares onde ele não teria chance de se dar bem.

Por volta de onze da noite, saí com cuidado do meu quarto, fui até o roupeiro ao fim do corredor e escorreguei pela escada em caracol que levava ao andar de baixo; na área de serviço, abri a porta da saída, tentando não fazer barulho, e fugi de casa. Tudo para evitar o drama de ter que dar explicações sobre estar saindo àquela hora no mesmo dia que voltei de viagem e vestido que nem um menino de rua.

O táxi já me esperava. Seguimos para a Avenida da Consolação, cruzamos para a Fernando de Albuquerque, Augusta e Peixoto Gomide. Ali, pedi que me deixasse.

A esquina do Bar da Lôca já estava apinhada de sua fauna característica, pessoas diversas de tudo e entre si, *punks*, *hippies*, *drag queens*, maconheiros, estudantes, garotas e garotos de programa, as velhas putas da Augusta, FFLCHs, todos misturados numa ópera psicodélica. Eu acreditava me encaixar naquela confusão de estética duvidosa e perigos iminentes. Não acho que estava só, deveria haver outros meninos de sociedade, tentando passar despercebidos e preocupados em conquistar a liberdade.

Fabrício desceu pela Frei Caneca, conseguimos um canto no bar.

"Difícil é beber essa cerveja aguada depois daquelas", lamentava Fabrício, enquanto despejava a bebida sem muito cuidado no copo americano, "mas, diga lá, o que te aflige tanto que tu já quis sair hoje?"

"Preciso ver pessoas, tirar Sebastian da cabeça."

"Aqui? Faz-me rir, Alê. Quem, aquele com o cabelo azul? Ou aquele com uns quinze *piercing* na cara? Se tu vai mergulhar numa pira depressiva, melhor começar o tratamento logo. Você fez tudo tão direitinho em Paris, não vai agora começar a ter recaída, por favor."

"Eu penso o tempo todo, quero parar, quero seguir. O cara tá a um oceano de distância. O que é isso, Fabrício? O que é essa obsessão?"

"Todo mundo fica obcecado por amor uma vez na vida, ou mais, sei lá. O que te faz especial? Levanta no dia seguinte e vai pro hospital, estuda, aprende a ser cardiologista, toca a vida com foco no que importa, no real."

"Bem clichê, hein? Se joga no trabalho e tudo será esquecido, deixa de drama, isso aí é frescura. Nossa, pra que terapia?"

"Clichê ou não, é o que funciona."

Fabrício foi até o balcão buscar outra garrafa de Original. Fiquei observando as pessoas: até que o de cabelo azul era bonitinho, lá parado quase no meio da rua. Sorri para ele tombando a cabeça para o lado. Ele retribuiu o sorriso, pura malandragem, quem sabe eu ainda acabasse a noite em algum hotel barato da região, desses que cobram por hora.

"Vou fazer isso em relação ao trabalho, vou sair de casa também. Mas ainda falta."

"Homem? Falta homem? Porque o de Praga tu não vai mais ter, a não ser...", e Fabrício fez uma pausa como se uma ideia lhe tivesse ocorrido naquele segundo, "que esteja pensando no outro, está?"

"Paulo Henrique?", ele se referia ao meu ex, aquele que também tinha me deixado a ver navios.

"Porque, mermão, se tuas opções são Sebastian em Praga ou Paulo por aqui, tu tá bem mal. Sinceramente, eu devia ter estudado psiquiatria pra entender por que você só quer se enfiar em relações assim."

Ignorei o comentário e falei sobre a residência no hospital.

"E para R3 não vou fazer cardio, vou tentar cirurgia, vou voltar e mudar tudo."

Fabrício entendia que aquilo, sim, era uma mudança de vida radical. As horas de estudo de qualquer médico são intensas, mas a residência em cirurgia na USP era algo em outro patamar, era provável que eu tivesse pouco tempo para qualquer coisa que não fosse o hospital.

"Tudo isso por causa de uma pica perdida? Vamos beber mais, que a coisa é grave."

Ficamos mais algumas horas, falando desse e de outros assuntos. De vez em quando, via que o de cabelo azul me olhava, mais um jogando seu tempo e energia fora. Por volta de duas e pouco da manhã pagamos e fomos embora, não sem antes eu tentar convencer, sem sucesso, Fabrício a esticar.

Quando entrei no meu quarto e acendi a luz, após ter subido pelo elevador de serviço e refeito todo o caminho da fuga, vi um bilhete sobre minha cama. Mamãe dizendo que da próxima vez eu avisasse que ia sair, e que, embora eu não tivesse perguntado, meu pai estava viajando a trabalho e voltaria no fim de semana.

Daria tempo de cortar o cabelo.

9

Antes do *Grand Tour*, eu havia feito dois anos de residência em clínica médica. Eu amava o dia a dia nas emergências, me dava uma sensação de realização fantástica, e de poder também. Nos plantões de madrugada a emoção era garantida. Naquela batalha entre vida e morte que é o HC, a encruzilhada entre sim e não, a profissão tinha sabor de realidade. Um dia era uma travesti esfaqueada numa briga com o cafetão ou com o cliente; no outro as vítimas de um acidente grave; e todo dia os casos do coração.

Comecei a amadurecer para a tarefa que tinha em mãos quando perdi a primeira criança, o que me fez questionar se era aquilo o que eu queria. Estava no terceiro ano da graduação e ainda não tinha visto nada mais impressionante que as aulas de anatomia e os desenhos desprovidos de sentimento do Sobotta, quando chegou no pronto-socorro uma mãe com uma menina de uns cinco anos, com febre e se queixando de dor na barriga. O médico, um residente de quarto ano, ou R4, pediu que eu a avaliasse. Pressão arterial baixa, 8 por 6, o abdômen superior inchado e, quando fiz o exame físico na barriguinha, a menina gritou de dor. Estava completamente endurecida. O residente me afastou e repetiu o exame e, instintivamente, segurei a mão da criança, que chorava enquanto ele auscultava seu abdômen.

"Vai passar, fica tranquila, Joana, fica tranquila", disse, e vi olhar de reprovação do médico, mas não dei importância, meu papel de repente mudou. Entre aprender o que ele fazia e cuidar dela, cuidar me pareceu mais urgente, ainda não havia distanciamento entre o homem e o estudante. Os demais colegas de turma que estavam ali olhando não faziam nada, eu queria que ela se sentisse segura, queria dizer que era uma dor de barriga e ia passar.

"Leva a paciente pra uma tomo do abdômen e pede hemograma, ureia, lipase e amilase, vai, anda." O médico me entregou o prontuário anotado e partiu com os colegas de turma para o enfartado que dava entrada.

Empurrei Joana numa cadeira de rodas pelos corredores da emergência, desci um andar para o setor de radiologia. À noite, o hospital é tão movimentado quanto de dia; o subsolo dava a sensação de ser uma estação de metrô, e eu me sentia perdido. Joana segurava a barriga e se inclinava para frente, a mãe ao lado estava pior que a menina.

"O que ela tem, doutor? Por que essa dor tão forte?"

"Eu não sei, senhora."

"Mas que porra de médico é você? Cadê o médico de verdade?"

Seu desespero não me ajudava a achar o caminho.

Empurrei a cadeira desastradamente para dentro da antessala da tomografia, o técnico e um auxiliar de enfermagem vieram me ajudar a colocar Joana na mesa, qualquer toque a fazia gritar.

"O que é?", perguntou o auxiliar tomando o prontuário da minha mão.

"TC do abdômen, talvez seja pancreatite aguda, eu acho que ela devia ir direto para o centro cirúrgico", respondi enquanto tentava fazer Joana sair da posição fetal. Ela já não gritava, um silêncio assustador.

"Então por que diabo ela está aqui?", esbravejou o auxiliar de enfermagem enquanto eu me calava envergonhado, "porra de estagiário."

Joana começou a perder a consciência, a equipe médica chegou, nem fizemos a tomografia. Pressão caindo rapidamente, seis por quatro, injeta Epinefrina, Joana me olhou mais uma vez enquanto os intensivistas tentavam fazer seu coração bombear. Joana entrou em choque segurando minha mão. Silêncio. Em menos de sessenta segundos não havia mais ninguém na sala, apenas eu, encostado na máquina de tomografia, catatônico, a mãe sentada no chão sem dizer nada, Joana, imóvel e sem dor, com a barriga exposta, infantil, nua e inchada. E uma senhora da limpeza, recolhendo os restos de material que estavam no chão, dizendo que precisavam preparar a sala para o próximo exame e me avisando candidamente para eu não me preocupar, que ela chamaria o "pessoal lá de baixo" para buscarem "o corpo". E ainda completou: "pâncreas é foda".

Durante anos achei que poderia ter salvado Joana. Se eu fosse o residente, teria enviado direto para a cirurgia, teria entendido a gravidade quando ela se calou, teria ficado com ela em vez de passar para o próximo caso e mandar um estudante de terceiro ano, que não sabia nem os caminhos do hospital, levá-la para seu último passeio. Tive raiva da mãe, que deveria ter visto os sinais muito antes, raiva do sistema, que não deu a Joana a dignidade que ela precisava na vida e que merecia. "O corpo".

Cheguei em casa às cinco da manhã e, no banho, chorei sozinho sentado no chão do chuveiro, me perguntando se tinha força para aquilo. Quando desci para o café, após descansar por uma hora, encontrei meu pai e contei o acontecido e meus questionamentos, ele não levantou os olhos do jornal para dizer: "da próxima vez que você estiver nessa situação, decide se vai chamar o médico ou vai ser o médico".

Às oito estava de volta na Pinheiros para a aula. Joana segue comigo até hoje.

Conheci Paulo Henrique naquele mesmo ano. Foi um período

de muitas mudanças. Além de ser apresentado à realidade de um médico, intensifiquei meus encontros sexuais em São Paulo (antes minhas aventuras tinham sido na fazenda da família ou coisas leves no colégio). Naquele terceiro ano, alguma torneira se abriu em mim e colecionei amantes, geralmente outros alunos da Medicina, residentes, enfermeiros e até professores. A faculdade era um celeiro infindável de deleites. Eu passava todo o tempo lá, entre minha recém-descoberta vocação de intensivista e os segredos de alcova nos corredores brancos — aquele conjunto de prédios me bastavam.

Mas nada me preparou para o momento em que conheci Paulo Henrique. Com ele, tive o maior caso de amor da vida, até Praga, e agora era eleito como a cura. Estranho como não me importou que a relação com ele também tivesse fracassado antes. Dessa vez, eu faria funcionar.

O reencontro não foi planejado. Aconteceu dois dias após eu ter dito, no Bar da Lôca, que pensava nele como salvação para meus males.

Fui com Fabrício e Tati, uma amiga jornalista, ao Municipal ouvir a OSESP executar a Pastoral de Beethoven, um evento patrocinado por alguma empresa que convidou meu pai, mas, por ele estar viajando, fomos nós. Encontrei meus amigos já dentro do teatro. O coquetel era servido na área anterior à entrada da sala, a iluminação amarelo-escura e a profusão de gente bem arrumada, destoava dos dias em que o espetáculo é aberto ao público. O ambiente era formal e eu devia ser a pessoa mais malvestida.

Tati, naquele tempo, funcionava para mim como um grilo falante do mal. Enquanto Fabrício sempre tinha opiniões ponderadas que me traziam mais perto da razão, Tati era o combustível para os meus excessos, incentivava que eu seguisse pela rota mais divertida e perigosa das escolhas. O único desses excessos, a única loucura que ela não era a favor tinha a ver com Paulo Henrique.

Segundo ela, ele me fazia mal, e pude imaginar o que iria dizer de Sebastian. Por vezes, pensei se ela não nutria uma paixão inconfessável por mim. Inconfessável e inútil.

Estávamos os três no coquetel, taças de champanhe nas mãos, discutindo quem dormiria na apresentação, provavelmente Fabrício. O primeiro sinal soou.

"Ele já viu a gente, não olha para trás, mas ele já viu", Tati disse aquelas palavras com ares de algo muito grave.

"Quem?"

"O demônio da barba."

E a sensação de Praga voltou, um tremor no corpo todo, batimentos acelerados e certa náusea. Paulo foi o primeiro a contribuir para o desenvolvimento do meu cinismo em relação aos homens. Franzindo o rosto, Tati indicou que ele vinha em nossa direção.

"Boa noite, Doutor Alexandre."

Antes de me virar tentei apagar o sorriso tonto que eu tinha na cara, o que não foi difícil, face ao olhar reprovador de Tati e Fabrício. Virei-me para ele.

"Oi, Paulo Henrique.", usar o nome composto era algo que eu fazia sempre, "que surpresa, não sabia que gostava de Beethoven", desdenhei.

"Pois é, eu gosto de tudo que é bonito." E deu um gole no champanhe. "O escritório onde estou trabalha para o patrocinador, daí ganhei os convites."

Tati interrompeu a conversa, fazendo-me lembrar que havia mais gente ali.

"Olá, advogado. Fazia tanto tempo que eu não te via que até pensei que tivesse voltado para Minas. Você é de Minas, né? Bom, ilusão a minha, que pena", Tati já deixava claro que sua opinião sobre Paulo não havia mudado.

Paulo deu um sorriso condescendente, ignorando o comentário, e falou apenas comigo.

"E a cardiologia, como está?"

"Não vou mais fazer cardio, vou fazer cirurgia. Depois pode ser que vá para cirurgia torácica, não sei, enfim, de volta à R1".

"Interessante, Alê."

Tinha a impressão de que tudo que ele dizia tinha um significado oculto, sentia lascívia em seu olhar, aquilo me excitava.

"Vamos combinar de jantar um dia desses, daí você me conta tudo sobre essa sua decisão."

"Vamos ver..."

Enquanto eu buscava alguma coisa para dizer, o segundo sinal nos interrompeu, era a senha para Tati me pegar pela mão e irmos em direção à entrada da sala. Ainda olhei para trás e ele estava ali, parado, sorrindo para mim.

Se a opinião de Tati não havia mudado nada, a minha tinha se transformado por completo. Paulo e eu tínhamos namorado uns seis meses, um dia ele terminou comigo, não soube por quê. Eu fui apaixonado, mais ou menos parecido com o que tinha acontecido com Sebastian, mas diferente de Sebastian. Quando conheci Paulo, achei que era um amor para nunca ser superado, ele era de Belo Horizonte, veio para São Paulo fazer Direito, nos conhecemos numa festa da faculdade dele. Usava uma barba curtinha e bem cuidada que eu gostava de sentir no meu rosto liso. Tinha uma maneira calma de dizer as coisas, não falava alto, nunca perdia o controle, conseguia fazer com que eu me sentisse a única pessoa do mundo, tinha um sotaque mineiro que eu gostava de ouvir. Seu cabelo era preto como o meu, usava curto, e mexia nele com frequência, como se quisesse mostrar o lado de dentro de seus braços, era um sedutor.

Entramos no camarote destinado ao meu pai, na parte da frente, do lado direito da plateia. Ainda sobrava uma cadeira vazia e eu pensei em convidá-lo, mas não fiz. As pessoas se acomodavam na bela sala, com o teto em mosaico, aquele barulhinho característico desses momentos de preparação, uma nota dissonante aqui e ali vinda dos bastidores nos lembrava da música que viria. Sentado e olhando a plateia por cima, eu procurava Paulo com interesse. Tati e Fabrício falavam sobre alguma coisa, com a qual eu fingia concordar. Até que o vi, sentado no que me pareceu a oitava ou nona fila, um ótimo lugar, um rapaz ao seu lado esquerdo e, do direito, uma amiga que eu conhecia. O rapaz era novidade, tinha uma barba parecida com a de Paulo, e estavam muito à vontade. Deram-se as mãos justamente na hora em que Paulo olhou para cima e me viu, sorrateiro, espreitando. A distância não era grande o suficiente para eu disfarçar, ele sorriu e acenou; o rapaz deve ter perguntado quem eu era, pois cochicharam algo e, em seguida, ele acenou para mim. Desviei o olhar, incomodado.

A orquestra começou graciosa, o *allegro ma non troppo* e a chegada ao campo, os violinos me carregaram em devaneios para longe. Conforme a música evoluía e a melodia enlevava a sala, me sentia transportado a Praga, involuntariamente voltei às margens do Moldava, perdido no labirinto da *Staré Město*, andando pelas ruas, sem peso, sem ossos e sem corpo, como escreveu Kafka. Então, o tom suave se transformou em algo agitado e urgente com a entrada dos sopros, que dançavam uns com os outros num crescente que passou a me sufocar. As flautas, os oboés e os clarinetes em conluio com as violas, violinos e *cellos* me sugavam o ar. De olhos fechados, vi que agora estava naquela ponte sobre o rio, mergulhando nas águas azuis e, antes que me afogasse, a música novamente se tornou lenta, me resgatando como uma boia salva-vidas. Ao abrir os olhos, sentia dificuldade em respirar, aperto no peito e na garganta. Levantei sem explicações, apenas murmurei que já voltaria, saí do camarote para o corredor lateral, tropeçando, corri em direção às escadarias que levam ao andar de baixo. Ali me sentei e retomei o ritmo da minha respiração, pensei no que queria fazer, no porquê de aquele encontro fugaz com Paulo ter me deixado daquele jeito. Ou não tinha nada a ver com isso? Ou era Praga?

Senti muita saudade, vontade de estar com Sebastian, apesar de tudo. Voltar a Paris e refazer meus passos. Eu sabia que aquilo tinha que acabar, só não sabia como. Procurei na carteira o bilhete que ele me deu em Paris e que eu li e reli no voo de volta, enquanto tentava me afogar no vinho:

Quero lhe implorar
Para que seja paciente
Com tudo o que não está resolvido em seu coração e tente amar as perguntas como quartos trancados e como livros escritos em língua estrangeira.
Não procure respostas que não podem ser dadas porque não seria capaz de vivê-las.
E a questão é viver tudo. Viva as perguntas agora.
Talvez assim, gradualmente, você sem perceber, viverá a res- ·
posta num dia distante.

(Rainer Maria Rilke)

Alex, eu não sou bom com as palavras, tomei emprestado de um admirável conterrâneo aquilo que quero te dizer nessa despedida, sbohem, Sebastian.

Deveria viver as perguntas, enquanto não desse conta das respostas, Sebastian era uma pergunta ou Paulo era uma pergunta? Não havia respostas? Ainda não há? Voltei ao meu lugar a tempo de assistir o final do *andante molto mosso*. Olhei para baixo e vi Paulo de mãos dadas com o rapaz, ele olhou para cima e me fitou por alguns instantes esboçando um sorriso sacana, como se tivesse esperado meu retorno. Respondi mordendo o lábio inferior.

10

A gente ama algumas vezes, hoje eu sei. Eu não amei só Sebastian, embora sinta que só tenha amado Sebastian. Existe um amor, e depois todos os outros são mais ou menos bege, como se a lente pelo qual os víssemos passasse por algum tipo de mácula que torna todas as emoções menos potentes, entre o amarelo e o marrom. É triste pensar que eu também posso ter sido bege para alguém. Creio que a gente vive mais tempo do que precisa. Seria suficiente um amor, uma paixão inigualável e teríamos provado a vida. A busca incessante que se segue é frustrante. Depois da primeira vez, as músicas não mais nos tocam do mesmo modo, a poesia se esvazia.

Olho a paisagem que se estende quase a perder de vista, neste lugar, cenário inseparável do meu pequeno drama, e penso que todo o tempo que não passei com Sebastian foi um tempo em busca daquilo que o mês de abril de 1994 me deu: minha vida durou dois dias. O resto foram os créditos de um curta, que se alongam mais que o filme. Tudo isso pode soar ridículo hoje, pois seria de se esperar que, após tantos anos, fosse apenas uma imagem no passado. Não é, é minha vida, eu sou aqueles dois dias.

Ao voltar da viagem, porém, a vontade de deixar Sebastian e Praga para trás eram forças poderosas em mim, suficientes para que eu decidisse voltar a ser R1, residente de primeiro ano, mesmo depois de ter feito dois em clínica.

Ver Paulo foi um incentivo. Apesar de ter outras qualidades, ele era em uma palavra, um tesão.

Nosso primeiro encontro, muitos anos antes de tudo, foi inesperado. Era o terceiro ano da faculdade, mais ou menos na mesma época que perdi Joana e, com isso, começava a amadurecer para a profissão, mas não ainda para a bebida, meu excesso preferido. Fabrício e eu decidimos ir à Peruada, festa da Faculdade de Direito, no centro. Nós, da Medicina, tínhamos a certeza de superioridade frente a qualquer outra carreira, mas aquelas pessoas do Direito também achavam que eram as mais brilhantes do universo. Era um ambiente hostil, mas, depois de meses de pressão nas aulas e nos plantões, um pouco de esbórnia pós-adolescente não faria mal.

Começamos na cerveja, passamos para a caipirinha preparada com uma cachaça de origem duvidosa, disco voador, maconha. O Largo São Francisco era uma procissão de inconsequências, eventualmente, eu e Fabrício nos perdemos um do outro. Quase sem poder parar em pé, comprei mais quatro latinhas que carreguei numa sacola plástica dada pelo ambulante. Tentava encontrar meu amigo, mal olhando em linha reta: a intoxicação estava em todas as dobras do meu corpo, e eu nem sabia qual das substâncias era responsável por aquilo, provavelmente todas. Virei uma lata daquela cerveja barata e procurei um lugar para sentar. A Igreja de São Francisco, com sua moldura azul celeste, parecia me dizer para ir com calma. Sentei na sarjeta, deixei cair as cervejas aos meus pés e enfiei a cabeça entre as mãos na esperança de que as coisas parassem de girar. Antes que eu desmaiasse, uma voz veio do além e me perguntou se eu precisava de ajuda.

"Não, só preciso achar meu amigo", respondi sem me mexer.

"Você não tá bem, acho que derramou cerveja na sua camiseta", a voz era calma, mas insistente.

Levantei o rosto e olhei para o dono da voz.

"Bebi muito, acho."

"Uau!", foi o que ele disse, me olhando com jeito de fome.

"Vou embora."

Fiz menção de levantar, mas ele se sentou ao meu lado e me segurou, até porque eu não tinha equilíbrio para ficar em pé sozinho.

"Não, espera, você não tem condições de ir embora assim, olha só sua cara, tá horrível."

Olhei para ele como se perguntasse que diabo ele estava dizendo.

"Espera, vamos conversar um pouco, eu sou o Paulo Henrique. Estranho que nunca te vi aqui na faculdade, eu lembraria." Sorriu um sorriso branco e perfeito. Ele era, de repente, perfeito. Bermuda e camiseta, uma barba por fazer, o rosto forte.

"Alexandre. Não estudo aqui, faço Pinheiros, quero salvar vidas, mas não tá dando certo nem com a minha." Entre um soluço e outro consegui sorrir com aquela frase falsamente condescendente.

Ele disse que me levaria para casa, que estava de carro. Aceitei e fui com ele pelas ruas escuras e perigosas do centro. Lembro apenas que seguimos pela Senador Feijó, de resto me deixei guiar, cambaleante, agradecendo a paciência dele e pensando que adoraria tê-lo conhecido em outras circunstâncias. Chegamos ao carro. Não tive medo do estranho que oferecia tantas gentilezas.

"Onde você mora, garoto?"

Hesitei. Eu não queria dizer onde morava, não queria que ele me tomasse pelos meus pais. Aquele prédio suntuoso, os seguranças que surgiriam para me acudir, a impossibilidade de voltar a ter uma conversa com ele sem o peso da minha família.

"Se você não disser onde mora, vou ter que te levar pra minha casa."

E eu nem precisava desse motivo para ficar calado. Apaguei depois disso, não lembro como cheguei, nem como subi até o apartamento dele. Minha próxima lembrança é um chá de camomila que ele insistia que eu bebesse, dizendo que ia me fazer bem. Talvez fizesse se eu já não tivesse misturado tanta coisa: todo aquele líquido se revoltou no meu estômago e eu vomitei em jatos, nele, em mim, no sofá da sala, no tapete, na xícara de chá que voou pelo chão.

"Caralho, Alexandre, só a cara é de príncipe, que porco."

Paulo se levantou e correu ao banheiro para se lavar, enquanto eu ficava ali com o rosto um tanto mais lívido. Tirei a camiseta e limpei a boca e os braços com a pequena parte sem vômito. Ele voltou com uma toalha e limpou o sofá, o chão e minha cara, nessa ordem.

"Vem, vem tomar uma ducha."

Uma corrente elétrica me deixou aceso, banho, banho com ele. O que ele tinha em mente eu não sabia, mas a minha corria a mil, instantaneamente eu estava melhor, acho que por ter posto tudo pra fora. Deixei-me levar até o banheiro disfarçando um sorriso bêbado. Paulo ligou o chuveiro e sentiu a temperatura, fiquei sentado no vaso como um espantalho fora do mastro, com um milhão de pensamentos deliciosos me alimentando, fazendo meu pau crescer, me preparando para o que eu previ ser um momento constrangedor. Nada como ter vinte e dois anos.

Paulo tirou sua camiseta e bermuda, o que só aumentou minha inquietude. Eu já não sabia se estava bêbado ou alguma outra coisa. De cuecas, parado na minha frente, ordenou que me levantasse, ao que obedeci. Puxou minha bermuda e cueca para baixo ao mesmo tempo, num movimento brusco, liberando meu pau duro que quase bateu em seu rosto. Fingiu naturalidade, se levantou e me olhou com uma cara sacana enquanto acariciava minha ereção.

"Nada mal, Alê, mas isso vai ficar para quando você souber o que tá fazendo."

Dizer aquilo enquanto me massageava quase me fez gozar.

Paulo me colocou sob a água quente e me lavou, suas mãos

percorreram todo meu corpo, desde o pescoço, descendo pelas minhas costas, axilas, peito, bunda e coxas. Eu mantinha os olhos fechados e me deixava levar por aquilo que nunca tinha experimentado, não daquele jeito. Ele não tirou a cueca e não sei se estava excitado também, gosto de lembrar que sim. A água quente me fez relaxar até quase cair no box que dividíamos.

Acordei no dia seguinte, sozinho, sem saber onde estava, nu. Abri os olhos naquele quarto estranho, um quarto de estudante num apartamento de estudante. Ainda sem levantar, busquei minhas coisas, estava tudo na mesa ao lado da cama, carteira, chaves e um bilhete de uma linha:

Bom dia, pequeno príncipe, espero que esteja melhor, fui trabalhar, me liga, Paulo.

Eram quase dez da manhã e eu devia estar na aula às sete. Pulei da cama, minhas roupas estavam imundas, procurei no armário algo que me servisse, e vesti qualquer coisa com a negligência de sempre. Lavei o rosto e tentei escovar os dentes com o dedo, desisti, usei a escova dele. No bilhete eu respondi: Me liga você, raposa.

Saindo do prédio, vi que estava na Rua dos Ingleses, entrei num táxi ainda cheirando a álcool, adrenalina e esbórnia.

"Toca pro HC."

"Noite dura, filho?"

"Bota dura nisso, meu senhor"

11

Logo que saí do banho, sábado de manhã, senti a mudança da atmosfera no apartamento. Meu pai devia ter chegado. Um ar denso, que eu poderia cortar com uma lâmina dez, e que ainda me mete medo tantos anos depois de sua morte.

No corredor do segundo andar, me olhei no espelho, cabelo cortado com máquina três, rosto saudável. Um médico respeitável. Era assim que eu esperava que ele me visse, um orgulho para a família, alguém sobre quem ele pudesse se exibir para os irmãos, que também tinham filhos e filhas acima de qualquer reprovação. Era importante para ele que minha vida fosse imaculada, e eu sabia, como ainda sei, que eu já havia feito muito para que esse objetivo nunca fosse alcançado.

Ser gay parecia um problema menor, superado anos antes. Após algum tempo de revolta e grosserias, ele percebeu que se opor à minha sexualidade seria uma batalha perdida, e de bobo ele nunca teve nada. A real questão era o meu desinteresse pelos negócios, pelas fazendas e usinas. Logo que entrei na USP tive um refresco dessas cobranças, afinal, seria médico, tinha vencido o vestibular mais concorrido do Brasil, era um vitorioso. Mas, com o passar dos anos, o descanso acabou, e ele começou a me trazer exemplos de médicos que haviam se tornado empresários e a falar em como as coisas podiam ser conciliadas.

Havia também a questão sucessória. Alguns anos após meu

nascimento, um pequeno tumor obrigou minha mãe a retirar os ovários, eu nunca teria irmãos. Caberia a mim dar continuidade à dinastia centenária que eles ostentavam com gozo. Inimaginável meus tios seguirem pela eternidade, enquanto ele teria o nome encerrado em mim. Não se importava se eu me casasse com um homem, mas eu deveria ter um filho. Também não poderia ser adotado, tinha que carregar o sangue deles. E de preferência de olhos azuis como os meus. Eram muitas as exigências.

Meu pai se chamava Antônio Henrique, e não era essa a única coisa que ele e Paulo tinham em comum. Ambos eram ambiciosos, frios, cautelosos em suas palavras e ações. Na primeira vez que se encontraram, num jantar em casa quando já estávamos namorando tinha uns quatro meses, meu pai disse que havia gostado de Paulo, muito polido, bons modos, seria advogado. Mas o que ele realmente gostou foi perceber que aquele cara seria facilmente manipulado. Pela ambição, manipulado por meu pai, pelo dinheiro. Um genro com sede de poder era um prato feito. Meu pai ficou bastante frustrado quando o romance acabou, com medo de que eu arrumasse algum "esquerdinha", palavra dele, estudante de Ciências Sociais. Sebastian teria sido, igualmente, uma péssima escolha. Muito idealista.

Titubeei mais um pouco em frente ao espelho, belisquei as bochechas para parecer mais corado. Tomei fôlego e caminhei para o encontro temido. Descia as largas escadas de mármore devagar e, lá de baixo, da sala de jantar, já ouvia seu vozeirão conversando com mamãe.

Ele estava sentado à cabeceira da mesa, o lugar que, na sua ausência, Beatriz ocupava. Estava um pouco fora do peso, mas sua maneira de falar, de olhar e de se mover era como as de um jovem de vinte anos, apesar dos *stents*. Deve ter sido assim a vida inteira. Quando apontei na entrada da sala de jantar, ele se levantou e sorriu para mim, permaneci imóvel.

"Estava na hora, né, Alexandre, quase onze da manhã! Vem dar um abraço no seu pai e finja que estava com saudade."

Não precisei sequer me mover: enquanto falava, já estava na minha frente me abraçando com aqueles braços enormes. Gostei do abraço, gostava dos raros abraços dele.

"Claro que eu tava com saudade, pai. São mais de três meses, né? E quais as novidades?", eu queria puxar assunto, não deixar a conversa chegar em mim. Perguntar sobre novidades era o mesmo que pedir para ele falar de negócios.

"Sem novidades, vai tudo bem, finalmente a inflação tá sendo controlada com essa URV que inventaram mês passado. Sabe qual é a piada em Brasília? URV é o meio da palavra "curva", a senadora que me contou." E ria sem se importar com minha cara de ignorância. "Mas o que eu quero saber mesmo é que história é essa de morar sozinho. De voltar dois anos na residência e mudar de curso. O que você andou bebendo na Europa pra chegar aqui e matar sua mãe de desgosto?"

Eu devia saber que não tinha como manipular a conversa a meu favor; ele desferiu essas perguntas antes mesmo de eu ter sentado para o café. Mamãe fez um gesto indicando que gostava do meu novo cabelo, e se virou para Clarisse pedindo qualquer coisa. Enquanto isso meu pai me servia e, sem desviar o olhar, buscava extrair respostas, que fossem as que ele queria.

"Pai, que exagero, matar de desgosto porque quero morar fora aos vinte e sete anos? Vocês deviam estar me expulsando daqui a esta altura. Mas eu busco alguma coisa aqui perto, não vou pra longe."

Mamãe se ocupava de qualquer outra coisa da mesa, pegava a geleia, deixava a geleia, mexia no queijo, chamava Clarisse, tudo para não ter que entrar naquela conversa. Nessas horas eu tinha dó dela, mas também certa raiva por ela me deixar sozinho, era infantil de sua parte. Eu sabia, já naqueles dias, que as minhas decisões seriam defendidas apenas por mim, que se eu enfiasse o rabo entre as pernas e dissesse "tá bem, eu fico aqui, eu vou trabalhar com você", a responsabilidade seria apenas minha. Hoje eu só teria a mim para culpar, não minha mãe ou Paulo ou Sebastian. Mas naqueles dias eu queria que mamãe me ajudasse. Em vão.

"Bom, mas não vamos discutir isso agora, hoje é sábado, cheguei de viagem não faz nem duas horas, quero mais é aproveitar o dia com essa minha mulher linda, você pensa bem o que quer fazer." E engoliu um pão de queijo.

Sim, pai, o recado estava dado. Terminamos o café falando de coisas mais leves, de política, da confusão com os preços do etanol e do setor elétrico. "Graças a Deus pelo açúcar", meu pai repetia.

Mais tarde, por volta de quatro horas, eu estava deitado à beira da piscina, aproveitando as últimas semanas antes do frio e do hospital que aniquilaria qualquer tipo de ócio, e meu pai veio falar comigo, sozinho. Senti-me um pouco culpado por estar ali, deitado tomando sol, de barriga pro céu com uma garrafa de cerveja na mão, vendo a banda passar enquanto ele, que já passava dos sessenta, estava trabalhando em sua biblioteca. Como se lesse meus pensamentos, chegou dizendo: "Vida boa, hein, já ficou rico?" Sentou na cadeira ao meu lado, bebericando de um copo de whisky. O vale, lá embaixo, dava a perspectiva da altura em que nos encontrávamos na vida. Ele tinha essa consciência. Eu não tinha a mínima, e essa falta de noção ainda me causaria sofrimento.

"Vai ficar muito tempo, pai?" Ajeitei-me e sentei na espreguiçadeira.

"Umas duas ou três semanas. Você sabe, Alexandre, que eu não tô nem aí se você mora aqui ou num quarto e sala ao lado daquele hospital. Eu concordo que já passou da hora faz é tempo, mas sua mãe, ela não consegue ver isso. Ela não tem condições de ficar sozinha, eu viajando o tempo todo, ela não tem uma ocupação, não tem um interesse, você sabe como é complicado para mim."

"Mas, pai, eu nem fico aqui, eu passo os dias no hospital, você sabe." Era uma tática nova, me fazer de ocupado.

Ele deu um gole no *scotch* e, olhando para o vale, não respondeu nada. Eu sentia que precisava sair dali, não podia continuar aquela conversa, perderia sem dúvida, e passaria a vida fazendo de conta que cuidava de mamãe. Logo ele me faria uma oferta que eu não poderia recusar, e seria tarde demais. Se fizéssemos bastante silêncio, poderíamos ouvir *The Godfather* tocando à distância.

"Pai, já que você vai ficar aqui essa semana, eu pensei em ir pra fazenda em Piracicaba, é minha última semana antes de recomeçar a residência. O que acha?"

"A residência nova?"

"Sim, pai. Residência nova." Dessa vez eu firmei o olhar no dele.

"Claro, filho, não precisa nem perguntar essas coisas. A fazenda é sua."

Deu um tapinha no meu rosto e, com um suspiro se levantou, caminhou de volta para dentro do apartamento, mas, antes de desaparecer, se virou e me disse:

"Prefiro o cabelo comprido. Se você quer tanto fazer as coisas do seu jeito, tenha coragem."

12

Minha ideia de passar a semana em Piracicaba era parte do meu plano de atrair Paulo Henrique de volta. Assim que meu pai me deixou sozinho na piscina, telefonei.

"Oi, sou eu."

"Oi, e aí, curtiu a Pastoral?" Senti que iniciávamos uma dança.

"Muito. E você e o seu namoradinho?"

"Muito também." Ele riu e emendou: "Chamou pra marcar nosso jantar?"

"Não posso. Vou pra Pira amanhã passar a semana. Sozinho." Ele morderia a isca?

"Interessante, e fazendo o que agora?"

"Tô na piscina, tomando sol, últimos dias de folga, sabe como é."

"Sunga ou calção?"

"Cafajeste." Sorri e pude imaginar o sorriso dele.

"Tá bem, Alê, estou com uns amigos, boa viagem."

"Vai lá."

Pronto, a arapuca estava armada, eu sabia como ele funcionava. Como meu pai, eu tinha a arma para o manipular. Como fiz com Sebastian, eu podia ser manipulador o quanto quisesse, e o dinheiro tinha um papel nisso. Mas, sobre o poder do dinheiro, só pude perceber muitos anos depois. Em 1994, eu acreditava no poder dos meus olhos azuis e da minha carne dura sobre Paulo.

Eu não tinha carro, preferia táxi ou as caronas do Antonino. Mamãe achava um horror, mas eu preferia até andar de ônibus a dirigir. Para ir até Piracicaba o Antonino me levou. Amo a fazenda, antes produzia café, e nos anos 1990 era quase só cana, embora funcionasse mais como uma casa de campo. Foi dos meus bisavós e avós, meu pai comprou a parte dos irmãos, com a promessa de nunca vender.

A casa é térrea e fica sobre uma estrutura de pedras, onde há um porão, antes usado como uma pequena senzala para abrigar os escravizados que trabalhavam na casa. Nunca se falava dessas coisas, havia um recalque na família em lembrar como meus bisavós e avós tinham participado desse horror. A casa é branca com as madeiras e molduras das janelas azuis, e forma um L. Na frente há um lago, um grande gramado em volta de toda a área; nos fundos está o terreiro de secar café e um declive que leva ao curral e ao estábulo. A piscina e a churrasqueira foram devidamente escondidas atrás de um muro de ciprestes para que a modernidade não estragasse o ar de século XIX.

O carro dobrou a saída onde se lê "Fazenda São Jorge" e percorreu os dois quilômetros que separam a porteira da sede, uma estrada ladeada em toda sua extensão por dezenas de ipês brancos. O cenário ideal para meu plano de sedução.

Eram mais de oito da noite quando chegamos. O caminho e a casa estavam iluminados com suas luzes amarelas, cintilando contra o azul-escuro do céu cheio de estrelas, e refletindo na cal branca das paredes. Na porta, logo aos pés da escada de pedra que levava ao pavimento único, estava Dolores. Passada de seus quarenta anos, havia nascido na fazenda e me visto nascer e crescer. Desci do carro e a abracei com força.

"Que saudade, menino."

"Sou todo seu, nessa semana."

"Que coisa boa! Antonino, dorme aqui hoje? Vamos entrar que preparei o jantar pra vocês."

Jantamos os três na grande mesa de madeira da cozinha, ao lado do fogão a lenha. Dolores fez uma galinhada, Antonino contou seus casos, muitos dos quais eu já tinha ouvido várias vezes. De sobremesa, doce de abóbora e uma cachacinha feita ali mesmo. De repente tudo me pareceu perfeito, e todas as complicações, longe demais. Sebastian em Paris, longe demais. Praga, uma reminiscência platônica.

Deixei os dois e fui para a varanda, que acompanhava todo o L pelo lado de dentro da casa. Sentei sobre uma almofada azul, numa poltrona de palha, dei mais um gole da cachaça e, olhando o céu do interior, voltei a Paris, involuntária e indesejadamente. Há pouco, aquilo parecia tão distante, mas o que estava longe surgiu na minha frente.

Voltei ao dia no *Angelina*, eu sozinho, tentando entender o cardápio em francês, quando ele se materializou na minha frente. Um fantasma de boca vermelha e olhar assustado. Em Paris. Ele havia me seguido até Paris?

"*Chaud* é quente ou frio?", foi o que saiu da minha boca quando ele se sentou a minha frente.

"Quente."

"Humm... quero um *chocolat chaud.*"

Falou mil coisas em francês com a garçonete que passava ao lado, eu não lembrava que ele falava francês.

"Eu não te disse que minha mãe era francesa? Morei aqui de 1968 até 1989."

"Tem muito que a gente não sabe um do outro, não é?"

"Eu vim aqui, quem sabe, mudar isso. Tentar mudar isso."

"Por quê? Por que você está aqui? Como me encontrou?" Esperava que ele me dissesse as palavras.

"É preciso um porquê? Você apareceu no meu hotel sem um porquê", fez uma pausa e suspirou, "Vocês deixaram o nome do hotel escrito em uns papéis em Praga, vi quando recebi seu bilhete".

Sim, Sebastian, é preciso um porquê, é preciso saber, dizer as coisas. Diga! Por que não diz? Eu poderia parecer calmo, mas não estava, sentia que estava tremendo, fazendo força para não pular nos braços dele e dizer o que havia calado na cozinha da *Plaska*. Sentia-me como o cara do supermercado, da laranja na beira do rio, à mercê dele. O que ele pedisse eu concordaria sem medir consequências.

Os doces e o chocolate chegaram, e era muita coisa. Devo ter enfiado tudo na boca de uma vez, para não precisar falar e confessar tudo que eu tinha preso na garganta. Ele também estava nervoso, eu era o cara do supermercado, mas ele também era. O pedestal havia sumido, ou nunca houve e eu criei a fantasia de que ele era inacessível. No fim, dependemos das criaturas que criamos, não é algo assim?

Parei de esconder a mão embaixo da mesa e ele a segurou com força, impedindo que eu a puxasse de volta. Ele sorriu.

"Vim a Paris para ficar, não vou voltar para Praga por enquanto. Resolvi acreditar em mim, tentar aqui, na terra dos adultos."

"Que bom, fico feliz."

Sentia a angústia se avolumar, queria sair dali com ele. Não queria nada que não fosse com ele.

"Por você, graças a você. Você me fez ver as possibilidades. Deixei tudo para trás."

"Vamos caminhar?"

Ali estava eu outra vez, sufocando um monte de coisas que queria dizer, mas pensava serem tolas, ridículas e precipitadas. Ou mesmo passageiras demais para entrarem no mundo do real. Todos aqueles pensamentos me davam nojo, eram melosos e fora de contexto para mim, acostumado a pegar de estagiários a professores e empregados da fazenda. De repente me vi andando pelo *Tuileries* de mãos dadas com Sebastian, querendo dizer que abandonaria tudo naquele momento por outra noite como a que tivemos em Praga, para sentir outra vez o gosto dele na minha boca, sentir sua língua passando por mim. Mas não apenas isso. Eu queria sentir o olhar de excitação dele quando eu disse que ele poderia ser o que quisesse, que teria seu restaurante, queria ouvi-lo cantando uma música italiana velha que, dançando e olhando para mim, dizia *nel blu degli occhi tuoi blu*, e me servindo verduras inéditas com um sorriso que transformava sua boca vermelha num convite irrecusável, num redemoinho de fluidos e êxtases desconhecidos. Eu estava pronto para mandar pro espaço minha vida programada, minha fortuna incalculada, minha família controladora. Se ele dissesse as palavras que redimissem todas as nossas falhas. Mas ele não dizia. Ele não sentia como eu.

Perto da margem esquerda paramos, ele me olhou com aqueles olhos miúdos que eu mal podia ver, o sol da manhã me cegando. Beijou-me, no meio do *Jardin*, beijou-me como da primeira vez, como se fosse acabar. E acabaria. Ele não dizia as palavras.

Passamos no apartamento dos meus pais na *Île Saint Louis*, onde fui buscar um relógio de mamãe, Sebastian não fez qualquer comentário sobre meus pais terem uma casa ali. Depois nos sentamos em um banco atrás de *Notre Dame,* e então ele me disse que tinha grandes planos. Que não sabia como os realizaria, mas ele queria. Repetiu que eu era o responsável pela mudança na vida dele. Mas não disse o que eu queria ouvir. Beijei-o novamente, agora como na segunda vez, sem pressa, com ternura, sabia que iria explodir a qualquer minuto, a qualquer oportunidade que eu desse de ele dizer as palavras, e ele não disse.

Assim, o deixei sentado naquele banco da *Île de la Cité*, deixei meu grande amor ali em frente ao rio, e voltei para o Brasil trazendo um bilhete que deveria ler no avião, doía.

Hoje eu penso que se aquelas palavras eram tão importantes, eu as devia ter dito, eu não precisava ter esperado. Cabia a mim, e eu não falei. E deixei Sebastian olhando o Sena, como ele havia me deixado no rio de sua cidade.

Terminei a cachaça e fui para o meu quarto, ainda pude ouvir Antonino e Dolores rindo na cozinha. O chão de madeira antiga rangia agudo enquanto eu avançava pelos corredores, um som triste, como um violino lamentando o fim de qualquer coisa.

13

Ainda era cedo quando me sentei com Dolores para o café da manhã. O cheiro de pão saído do forno se misturava ao do café fresco, a luz invadia sem cerimônia a cozinha pelas janelas e portas largas, iluminando as panelas e o chão de cerâmica vermelha. Junto com a luz entrava uma brisa, transportando consigo a umidade recolhida do capim verde que se agitava à distância.

O sol, de pé desde às seis, já aquecia forte o campo resfriado pela madrugada. Naquela cadeira, olhando o horizonte, pensava sobre o dia, o que esperar dele, os que o sucederiam. Dolores parecia experimentar uma animação turbinada pela minha presença desapressada. Bolos e geleias apareciam do nada. Queijos, alguns experimentais que ela andava testando, receitas novas, competiam com a manteiga caseira e pelo pão que eu comia sem parar. Estava certa Dolores, eu não tinha pressa.

"Vai ficar quanto tempo, Alexandre?"

"Uns dias, a residência recomeça semana que vem."

Uns dias, mas quantos? Quantos seriam necessários para que Paulo aceitasse o convite? Quão assertivo, dentro da ambiguidade, eu havia sido? Quanto ele fingiria desinteresse? Sentia, naqueles dias, que não tinha tempo a perder. Que a situação toda, após Sebastian, deveria ser resolvida com celeridade.

Não pensava que as feridas precisam de tempo para cicatrizar, como num centro cirúrgico. Em 1994, eu tinha algumas dúvidas existenciais, mas tinha muito mais certezas: uma delas era que o sofrimento de um abandono se resolve com outra pessoa.

Após me convencer a encerrar o café, tomei um banho rápido e desci para o estábulo. Saindo pela varanda, atravessei o terreiro de secar café, pouco utilizado naqueles tempos, e o barranco que conduz ao estábulo, uma das paixões do meu pai e minha também, onde eu havia passado muito da infância e adolescência. Criávamos o Manga-larga Paulista e o meu preferido naqueles anos era o Faísca. Alazão com as quatro patas calçadas, rápido como nenhum outro.

Um peão me ajudou a selar e preparar Faísca, saí do estábulo em marcha trotada rumo ao cafezal, uma brisa insistente soprava contrária ao nosso rumo. Passando os pastos e chagando ao cafezal, comecei o galope pela estrada vazia. Galopei e galopei até perder a noção do tempo, fui até as divisas da fazenda a oeste e parei junto da cachoeira que se forma de um dos afluentes do Rio Piracicaba. Amarrei Faísca numa árvore para que descansasse um pouco. Tirei a roupa e, nu, entrei na pequena lagoa, fiquei boiando e mergulhando por algum tempo, uma hora, talvez. Uma capivara me observava da margem, talvez incomodada com a minha presença. Quis manter meus pensamentos livres, meditar, mas pensava mesmo em Sebastian e no que poderia ter acontecido de tão louco dentro dele para me seguir até Paris. Por que ele ainda estava lá, e por que eu não estava? Se eu havia feito tudo errado.

A capivara passou a me incomodar, não entrava na água nem saía, não variava de movimento, assim como minhas ideias. Após algum tempo trocando olhares com ela, saí da lagoa, andei um pouco, saltitei sob o sol para tirar o excesso da água e me vesti. Montei Faísca e disparamos de volta à sede.

O sol queimava e, apesar do vento frio, eu e o cavalo suávamos. Chegando perto da divisa entre o cafezal e os pastos, vi uma caminhonete da fazenda vindo na minha direção. Alguém me procurando, não poderia ser boa notícia. Apertei ainda mais o galope, pensei se estava tudo bem com mamãe. Chegando mais próximo percebi que nada havia de errado. O carro parou a alguns metros de onde eu também parei. Faísca, aparentemente contrariado por interromper a corrida, empinou de leve. Sem desmontar, esperei que a porta abrisse e Paulo descesse. Caminhou até mim, com o sorriso de sempre e um ramalhete de flores, colhidas no jardim da casa grande.

"Eu vim, Alexandre. Não era isso que você queria?"

14

Era exatamente o que eu queria. Paulo disse aquilo e permaneceu parado me olhando, ele não chegaria muito perto de Faísca, não gostava de animais maiores que ele. Paulo, muito urbano, muito bem-vestido, muito limpinho. Não fosse o sotaque de Minas, seria impossível dizer que algum dia pôs os pés fora de São Paulo. Eu também era assim, limpinho e paulistano. Mas me acreditava muito mais simples do que era, já que andava a cavalo e cultivava amizades com pessoas simples. Escapava-me que aquela fazenda cinematográfica era a continuidade da minha vida de privilégios, em outro cenário. Montado em Faísca, eu achava que Paulo e eu éramos muito diferentes. Eu me via como pura simplicidade, sempre de moletom e capuz.

Havia um elemento que nos unia, porém: o sexo. Minha vida sexual com Paulo havia começado intensa, na festa da USP, e seguiu sempre forte. Ele me excitava muito, seu corpo, sua voz, a maneira com que me controlava, mesmo que eu soubesse que era eu quem controlava. Olhar para ele já me deixava excitado, era o que eu sentia ali, pensando no que fazer, montado em Faísca.

Desmontei, enfim, e soltei a rédea deixando o cavalo livre. Aproximei-me de Paulo.

"Flores para você, Alexandre."

"Flores do meu jardim."

Paulo jogou as flores no chão, me puxou pelo pescoço e, encostando o rosto no meu, invadiu minha boca com a língua macia. Meu corpo reagiu imediatamente ao toque, ao seu perfume, à força dos braços que me apertavam pela cintura. Enfiei as mãos por dentro de sua camisa e toquei o peito quase liso, acariciando os mamilos, me deixando levar. Ele tirou a camisa, tirou a minha, ainda tentei dizer que estava suado, mas não parecia se importar.

Paulo me lambeu todo naquele pasto, trepamos ali mesmo, protegidos pelo capim e sob o olhar desinteressado de Faísca. Quando acabamos, não tive a vontade de que ele desaparecesse. Estava à vontade.

"Você sabe", eu disse enquanto descansávamos sentados no chão, "minha primeira vez foi aqui na fazenda."

"Sério, como? Com quem?"

"Diomar, ele ainda trabalha aqui, mora na antiga colônia. Tem duas filhas hoje em dia. Dioane e Dioesa, vão sempre lá na casa."

"Quantos anos você tinha?" O semblante dele franzindo em sinal de reprovação.

"Dezesseis. Mas a gente já se conhecia desde meus treze anos, ele devia ter uns trinta na época. Quando a coisa rolou, a gente estava no curral, um bezerrinho tinha acabado de nascer. A gente se pegou ali, mas a coisa aconteceu mesmo à noite, ele foi bater na minha janela."

"Que clichê, que cafona essa história. Você com o peão? Peão casado?"

"Quer saber, foi uma delícia, e não foi só uma vez."

"Você não se enxerga, Alê? Esse cara pode te chantagear, fazer o que quiser com você. Pra que se expor assim?"

"Ah, Paulo, isso faz muito tempo."

Diomar, quanta aventura... Paulo nunca entenderia, eu, um adolescente muito sozinho, em minha própria torre, muito cercado de proteções, mas só. Podia ser livre naquela fazenda. Livre com

Dolores, livre com meus cavalos, livre com Diomar. Minha vida na fazenda soa como uma sinfonia alegre, um acorde afinado, o que eu queria viver e o que eu tinha que viver, entre o real e o imaginário. Diomar, que belo.

Paulo não via assim, acreditava que aquilo era um clichê cafona e arriscado. A fantasia dele comigo passava por jatos particulares e verões em Capri. Não pelo parto de um bezerro em Piracicaba e um peão, essas eram fantasias minhas. Um ajudante de cozinha num supermercado.

"Escuta", Paulo começou segurando minhas mãos, "eu sei que quando a gente namorou eu fui meio canalha, te abandonei sem muita explicação. Você tem toda razão de ter ficado triste, mas foi um momento estranho meu. Eu tive medo de não poder ser eu mesmo com você, com seu pai e isso tudo aqui, eu não quero ser um apêndice da sua família. Achavam-me interesseiro e tal, preferi acabar tudo."

"Tá tudo bem. Não me importo, passou."

Mudei de posição e me ajeitei ao seu lado, repousei a cabeça em seu ombro ainda nu e ali ficamos não sei quanto tempo. Quando vi, o sol marcava meio-dia.

Ele dizer que tinha me deixado porque não queria ser apêndice me surpreendeu. Fez sentido, mas não convencia. Pensava que tinha algo a ver com masculinidade, mas, de acordo com aqueles valores, eu seria superior por ter mais dinheiro. Talvez por isso, olhando nossa vida juntos, ele nunca tenha deixado eu ser ativo na cama. Não, esse papel era só dele. Sebastian também resistia a isso, mas nossos momentos juntos foram mais desprovidos dessa carga obscura, que era muito mais forte nos anos 1990 do que hoje. Ele também preferia ser ativo, mas transigia. O dinheiro que eu herdaria nunca assustou Sebastian, e por isso eu nunca o pude controlar. Nisso residiu parte do encanto.

Quando Sebastian e eu nos conhecemos, não havia uma família, um nome conhecido, uma história entre nós. Nada nos separava, exceto a banca de laranjas. Nada dizia que eu era diferente dele, como de fato não sou. Eu era um desconhecido, era só um menino por quem ele se encantou. Nunca fui, nos dias em que nos apaixonamos, mais do que um menino bonito, que tocou algum lugar na alma dele. Eu, por rancor e orgulho, estabeleci a diferença pagando o aluguel. Fui assim.

Levantamos e nos vestimos, Paulo voltou à sede na caminhonete e eu com Faísca. Antes de montar, apanhei as flores do chão. Fui sem pressa, em marcha trotada, o ar fresco do campo sob o sol quente me esquentava e me esfriava, num dia de poucas certezas. Sentia, como ainda sinto, que incerto não era só aquele dia, *"a vida é feita de poucas certezas, e muitos dar-se um jeito"*. Estava dando meu jeito.

Voltei para São Paulo na manhã do dia seguinte, a temporada mais curta que o planejado. Voltei com Paulo, sob olhares desapontados de Dolores. Ele me deixou e foi trabalhar. Mamãe estava, como era esperado, vestida para um evento imaginário, fazendo todo aquele drama quando me viu entrar na cobertura. Senti o conhecido ar pesado que indicava que meu pai estava lá, desviei dos caminhos onde havia maior probabilidade de encontrá-lo e subi ao quarto. Fiquei algum tempo revisando os documentos da nova residência, me achando um louco por fazer uma mudança tão radical. Já poderia começar minha especialização em cardiologia, mas dava dois passos atrás para iniciar na cirurgia, do zero. Foi uma boa decisão, mas em 1994 parecia um ato de desespero.

Sabia que, por mais que adiasse, deveria encontrar meu pai. Além do que, eu tinha uma notícia para dar, uma que o agradaria. Fui procurá-lo na biblioteca. Era sua parte preferida da casa, um retângulo enorme revestido de estantes com livros de bibliotecas herdadas, ou compradas. Os móveis de madeira escura, rebuscados, revestidos em couro, faziam um contraponto ao resto do apartamento, bem mais pastel, branco e cinza. Bege, branco, bege, pastéis, cinza.

Abri a porta e entrei sem bater. Ele estava sentado atrás da escrivaninha e, à sua frente, uma mulher que eu conhecia e não gostava.

"Ah, desculpem. Oi, senadora. Não sabia que estavam em reunião."

"Imagina, Alexandre", disse a mulher enquanto se levantava, "já estou de saída. Até mais, Antônio, nos falamos depois."

Meu pai não se mexeu atrás da mesa. A senadora veio até mim, decidida, como se esperasse algo.

"Como está bonito! O cabelo mais comportado... E a Medicina, como vai?"

"Salvando o mundo, como vocês em Brasília."

Deu-me um beijo afetado no rosto e saiu sem fechar a porta. De longe meu pai me fitava friamente, senti o frio em mim, como sempre acontecia. Sentei na cadeira antes ocupada pela senadora.

"Pai, o que essa mulher queria?"

"Negócios. Você quer os detalhes?"

A verdade é que eu nunca quis os detalhes, e, quando eventualmente eles me foram concedidos, tive como certo que preferia continuar ignorante.

"Não, pai, tô aqui para tratar de outra coisa."

Ele suspirou e se levantou, deu a volta na escrivaninha e sentou a minha frente, em outra cadeira de couro escuro. Segurou os braços da poltrona e pareceu suspirar.

"Um dia você vai estar na minha posição, precisará saber das coisas, do mundo em que vive, e tomar decisões. Se manter alheio só faz dificultar sua vida, quando esse dia vier."

"Sou médico, não vou ter que tomar as mesmas decisões que você, sei lá... esse dia vai demorar de qualquer maneira. Pai, só tô dizendo que essa gente é perigosa."

"Sua vida é outra, então?". E me olhou quase com pena. "Taí um cavalo que logo vai te derrubar, que nem aquele Beliscão quando você era criança, tá lembrado? Você vai ter que saber levantar. De qualquer jeito, não tenha medo, nunca se esqueça, perigosos somos nós."

Com essa frase de significado obscuro, ele se levantou e caminhou para a porta que se abre à varanda, desprezando o fato de que eu estava ali para dizer alguma outra coisa.

"Eu vim aqui, pai, te dizer..."

"Sim, imagino que veio dizer que vai ficar aqui em casa mais um tempo com sua mãe e depois pretende se mudar com o Paulo Henrique. Sei que ele foi pra fazenda também."

"Dolores te contou?" Mal podia acreditar.

"Não, eu tenho meu jeito de saber das coisas. Se tem que ser, que seja, é um bom moço. Só não esquece que eu quero um neto, com o meu sangue."

"Não sei como...", eu ia seguir argumentando, mas ele me cortou, colocando as coisas em perspectiva, como de hábito.

"Veja bem, filho, eu não quero saber se o pato é macho, eu quero o ovo."

15

Começamos a namorar, Paulo e eu, alguns dias após nosso encontro na fazenda. Não me lembro, na minha arrogância passivo-agressiva, de ter pensado na situação com humanidade. Eu sofria e precisava de uma cura, Paulo parecia feliz em assumir esse papel. O acordo parecia não só justo, era um caso de mutualismo defensivo perfeito. Ele proveria o amor e o sexo, me manteria longe de Praga, eu daria a grandeza que ele almejava para voar por sobre as fileiras da classe média alta, que ele julgava de estética limitada. Como as formigas que defendem as acácias dos predadores. O néctar que Paulo beberia de mim o faria dependente, incapaz de se alimentar de outra coisa, essa dança biológica seria minha segurança.

Com a distância dos anos, admito ter sido cruel. Hoje, vejo que Paulo me amou, era mais que a mesquinharia que eu racionalizava. Não consegui dedicar a ele, nessa longa troca entre acácias e formigas, um só dia do amor devastador que dediquei a Sebastian. Senti algo próximo de amor, hoje mais que naquela época. Claro que fomos felizes de muitas formas. Ele me apoiou, assim como eu o apoiei, nos divertimos, compartilhamos, e ele faz mais parte da minha vida do que qualquer outra pessoa. Mas amar? O mutualismo nos explica melhor, uma torção triste da realidade.

Foi um tempo de serenidade, um cotidiano grave, de poucas surpresas, aventuras sem força. Foi cruel com ele e também comigo. Um período da minha vida feito de enchimentos fugazes, de coisas sem impacto, como se eu fosse um romance oitocentista, esperando o último capítulo para que algo acontecesse.

Não existia casamento ou união estável entre pessoas do mesmo sexo, nossa vida ainda era um pouco às escondidas. A posição social tornava tudo aceitável e silenciava preconceitos que podiam ser sentidos a quilômetros. Assim, escolhemos juntos um apartamento na Rua Sergipe, entre a Angélica e a Bahia, num prédio com uma varanda quadrada que, no nosso sexto andar, estava logo acima da copa de um ipê amarelo. Vivíamos com o que ganhávamos, o que, no caso dele, não era tão pouco. Eu quase não tive tempo para plantões pagos nos cinco anos de residência que se seguiram ao nosso encontro. Ele crescia num dos grandes escritórios de advocacia da cidade, trabalhava com mercado de capitais. Ganhava muito mais que eu e, para ser justo, só ele pagava as contas da casa. Fazer mamãe aceitar que nós não fôssemos morar no apartamento da Barão de Bocaina foi cansativo. Ali, na Rua Sergipe, era nossa casa, minha casa e uma declaração falsificada de independência.

Os dias eram mornos naquela casa, mas no hospital minha vida fluía e fervia. Foi a parte do meu plano que mais deu certo (ou a única). Eu não pensava mais em Sebastian com a mesma urgência em relação a quando nos afastamos, eu havia encontrado para ele um lugar calmo nos meus sonhos. No cotidiano do centro cirúrgico, às vezes, eu o via em cantos do hospital, em pacientes, em colegas, mas isso não fervia meu sangue. Acalmava-me e me fazia companhia, a companhia de um fantasma. Paulo nunca teve chance, ninguém teria tido. Como se pode sentir o amor de alguém se só se sente, todo dia, outro alguém?

16

Assim como meu namoro, a residência começou na semana seguinte aos eventos na fazenda. A cirurgia era um universo bruto por natureza. Cabia a mim buscar delicadeza, em meio a outros residentes que acreditavam, por imitação ou temor, que para ser cirurgião era preciso ser agressivo. O excesso de trabalho e a pressão não assustavam, eu havia passado a residência em clínica médica quase totalmente na emergência, não foram poucas horas, assim como não foi pouco estresse. Desde a morte da Joana até o último dia nos plantões, salvei muitas vidas e perdi algumas outras. Várias vezes chorei, sentado no chuveiro ou nos cantos escuros do imenso hospital que me serviu de casa.

Lembro a primeira vez que segurei um bisturi, lâmina dez, e apertei contra a pele tesa de alguém, abrindo aquela proteção sagrada com força, rasgando uma pessoa com precisão inebriante. Era uma extração de apêndice supurado. Não lembro o nome do paciente, entrou pela emergência, o professor mandou que eu repetisse num ser vivo o que tinha feito em seres mortos. Tive um prazer imenso em violentar aquela pele roxa, inchada, e extrair o elemento que envenenava o corpo vivo e anônimo. Cortar, abrir, dissecar, costurar. Precisão e detalhe. Sem nunca olhar o rosto apagado atrás do lençol.

Mas foi Vinícius N. Carvalho quem me mostrou a cirurgia de outra forma e me fez um médico melhor. Vinícius marcou minha inflexão para ser um bom médico.

No terceiro ano da residência em cirurgia, passava o dia todo e quase a noite toda no hospital, muitas vezes, com outros residentes da minha área, mas era com Fabrício que dividia as coisas. Nas horas de folga, ficávamos na cantina, enchendo a cara de Coca-Cola e Ritalina. Às vezes, como naquela noite, eu não ia embora apenas por não ir, mesmo sem plantão.

"Alguma hemorragia grave na radiologia, Fabrício?", meu tom era de deboche.

"Tu escolheste essa vida, não fiques recalcado que a minha é mais calma. E tu, já assassinaste alguém hoje?"

"A professora Sandra, de vascular, sabe? Passou um caso pra eu conduzir, vou operar na terça, extrair a adrenal e a tiroide de um cara de vinte e poucos anos."

"NEM?", Fabrício perguntou se referindo à neoplasia endócrina múltipla.

"Ahã." Chupei o canudo fazendo barulho de bolhas na latinha.

"E tu sabe fazer cabeça e pescoço?"

Não sabia, nunca tinha chegado perto de um pescoço vivo, estava apavorado. A pele muito fina, tantos vasos, tantas estruturas juntas. O rosto logo ali, me olhando.

"Não vou fazer sozinho, a Sandra vai ficar do lado, ela me escolheu, tô com medo, mas tô feliz."

"Parabéns, e mudando de assunto, como estão as coisas com o maridão?"

"Bem." E fiz silêncio, fingindo sugar um resto inexistente da Coca.

Fabrício se levantou com o olhar de desprezo de quem diz "como quiser", arremessou a lata no lixo do outro lado da sala quase vazia, acertou, foi em direção à porta e, antes de sair, perguntou:

"Qual o diferencial da NEM?"

"CA medular e crise hipertensiva, compatível com feocromo-citoma."

"Você viu o feo? Sabe se tá na adrenal mesmo?"

"Não, veio com indicação cirúrgica da clínica de endócrino do HU. Quem vê feo? É minúsculo."

"Olharam as paratireoides?"

"Não sei, alguém dosou o cálcio, não conheço o paciente. A anatomia é tensa, mas o procedimento não é tanto, relaxa."

"Se for NEM vai ter que tirar as 'para' também, não sei se é tão simples, certeza que o paciente não vai achar nada simples a consequência do que vocês vão fazer com ele. Pelo visto virou cirurgião mesmo, parou de pensar e só quer cortar. Mas pode me ignorar, eu sou apenas um radiologista, você é o Deus aqui." E saiu me deixando sentado na mesinha da cantina com o canudo na boca e uma expressão estúpida.

Era a primeira vez que eu seria responsável do começo ao fim, uma ideia aterradora, mesmo com a professora ao meu lado. Fabrício me fez ver que eu não sabia nada do caso. Eu não sabia onde estava o feocromocitoma e nunca havia examinado o moleque que devia cortar. A cirurgia seria em dois dias.

Subi para o andar onde ele estava internado. No posto da enfermagem peguei o prontuário, Vinícius N. Carvalho, vinte e um anos, atendido na emergência de hospital público com uma crise hipertensiva grave, vinte e cinco por quinze. Foi grave mesmo, o médico conseguiu estabilizar, identificou um crescimento no pescoço, mandaram para o Hospital Universitário. A biópsia voltou com o diagnóstico de carcinoma medular de tiroide. Um ultrassom do abdômen indicou uma massa no rim esquerdo, "consistente com neoplasia", mas nada de feocromocitoma, pâncreas limpo, hipófise OK, catecolaminas normais.

Fui à enfermaria, havia apenas dois pacientes e eu não queria acordá-los. Abri a porta devagar sem acender a luz, Vinícius parecia dormir. Cheguei mais perto da cama e ele se virou, me encarando com olhos espertos.

"Oi, doutor, você eu ainda não conhecia. Ou você é o enfermeiro da noite? Não, seu jaleco tem a cobra verde."

Sua voz era doce, seus olhos castanhos levemente puxados para cima, atrevidos, a pele clara mostrava algumas sardas discretas, parecia muito jovem. Olhou-me desconfiado, assim me pareceu, fixou o olhar no meu jaleco, leu meu nome. Fiquei inquieto, incomodado com o escrutínio.

"Alexandre", pausou e respirou fundo, "você deve ter quase a minha idade, agora fiquei com medo dessa cirurgia." Sorriu, cínico.

"Você está bem?" Ignorei a referência à idade, eu tinha quase dez anos a mais, não era muita diferença mesmo.

"Agorinha, assim, eu tô bem. Mas eu nunca, quase nunca, tô bem. Toda hora tenho esses sentimentos, parece que vou morrer."

"O que você está sentindo?", perguntei fixando o olhar nele, entre enternecido e excitado.

Descreveu ataques de pânico. Auferi a pressão, estava normal. O coração batia tranquilo. Vinícius disse que os ataques eram frequentes e aconteciam sem razão, mas ninguém havia usado a palavra "pânico" para ele ainda.

"Como vai ser essa operação? O que vocês vão fazer?"

"Você tem uma condição genética em que algumas glândulas do seu corpo têm, ou podem desenvolver, tumores malignos. Nós vamos extrair sua suprarrenal primeiro, um tumorzinho benigno e minúsculo que está nela e faz produzir adrenalina descontroladamente. Por isso você tem as crises hipertensivas e essas sensações ruins de morte eminente. Só depois vamos poder extrair a tiroide, que é onde você está com o câncer. Vai dar tudo certo."

"O tal f qualquer coisa, né?"

"Feocromocitoma."

"O médico do outro hospital disse que era um tumor raro, achei que não fosse de verdade, vou ter que tomar um monte de remédio a vida toda, né?", sua dicção era quase infantil.

"Sim, é um tumor raro." Não respondi sobre uma vida toda de corticoides sem a suprarrenal. Cheguei perto e, com o dedo médio, dei leves pancadas no nervo facial, pouco abaixo da linha do olho esquerdo, passando meu braço sobre seu rosto, quase o tocando, o que me causou um discreto arrepio.

"O que é isso?" Pareceu assustado.

"Tô vendo se as paratireoides estão funcionando. Tá tudo bem."

"Podiam não funcionar?"

"Estão funcionando. Amanhã eu passo aqui."

Despedi-me com mais dúvidas do que quando entrei no quarto. Primeiro Fabrício perguntando se tinham visto o tumor, depois Vinícius me lembrando quão raro era, uma massa no rim que não parecia ter relação com a NEM. Algo não batia. O olhar dele sim, batia em mim e me incomodava.

Voltei ao posto de enfermagem e busquei novamente o prontuário, procurando o ultrassom dos rins. Deixei o laudo de lado e examinei a imagem, guardei-a no bolso do jaleco sem que as enfermeiras vissem. Deixei o jaleco e o estetoscópio no meu armário do vestiário dos residentes, vesti um moletom com capuz e fui do hospital para a faculdade, seguindo até a biblioteca. Em troca de uma receita de Rivotril, consegui que o zelador a abrisse para mim. Avisei Paulo que não voltaria para casa.

17

Acordei quase seis horas da manhã, quando alguém abriu a porta. Eu havia dormido sobre os livros, o capuz do moletom cobria meu rosto amassado. Bocejei enquanto arrumava o cabelo, recolhi os livros e busquei a saída. A calma da biblioteca fechada deu lugar à agitação desmedida do hospital, onde não há dia ou noite, um fluxo constante de médicos, enfermeiros, funcionários e todo tipo de paciente. Esperava não precisar falar com ninguém antes de escovar os dentes, corri pelos fundos do prédio principal em direção a uma entrada lateral do HC e cheguei ao vestiário, já lotado com a troca de turno dos residentes plantonistas. Tomei banho, vesti uma troca nova de roupa, um jaleco limpo, escovei os dentes e penteei o cabelo com as mãos. Pensei em Vinícius, quis visitá-lo outra vez, mas havia coisas mais urgentes.

Desci dois níveis, até a radiologia, em busca de Fabrício. Trazia comigo o ultrassom do rim que tinha roubado do prontuário. Os andares subterrâneos do HC sempre me pareceram cavernas misteriosas, toda a radiologia, com seus equipamentos atômicos em salas lacradas e símbolos de hélices amarelas na porta, o necrotério, as saídas e as passagens secretas que deve haver e eu nunca saberei.

A primeira ressonância agendada era às seis e meia. Encontrei Fabrício revisando o prontuário da paciente. Olhou-me com surpresa quando entrei na sala de onde se observava, por uma janela de vidro, o imenso equipamento atômico. Uma mulher idosa tentava subir na plataforma, ajudada por dois técnicos.

"Tu já tá aqui de volta?"

"Meu, olha isso aqui e me diz o que vê." Estendi a imagem do rim direito de Vinícius.

"Tá vendo que vou começar uma ressonância? Volta depois."

Eu devo ter me impacientado porque ele suspirou como quem se rende, tomou o exame de mim, olhou, franziu a testa.

"Tem um pouco de gás, não dá pra cravar." Continuou olhando. "Este é o paciente da sua cirurgia de amanhã?"

"É, mas tá, o que te parece?"

"Um tumor", não parecia ter muita certeza do que dizia, "ou..."

"Exato, tumor é o que o laudo diz com palavras de quem não tem certeza, compatível com neoplasia etc., mas poderia ser outra coisa? Olha a faixa de parênquima..."

"...projetada no seio renal, compatível com hipertrofia da coluna de Bertin, uma variação anatômica. Bingo. Já pode ser radiologista."

"Então o laudo, o resultado, pode estar errado?"

"Pode, mermão, mas essa imagem no rim, seja o que for, não tem nada a ver com o diagnóstico de NEM, tu sabe disso."

Eu sabia, minha descoberta não tinha relação com os motivos pelos quais eu operaria Vinícius, e o condenaria a uma vida cheia de restrições, mas, se aquele ultrassom estava errado, o que mais poderia estar?

"Eu vou pedir pra repetir a biópsia. Ele não tem NEM. Os sintomas não batem, passei a noite estudando, estão fazendo o diagnóstico com base no CA medular. E se a biópsia estiver errada? Se o tumor for de outro tipo? Isso elimina a NEM."

"Olha, não sou dos melhores em patologia, mas as imagens seriam bem diferentes."

"Muito diferentes, não tem como errar. Mas e se estiver errado?" Eu parecia estar em êxtase, Fabrício não compartilhava minha excitação.

"Alê, são diferentes, não pode ter havido confusão, agora preciso trabalhar. Você pegou um erro no ultrassom, não inviabiliza todo o diagnóstico."

Deixei meu amigo fazendo o trabalho dele e voltei à superfície. Eu tinha pouco tempo para encontrar a professora Sandra e pedir que ela autorizasse nova biópsia da tireoide de Vinícius. Já eram mais de sete horas quando descobri que ela estava em cirurgia. Sem me importar com a provável bronca que levaria, me paramentei e entrei no centro cirúrgico. Havia outros residentes observando o procedimento. A paciente estava com a perna rasgada e a professora explicava o tromboembolismo venoso enquanto manuseava as pinças com rigor, separando as veias dos demais tecidos. Hesitei pensando que era muito inadequado o que eu estava fazendo. Parei atrás dela, quase próximo demais à professora, e esperei o momento em que as pinças foram retiradas.

"Professora, desculpa entrar aqui assim, preciso tirar uma dúvida sobre o paciente da cirurgia de amanhã cedo."

Sandra olhou para trás como para entender de quem era aquela voz trazendo um assunto estranho ao momento.

"Alexandre? Isso não pode esperar?"

"Professora, eu acho que o diagnóstico tá errado, que o tumor dele não é medular."

"Baseado em quê?"

"Ele não tem outros sintomas, todos os resultados laboratoriais contradizem. O mesmo serviço que encaminhou o paciente, laudou uma variação anatômica do rim como neoplasia, está tudo errado. Queria repetir a biópsia."

"O que esse rim tem a ver? Você viu o teste das catecolaminas? Veja bem, Alexandre, eu estou bem ocupada agora, se o tumor na tireoide não for medular vamos saber na cirurgia."

"Mas daí a suprarrenal já vai ter sido extraída, isso que quero evitar. Professora, por que extrair uma glândula assim, se não temos certeza de que existe o feo? Ele tem síndrome do pânico, isso fez a pressão subir."

Dizer o óbvio para ela começava a me enervar. Podia ouvir meu tom de voz subindo enquanto os demais residentes me encaravam com surpresa, talvez não podendo acreditar na ousadia daquela cena.

"Ouça bem, não vou autorizar um procedimento invasivo só porque o R3 não acredita no diagnóstico que veio da clínica, você é um cirurgião, essa é sua função. O garoto tem disparos adrenérgicos compatíveis com feocromocitoma e um anátomo patológico de CA medular. É NEM, meu Deus, a pressão dele chegou a vinte e cinco por quinze, onde é que ataque de pânico dá isso? Se tem dúvida sobre liderar o procedimento, me avisa, tem uns dez querendo seu lugar amanhã cedo. E some daqui antes que eu me irrite mais."

Fiquei imóvel enquanto Sandra se voltava para a perna aberta e continuava a explicação aos alunos, que se esqueceram da minha presença. Deixei o centro cirúrgico bufando, atirando avental, máscara e toca no chão.

18

Atualmente, existe um teste genético que determina a neoplasia endócrina múltipla, mas em meados de 1990 não havia. O diagnóstico era menos cravado, como dizemos. Eu tinha certeza de que todos estavam errados e eu certo. A obviedade com que meus argumentos eram descartados me irritava. Era difícil manter a humildade e aceitar o diagnóstico decretado por pessoas que deveriam saber mais. Cheguei ao ponto de pensar qual não seria a minha grande vitória se, ao extrairmos a tiroide, víssemos outro tumor. Eu estaria certo, e seria tarde demais. Não haveria necessidade de extirpar a adrenal, e todos, menos eu, teriam cometido um grosseiro erro médico. Podia antever o rosto da professora Sandra quando o patologista, no canto direito do centro cirúrgico, debruçado sobre o microscópio, desse o veredito. Nesse caso, a equipe de cirurgia culparia a equipe clínica, que culparia a patologia, que culparia o posto de saúde, onde não haveria mais a quem culpar. Todos enredados numa dança maligna de culpa, na qual o único condenado seria Vinícius.

Toda a minha programação naquele dia era estudar o procedimento, extrair a adrenal, as duas, observar e medir as descargas adrenérgicas, noradrenérgicas, dopamínicas, extrair a tireoide. Mas não conseguia, eu precisava provar que o diagnóstico estava errado. O único jeito seria refazendo a biópsia, mas, sem a aprovação da professora, seria impossível, ou ilegal.

Voltei ao submundo da radiologia atrás de Fabrício, que estava laudando exames, o que era bom porque sem paciente, ele me daria alguma atenção. Sentei na cadeira à frente da mesa onde ele chafurdava em radiografias, tomografias e ressonâncias.

"Ela não deixou repetir a biópsia."

"Obviamente."

"Então você também acha que eu tô errado? Caralho, meu, você que me fez questionar a porra do diagnóstico. Aquela conversinha de que só quero cortar e tal."

"Questionar sim, mas você empacou nessa ideia. Parece criança quando não ganha o que quer. Tu tem a chance de fazer, como R3, um procedimento que a galera espera anos. Aproveita. A não ser que esteja com medo." Deixou os papéis em cima da mesa e olhou para mim, esperando qualquer resposta.

"Tô cagando de medo de mutilar o menino, só disso tenho medo." Desviei o olhar e algo me entregou: Fabrício deu uma gargalhada, jogou a cadeira para trás e, cruzando as mãos atrás da cabeça, me fitou cinicamente.

"O que foi? Tá rindo de quê, palhaço?"

"Tu visitou o paciente, não foi?"

"Como você sugeriu."

"E esse interesse todo veio depois da visita, imagino."

Eu sabia o que ele estava insinuando.

"Não estou atraído pelo paciente, Fabrício." Continuei desviando o olhar. "Tudo bem, tô um pouco, mas isso não tem nada a ver com minhas dúvidas."

"Espero que não, e se posso te dar outro conselho, vai pra algum lugar estudar mais vinte vezes tudo o que você tem que fazer amanhã, essa é sua única prioridade, fazer uma cirurgia perfeita no paciente, pega um cadáver. Revise tudo desde o começo, item por item, desde o começo."

Foi como o mar se abrindo para eu atravessar. A solução era óbvia, estava no começo, nas lâminas da biopsia já feita, não havia necessidade de outra biopsia se eu obtivesse as originais. Levantei e, sem me despedir, saí correndo da sala de Fabrício. Disparei para o vestiário, joguei o jaleco no armário, peguei minha carteira e deixei o hospital sem perceber que ainda carregava o estetoscópio no pescoço. Peguei um táxi no ponto em frente ao IML e parti rumo ao Hospital Universitário, no Butantã. Tive a impressão, e não era a primeira vez, que alguém me seguia.

No HU, após alguma burocracia, localizei as lâminas da biópsia que serviu de base para o diagnóstico. Não queriam me entregar sem o consentimento do médico responsável, a Sandra, ou do próprio paciente. Não havia tempo, já eram mais de duas da tarde, a cirurgia seria às seis da manhã. Prometendo um jantar romântico para a técnica do laboratório, consegui levar o material, me responsabilizando pela devolução, pessoalmente, às sete da noite de sexta-feira.

Voltei ao HC, bipei a professora dizendo que estava com as lâminas originais e pedindo que ela me encontrasse na Patologia. Ela gritou algumas palavras descontroladas, mas disse que iria. A memória daquele momento é das que carrego comigo, como carrego a de Joana, mas com o sinal trocado. Eu parado atrás da patologista enquanto ela colocava as lâminas sob o microscópio eletrônico, Sandra ao meu lado como uma leoa ferida, bufando, alguns instantes de suspense até a patologista começar.

"É um câncer sem dúvida."

Discreto sorriso na cara da professora.

"Mas sem depósitos amiloidais."

Abafei um grito afetado. Sandra estava lívida, sua voz saiu sufocada.

"O que é?"

"Papilífero." A patologista sorria. "Não é medular, esqueçam a adrenal do paciente, está saudável, alguém no HU comeu bola."

No dia seguinte, às 5h50 da manhã, a maca com Vinícius entrou no centro cirúrgico. Cheguei ao seu lado, seu rosto jovem estava radiante, seu olhar, ainda atrevido.

"Pronto, Vinícius?", perguntei pondo a mão em seu ombro.

"Eu sim, minha preocupação é se você tá." E piscou sorrindo.

"Tô pronto, fica tranquilo, a Dra. Sandra vai ficar aqui do lado, e agora a cirurgia vai ser mais simples, em duas horas a gente acaba."

"Ei, obrigado, a Dra. Sandra me explicou tudo, sei que foi por sua causa que...", ele hesitou, ouvi sua voz embargar.

"Depois você me paga uma cerveja." Apertei seu ombro. Beirava o inacreditável, mas eu estava flertando com meu paciente deitado na mesa, minutos antes de abrir seu pescoço. Ele sorriu e segurou minha mão, depois não disse mais nada, em segundos a anestesia o apagou. Sandra deu o comando.

"Vamos lá, pessoal, vamos começar, muita atenção porque esse não é um procedimento simples, a área onde vamos operar é pequena e extremamente vascularizada, cuidado total. Vou ficar aqui ao lado do Alexandre, mas ele vai fazer tudo, do corte à sutura. E, como é sua primeira cirurgia solo, tem o direito de escolher a música. E então, doutor? O que será?"

Dentre tudo que seria significativo, escolhi *True Faith*, a música que tocou na boate em Praga quando encontrei Sebastian. Eu quis amarrar aqueles dois momentos. Hoje, quando opero, ainda ouço *New Order*. Alguém colocou a música, olhei mais uma vez para Vinícius, antes que o lençol escondesse seu rosto. A sensação de felicidade me tomou. A batida começou, o instrumentador se posicionou, os olhares dos demais residentes fixaram em mim, Sandra sorriu com os olhos, me encorajando. Lâmina quinze, pedi, e, no momento em que o bisturi tocou a pele fina do pescoço de Vinícius, tudo sumiu, era apenas eu e a fabulosa tarefa à minha frente. Senti-me extraordinário.

19

Combinei com Fabrício e Tati de comemorarmos minha primeira cirurgia no boteco na esquina da Melo Alves com a Avenida Rebouças (não é propriamente uma esquina, mas a rua afunila e se funde com a avenida). Aquele fim de tarde estava mais movimentado que o normal, uma nuvem de alunos preenchia as calçadas até a esquina com a Alameda Jaú, onde havia, e há, outro bar quase igual.

Tati, que eu não via fazia algum tempo, serviu os copos americanos e brindou:

"Parabéns, Alexandre, não tenho ideia do que seja essa sua operação, mas arrasou."

"Isso aí, parabéns, mermão." Fabrício bateu o copo no meu. "Qual é a próxima? Vai seguir nessa área?"

"Valeu, gente, não vou seguir vascular não, nem cabeça e pescoço, vou me enfiar em cirurgia cardíaca. Eu queria ser cardio, lembra? Então é uma volta às origens."

Seguiram-se comentários sobre nunca mais ter paz na vida, os horários loucos, pior só se fosse obstetra. Ficamos ali um tempo razoável, o sol já havia se posto quando falei de Vinícius.

"Fiquei interessado no paciente. Ele é mais novo, mas curti."

"Sabia. Não vou nem comentar." Fabrício realmente não comentaria; para ele, aquilo não merecia mais dois segundos de conversa.

"Veja bem, criatura, você não resolveu se juntar com aquele Paulo e morar junto e tal? Não tem lá a casinha de vocês? Não adotaram um vira-latinha? Não me obrigou a suportar o interesseiro? Que novidade é essa? De qualquer jeito, eu apoio", disse Tati.

"É, novidade", bebi a cerveja e sorri com o orgulho confiante de quem acha que pode tudo. "Mas não se preocupe, não pretendo me separar, só pular a cerca um pouco."

Falei aquilo como se fosse normal ou aceitável, nada me importou, eu vinha fantasiando com o paciente desde que o vi. Tati disse que eu estava certíssimo.

Já era tarde e eu quis ir embora, disse que tomaria um táxi. Subi até um ponto na esquina com a Santos, mas, em vez de entrar em algum carro, preferi caminhar os poucos quilômetros até a rua Sergipe.

Desci pela rua da Consolação cantarolando *New Order*, as lojas de luminárias ainda abertas. Fui meio bêbado, meio fazendo planos para o dia seguinte, quando visitaria Vinícius e cobraria a cerveja.

A imagem de Sebastian me veio ao passar em frente ao Sujinho. Lembrei dele no restaurante onde cozinhou aquele filé com um molho estranho e de sabor forte. Passei a mão no cabelo curto e tive vontade de deixá-lo crescer outra vez, como na viagem a Praga. Fazer as pazes com aquele momento — por que não? —, e seguir em frente de verdade. Por que não ser sincero sobre essa vontade de esquecer algo que me machucou tanto? Eu vivia dizendo a mim que queria esquecer, mas nunca havia sido verdade, eu não queria esquecer. Mas, por quê? Naquele exato dia eu havia operado o pescoço de outro ser humano, descolado uma glândula da coluna cervical, preservado as estruturas anexas, fechado as camadas de pele e nervos, devolvido a saúde a alguém. Esse era eu, não precisava me arrastar vida afora por um romance de três dias que me humilhou. Percebi o ridículo de tudo aquilo, esse draminha encomendado. Deixei Sebastian flutuar para longe, a música que eu havia escolhido na cirurgia era uma lembrança dele, e ela seguiria operando comigo, mas Sebastian não poderia me visitar mais em cada rosto novo que me atraísse.

Quando já começava a percorrer a lateral do cemitério, pensei em Paulo. O escuro era assustador, um homem caminhava, determinado, vários metros à minha frente e aquilo me deu certa tranquilidade. O cemitério em si não assusta, nem mesmo aquela parte onde o muro é mais baixo, e, se quisesse, poderia espiar dentro. Desci com Paulo no pensamento, ele, que eu havia escolhido para tirar Sebastian da minha cabeça, me colocar nos trilhos, uma escolha que eu nunca levei realmente a sério. Mas era a escolha correta e estava na hora de honrar isso. Havia acabado de dizer que me interessei pelo paciente, agora já não me interessava mais? Ou poderia conciliar as duas coisas? Se hoje eu ainda tenho poucas certezas, naquele ano de 1997, essas ideias iam e vinham. No entanto, naquele dia, me decidi por Paulo pela segunda vez.

Ao dobrar na Rua Sergipe, o busto de John Mackenzie apareceu e me fez pensar no meu pai, possivelmente pela postura de comandante. Senti um sopro de correção pelo corpo, como se tivesse sido apanhado bêbado e sozinho, perambulando pela cidade escura, face a face com riscos aos quais um rapaz como eu jamais deveria se expor. Meu pai estava ficando velho, eu deveria entender o que isso significava, estava na hora de parar de ser, para ele, um menino inconformado com o mundo onde nasceu, parar de fingir que não ligava para o que era e tinha. Parar de achar que entrar em Medicina na USP era mérito todo meu, estava na hora de ter a humildade que eu sempre achei que tivesse, e ser grato.

Cheguei em casa quase recuperado da bebida, tomei um longo banho e me servi de uma taça de vinho. Busquei nas minhas coisas o bilhete que Sebastian me entregou em Paris, o que citava Rilke, e o queimei. Liguei para meu pai e contei da cirurgia. E, quando Paulo chegou do trabalho, trepamos de todas as formas conhecidas por nós.

No dia seguinte, pouco antes das nove da manhã, dei alta a Vinícius N. Carvalho. Ele estava sorridente, com os olhos atrevidos de sempre. Durante alguns anos me enviou um cartão no Dia do Médico. Nunca mais o vi.

20

Cinco anos de residência passaram. Quando me tornei um cirurgião torácico, soube ter feito a escolha certa.

Paulo esteve comigo o tempo todo, Sebastian não. Paulo estava na minha vida, e naquela noite iríamos a uma festa das que ele gostava. Eu havia conseguido navegar distante das lembranças de Praga por um bom tempo.

Olhei-me no espelho e ajeitei a gravata. Barba feita, cabelos arrumados para trás, fixados com um dos produtos que o Paulo comprava. A festa de aniversário da senadora era um evento sem escapatória, eu não tinha conseguido inventar um plantão ou uma cirurgia. Era importante para o meu pai que eu fosse, e fazer coisas importantes para ele havia se tornado importante para mim. Com uma camisa branca e uma calça mais esportiva, saí do banheiro, vesti o blazer que meu companheiro tinha separado e fui encontrá-lo na sala.

"Pronto? O motorista tá esperando lá embaixo."

Outro detalhe inescapável para irmos à festa da senadora: não seria adequado ir dirigindo. O motorista do meu pai, Antonino, provavelmente o teria levado e, assim, quem quer que estivesse esperando lá embaixo era coisa arrumada por Paulo. Olhei para ele, muito mais à vontade que eu, confortável naquelas roupas, no carro com motorista e em festas de senadoras.

Aos trinta e dois anos, a felicidade para mim era estar operando, e por muito tempo pareceu bastar. Quando passamos em frente ao HC, tive o ímpeto de pedir para descer, pois era ali que havia algo útil a ser feito, algo que me afastaria da mesmice a que eu me havia condenado na vida pessoal. Lembrei do aneurisma de aorta daquela manhã: como estaria a recuperação da longa cirurgia? Eu queria estar com o paciente ou mesmo na emergência fazendo qualquer coisa.

O carro se aproximou do palacete na Rua Suíça. Dezenas de homens de terno preto com rádios no ouvido e, provavelmente, armas escondidas, controlavam a entrada no *porte-cochère* da casa da senadora.

"Nome por favor", perguntou um dos homens quando o carro embicou para entrar.

"Paulo Henrique Batistella", ele abaixou a janela e se apresentou. O segurança olhou a lista e fez cara de dúvida.

"Senhores, me desculpem, seu nome não consta da lista. Por segurança vou pedir que aguardem neste lado, sem descer do carro."

Paulo ficou consternado, dizendo que deveria haver um erro, para verificarem novamente e, se preciso, chamar a senadora, e ainda falou o nome de meu pai. Eu calado. O segurança cochichou algo pelo rádio e demorou, atendendo outro convidado. Por fim, voltou a nós.

"Um dos senhores é Alexandre Junqueira Aguiar do Prado?"

"Sou eu." Mostrei meu rosto na janela, e o homem comparou com a foto na lista.

"Desculpem, senhores, o convite está em seu nome e convidado, o senhor Paulo não estava listado, mas podem entrar, foi verificado."

Aquela situação era incômoda, porém, comum. Havia o dedo de meu pai em não enviar o nome de Paulo, e sim o hermético "convidado". Eram pequenas indelicadezas que me irritavam. Apertei sua mão antes de descermos do carro.

Entramos no *hall* da casa e uma *hostess* nos recebeu, anotando algo em outra lista, enquanto repetia em voz alta meu nome, mais as palavras "e amigo".

"Não é amigo, é marido, já tem cinco anos, pode anotar aí", ironizei.

Ainda não se dizia "marido" às vésperas do ano 2000, "companheiro" era mais usual, mas eu já não estava para convenções. Paulo apertou meu ombro e entramos no jardim por uma porta lateral. Era um casarão antigo, em estilo francês, com um imenso gramado ao fundo e o jardim contornando a casa toda. No extremo do gramado, uma orquestra tocava *When marimba rhythms start to play, dance with me, make me sway*, enquanto uma multidão de garçons deslizava com graça entre a gente importante da festa. Um desses dançarinos nos ofereceu taças de champanhe assim que pisamos no gramado. Quando peguei a taça e olhei o rosto do garçom, algo me tocou, um rosto familiar, muito branco e com a boca vermelha. Fiquei fascinado com aquela semelhança inesperada tantos anos depois.

"Vamos achar seu pai, vem". Paulo me puxou pelo braço, avançando por entre as pessoas.

Cumprimentávamos um aqui, outro ali, rostos familiares, dos tempos de escola, gente da televisão. Anos depois, alguns estariam nas páginas policiais, envolvidos em escândalos de corrupção. Avistamos meu pai na tenda com várias mesas redondas para seis pessoas. Estava em pé ao lado da mesa, onde minha mãe conversava, sentada, com duas outras mulheres, muito cheias de joias. Ele falava com um homem que eu deveria conhecer e chamar pelo nome.

Seu vozeirão atravessou a distância antes que eu pudesse alcançar a tenda. Aquela voz que ainda provocava temor, como se eu tivesse acabado de fazer alguma coisa muito errada.

"Alexandre, vem aqui, você lembra do ministro Carlos?"

Cumprimentei e reconheci o juiz do Supremo.

"Carlos, acho que você só viu o Alexandre criança, daquela vez que fomos naquele churrasco em Tatuí, tá lembrado? Já é um médico, olha só como o tempo passa."

"Lembro sim, tá um homem já."

A conversa era tão desconfortável e desnecessária quanto tudo ali para mim. Eu não lembrava de churrasco nenhum em Tatuí, nem onde é Tatuí. Rapidamente e com o canto dos olhos, indiquei a meu pai que Paulo estava parado ali ao lado.

"Carlos, esse aqui é advogado também, Paulo, o amigo do meu filho."

Amigo. "O" amigo. O que mais esperar? Paulo, por sua vez, estava quase tendo um orgasmo.

"Ministro, que honra conhecer o senhor. Paulo Batistella". Apertou a mão do homem como se não quisesse mais soltar.

I can hear the sound of violins, long before it begins — eu ficava feliz em ver Paulo assim. O ministro disse qualquer coisa sobre esperar um dia, vê-lo arguir no STF, achei que fosse enviuvar ali. Admito que agredia Paulo com meu desamor confuso, mas, opostamente, quando ele era enaltecido, eu ficava orgulhoso. Mesmo que o juiz esquecesse o nome dele em vinte segundos.

Outro copo de champanhe apareceu. Eu não era mais necessário, poderia deixar a conversa se desenrolar, fui sozinho perambular pela festa. Pessoas me cumprimentavam, outros até abraçavam, e por mais que eu dissesse que nada daquilo me apetecia, e não apetecia, era inegável que os rostos eram familiares. Meu ímpeto transgressor, mesmo adormecido, também estava presente, meu olhar buscava reencontrar o garçom da boca vermelha.

"Alexandre, bem-vindo, está cada dia mais bonito! Como vai a medicina?", a senadora, a cada vez que me encontrava, dizia alguma variação da mesma coisa.

"Feliz aniversário, senadora, linda festa." Um *flash* explodiu como um relâmpago.

"Não se preocupe, é meu fotografo, não é da imprensa, tudo bem."

Estranhei e não entendi o comentário. Hoje sei que em nenhuma daquelas festas havia fotógrafos, não queriam registros de quem falava com quem, quem estava ou não estava na lista. Era um clube fechado. Ainda é. Apesar dos smartphones de hoje em dia.

"Tudo bem, senadora. A medicina vai bem, tô no HC ainda."

"Qualquer dia vou lá para uma consulta." E riu bestamente da mentira. "Bom te ver, lembrei que o governador quer falar com seu pai, vou levá-los ao meu escritório lá dentro. Aproveite a festa."

Só vai ao HC se precisar de um transplante de coração, viva o SUS, pensei, mas não respondi, e revirei os olhos enquanto a mulher se afastava. Queria muito ir embora, levar o garçom de boca vermelha comigo, ou que alguém passasse mal para precisar de um médico. Falando sobre transgressão, eu não transgredia desde que decidira que Paulo seria, de verdade, meu "companheiro". Porque "marido" eu só conseguia dizer para os outros.

21

Ainda circulei e tive conversas bobas por umas duas horas. Encontrei o garçom algumas vezes, ele não parecia nada interessado em mim. Eu pensava exercer certo fascínio sobre muitas mulheres e, talvez, sobre a maioria dos homens gays, mas a inexorabilidade da orientação sexual é essa: eu podia me oferecer ao garçom a noite toda sem o menor efeito.

Encontrei Paulo conversando com um grupo de conhecidos meus da época do Sion. Pessoas a quem ele se referia com muita intimidade, embora os conhecesse havia poucos anos.

"Vou pra casa, já deu aqui pra mim, mas pode ficar, me avisa quando estiver indo."

"Mas já? O Huguinho Freytas Valle tá chamando pra esticar na casa dele. Também já fiz todo o social que queria hoje, conversei com o governador e tudo."

Esticar na casa do Huguinho Freytas Valle era a última coisa que eu queria fazer. Preferia me sentar à mesa com minha mãe e falar com as amigas dela ou dormir no banheiro, ou pegar uma garrafa de champanhe e me esconder em algum canto do jardim, sozinho. Disse que eu tinha que estudar um caso pela manhã, o que ele sabia ser mentira. Despedi-me de meus pais, Antonino me levaria. Meu pai sorria, os negócios deviam estar sendo bons.

No banco de trás do carro de meu pai, tirei a gravata. Olhava as casas tão vistosas do Jardim Europa e senti saudades da fazenda e do meu cavalo Faísca, pensei em Diomar. A fazenda era acolhimento, mas também aventura. Diomar. O garçom de boca vermelha. Sebastian, de novo, Sebastian nunca foi embora.

Subimos a Avenida Colômbia, depois a Augusta. Antonino se preparava para dobrar à esquerda na Paulista, quando interrompi.

"Continue pela Augusta, desça para o Baixo Augusta."

"Você tem certeza?" Pelo retrovisor, o motorista que me conhecia há mais de vinte anos me olhava com indisfarçada reprovação. Dois quarteirões adiante, respondi:

"Não tenho certeza de nada, pode parar aqui mesmo."

Desci pouco antes de passarmos a Matias Ayres. A noite fria de junho soprava os odores do *bas-fond*. *Drag queens* e homens de gravata roxa sobre camisas pretas convidavam os passantes a entrarem em seus estabelecimentos. A multidão diversa circulava pelos dois rumos da velha rua, um universo de cabelos coloridos e roupas estranhas. Senti-me livre, soltei meu cabelo da prisão cosmética. Quando me aproximava da esquina da Rua Costa, aceitei o convite de um dos homens de gravata roxa e entrei no que ele se referiu como "a casa". Bem-vindo a casa, disse a moça que me recebeu e levou ao salão, onde, segundo ela, a mágica acontecia.

Eu acreditava em mágica e alguma precisava acontecer comigo. O salão era decadente, sem elegância, escuro a não ser por pequenas lâmpadas nas mesas, onde homens, os mais variados, pagavam bebidas para as profissionais, ou meninas, como a recepcionista se referia a elas. Sobre um palco iluminado em neon azul, uma mulher por volta de quarenta anos estava só de calcinha e sutiã ao som de *Voyage, Voyage.* Tinha pele demais, e não me parecia muito animada.

Sentei-me num sofá de couro vermelho falso com uma mesinha baixa à frente, de onde podia observar o show (mais tarde haveria sexo explícito). Pedi uma cerveja e me deixei relaxar, sem pensar em nada.

"Posso sentar? Me paga um *drink*, bonitão?", disse, já se sentando bem próxima a mim. Cheguei um pouco para o lado.

"Eu sou a Amber, e você?" Deslizou o dedo indicador pela minha coxa.

Amber, claro, e o que mais? Amber devia ter a minha idade, o cabelo tingido de um amarelo muito óbvio, unhas compridas pintadas de vermelho, a pele um pouco morena, maquiada ao extremo, olhos pequenos. Por trás daquilo tudo, uma moça bonita, mesmo.

Sem que eu pedisse, o garçom trouxe uma bebida para ela e, ato contínuo, marcou no meu cartão.

"Obrigada." Amber manchou a borda do copo com seu batom exagerado, enquanto mantinha a outra mão na minha coxa movendo-a aos pequenos pulos para cima, me acariciando, como se aquilo pudesse me excitar.

"Sebastian, meu nome é Sebastian."

"Que diferente, e o que você faz da vida, Sebastian?"

"Sou cozinheiro em um hotel aqui perto."

A essa altura, a mão já estava no meu pau, tentando inabilmente alguma reação por cima da calça. Amber deve ter notado que a abordagem estava errada, tirou a mão e se afastou um pouco de mim.

"Então, Sebastian, você é cozinheiro? Duvido. Não conheço muitos cozinheiros de paletó *Brioni*."

Imaginei como ela poderia saber a marca da minha roupa sem ver a etiqueta.

"Comprei na Vinte e Cinco." Foi minha vez de sorrir para ela, que retribuiu o cinismo.

"Ahã... e esse meu *Gucci* eu comprei na *Via della Spiga*."

"Como você sabe essas coisas?"

Amber jogou os cabelos para trás, riu, e deu mais um gole no *drink*.

"Posso pedir outro?"

"Claro."

"Sou puta, não sou burra. E você, Sebastian, o que faz aqui, de verdade? Com esse *Brioni* e esse olho, parece saído de uma revista de moda. Me diz?"

O garçom repôs as bebidas.

"Talvez você não deva perder seu tempo comigo, a não ser que apenas o *drink* seja suficiente pra te alegrar."

Amber pareceu refletir um instante.

"A única coisa que me alegra, Sebastian, é dinheiro."

"Com isso eu posso te ajudar." Tirei duas notas de cinquenta reais e coloquei em seu decote, Amber sorriu.

"E como eu posso te ajudar, já que uma transa parece estar descartada, infelizmente. Tá sofrendo de amor? É isso que te traz aqui nesse buraco num sábado à noite, quando, é claro, você deve ter lugares bem melhores pra estar? Essa pessoa por quem você sofre está aqui, por acaso? Ele está onde?", Amber frisou o "ele" e sorriu novamente, desfrutando a perspicácia de haver me exposto.

"Longe, não sei nem em que país, não sei nada faz cinco anos. Dia 3 de abril fez cinco anos que conheci essa pessoa, eu sei porque é meu aniversário."

"Cinco anos...os fantasmas sabem quem assombrar."

"Eu tenho certeza que superei, e de repente, como hoje eu vejo alguém e ele volta. Volta como se nunca tivesse ido, você entende?"

Amber passou as costas da mão em meu rosto.

"Entendo, claro que entendo. Mas é bom, alguns amores não devem ser esquecidos."

"Esse deve, ele nunca aconteceu, eu inventei um amor. Nesses cinco anos, ajeitei meus sentimentos, guardei esse homem num lugar só dele, refém e senhor de mim ao mesmo tempo. E ainda o vejo em todo lugar. Ele me fez sofrer, ele não me ama. Eu resolvi toda minha vida, mas imagino o que seria se ele entrasse por aquela porta, o que eu faria? Diz o que eu faria? Não sei."

"Ah, mas você sabe, claro que sabe", ela deu o último gole e piscou.

Ficamos em silêncio, eu já havia dito o suficiente. Não para ela, para mim: eu já havia me ouvido falar o suficiente de Sebastian. Bebemos juntos e assistimos o show de sexo explícito comentando o desempenho, ou falta de, dos atores. Eu saberia o que fazer, segundo a puta da Augusta, minha fugaz e sábia amiga. Fantasmas sabem a quem assustar.

Quando percebi que estava mais bêbado do que gostaria, decidi ir embora. Deixei todo o dinheiro que tinha na carteira com Amber e saí da "casa", bêbado e aturdido, como o personagem da Boate Azul. Na rua, decidi ir para outra casa, a minha. Desci até a Antônia de Queirós e, de repente, a iluminação frenética, as luzes da cidade desapareceram, a rua estava escura e senti medo. Quando me aproximava da Consolação percebi um carro vindo atrás de mim a uns cinquenta metros, quase parando. Tomado de pânico, saí em disparada, atravessei a avenida correndo sem olhar, e já no outro lado, entrei no bar da esquina. Assustado e vermelho da corrida, sentei no balcão, pedi uma cerveja, precisava ficar ali um tempo. Ninguém parecia reparar em mim. Não tinha mais dinheiro para o táxi, que ainda não aceitava cartão.

Não sei quanto tempo fiquei no balcão, ruminando velhas ideias, um alienígena na madrugada fria em companhia dos "integrantes da vida noturna". O sono bateu, o amargo da cerveja se tornou rançoso. Voltei à rua, já sem medo, não havia ninguém em volta, segui trôpego até a rua Sergipe.

Não tive coragem de dormir na minha cama, de encostar no Paulo, não tive vontade. Joguei o *Brioni* na poltrona e me deixei cair no sofá. Uma noite minha, entre a senadora e Amber, uma noite minha. Dormi babando e assombrado.

22

Acordei com sons que presumi serem de Paulo na cozinha. Levantei com alguma dificuldade, a cabeça doía e rodava, minha garganta seca clamava por água. A mesa estava posta com o café da manhã para dois. Ele entrou na sala trazendo dois pratos de omelete.

"Achei que você ia querer, vem, senta aqui e come, você tá horrível."

"Tô acabado." Só de olhar os ovos meu estômago revirava.

"Toma um suco de laranja, vai te fazer bem, imagino que você saiba disso, doutor adolescência tardia."

Paulo parou na minha frente e colocou a mão no meu rosto com doçura. Senti carinho por ele e algo próximo de arrependimento.

"O que você aprontou ontem, menino?"

"Não aprontei nada, fiquei andando na Augusta, acredita?", a meia verdade que não engana ninguém.

"Que babaca, imagina meu susto quando cheguei aqui quase às quatro da manhã e você não estava. Bom, se não vai comer, então vai pro chuveiro, a gente sai pra fazenda daqui a pouco, seus pais foram ontem à noite mesmo. Eu sei que não tem caso nenhum pra você estudar e, mesmo que tivesse, com essa cara de ressaca é que você não ia estudar nada. Estão esperando a gente pra almoçar."

"Paulo, são dez horas, eu não dormi nada", sabia que a argumentação era inútil.

"Escolhas, *Petit Prince*, escolhas." E comeu as duas omeletes, não se importando em pedir maiores explicações sobre porque eu estava com aquela ressaca.

Muito a contragosto fui ao banheiro tentar me livrar do cheiro e do gosto da noite anterior. Parecia uma daquelas situações da residência, quando ficávamos vinte e quatro horas de plantão, depois íamos a alguma festa para, no período seguinte, dormir em qualquer canto escondido do hospital. Ou se encher de Ritalina quando o sono não era uma alternativa. A noite anterior fora mesmo um momento juvenil, mas necessário. A aventura me permitiu falar do assunto que eu evitava há tanto tempo, ainda que tortamente e para uma estranha.

De banho tomado e vestindo bermuda e camiseta, evitei conversar com Paulo no caminho até Piracicaba. Mileto, o cachorrinho, ia no banco de trás. Dormi metade da curta viagem e fingi dormir a outra metade. Ele não pareceu se importar. Paulo entendia que nossa vida era do jeito que era e não tinha expectativa de que fosse diferente.

Atravessamos o portal da fazenda e a avenida de ipês me fez sorrir, a casa branca e azul banhada pelo sol do meio-dia refletia uma multidão de cores em meus olhos vermelhos. Minha mãe achou que eu estava gripado, enquanto meu pai, que sempre parecia saber tudo, quase não se dirigiu a mim, desprezando minha condição pós-bebedeira. Por volta de três da tarde, após o almoço em família, me vi diante do espelho e quase não reconheci o rosto pálido e inchado, a expressão fatigada, a desesperança.

"O que estou fazendo comigo?"

Saí da casa, passei pelo terreiro de café e desci até o estábulo. Selei Faísca, fui pelo pasto e, depois, por dentro do cafezal. Fazia calor, eu suava, e meu corpo parecia expulsar as substâncias da noite anterior. Embora fisicamente cansado, fui me sentindo melhor, sentia retornar a cor do rosto e a firmeza nas mãos.

No extremo sul da propriedade existe uma extensão grande em aclive, uma colina que nunca foi utilizada para nada além de pastagem para o gado corajoso o bastante para a escalada. Havia ali apenas mato à meia altura, cupinzeiros e algumas paineiras que cresciam tortas, em busca do sol.

Subindo a encosta, alcancei o cume e, parado sob uma paineira, olhei todo o vale do Piracicaba abaixo de mim. Voltei aos meus treze anos. Naquele dia meu pai havia brigado comigo porque eu não queria sair na madrugada para caçar tatus, capivara e outros bichos com meus primos. A caça me parecia, e ainda parece, um ritual muito primitivo para o qual não possuo alinhamento ético ou estético. Da caça passamos ao futebol e a todos os estereótipos de masculinidade que eu não demonstrava. Mamãe interrompeu a discussão, a briga agora era entre eles, aproveitei e escapei correndo. Atravessei o terreiro de secagem de café em direção ao estábulo.

Na época, meu cavalo era um quarto de milha chamado Beliscão, o mais rápido que conhecia, não totalmente domado, com vontade própria, que gostava de correr. Cavalgando com apenas as rédeas nas mãos, no pelo, e chorando de ódio ou de medo, percorri a fazenda não lembro por quanto tempo. Não queria voltar para casa, não queria ver meu pai nunca mais. Ele percebia algo diferente em mim, o que, para ele, não estava certo. Naquela subida do extremo sul, castiguei Beliscão com os tornozelos, incitando-o a subir a encosta em disparada. Minhas pernas treinadas me mantinham seguro sobre o pelo suado do cavalo.

O imponderável, porém, aconteceu. Não pude evitar que Beliscão pisasse num buraco de tatu enquanto tentava me obedecer e subir a vereda íngreme em velocidade desatinada. O cavalo tombou para frente e eu fui arremessado muitos metros adiante, aterrissando sobre um amontoado de braquiária, o som do osso se quebrando, o grito, tudo reverberando na minha cabeça tonta pela queda.

Mal me pus de pé, corri para Beliscão que agonizava com a fratura exposta. Ele tremia de dor e movimentava as pernas de trás, prostrado sobre o capim. Abracei sua cabeça, eu também gritava de dor por ele. Pela primeira vez tive a sensação de falta de ar e da garganta apertada por um laço, essa reação que me persegue até hoje.

Meu braço e meu joelho sangravam, mas, não importava, decidi procurar ajuda e saí correndo pelo pasto em direção à antiga vila de casas que há além da colina. Corri não sei quanto tempo, sem conseguir prender o choro. Perto de uma porteira havia dois peões, também em seus cavalos, um mais novo e outro de barba branca e chapéu. Gritei até que me ouvissem e viessem na minha direção. Pude ouvir o mais velho dizer:

"Olha, Diomar, é o filho do coronel, mas o que será que esse menino tá fazendo sozinho desse lado da fazenda?"

"Já cansei de ver esse aí por esses cantos", Diomar tinha um tom de voz manso que me deu segurança.

Entre soluços tentei explicar, Diomar me colocou em sua garupa e voltamos os três até onde Beliscão agonizava.

"Minha Nossa Senhora Aparecida, o que aconteceu com esse cavalo?" O mais velho desmontou e tirou o chapéu como se rezasse.

"Ajuda ele! Chama o veterinário, ajuda, moço, vamos chamar alguém!", minhas súplicas eram histéricas e exprimiam uma dor que poucas vezes senti.

Os dois homens trocaram olhares que quis não compreender.

"Diomar, cê acha que tem jeito, melhor mandar avisar o coronel."

"Esse já não tem mais como salvar, daqui até que o coronel responde o bicho vai sofrer demais. Ô Chicão, você sabe disso melhor que eu."

O mais velho assentiu. Diomar manobrou o cavalo de modo que eu não pudesse ver Beliscão, desnecessário, já que um segundo depois o estrondo ecoou por todo o vale, causando uma revoada de pássaros. Eu me deixei cair, flácido, sobre as costas do peão. O cheiro de pólvora me tomou como morfina.

"Vamos embora", Diomar falou, "vou te levar pra sua casa."

De volta à sede, meu pai se mostrou compreensivo e sensibilizado, talvez se sentisse culpado. Tentou me dizer que não era culpa minha.

"Não foi você, Alexandre, você fez tudo certo, o problema foi ele. O Beliscão, ele estava com os instintos errados, por isso pisou no buraco."

"Eu também tenho os instintos errados, pai? É isso?"

Ele não respondeu, e o silêncio soou como uma condenação. Um acordo tácito entre nós dois sobre quem eu seria.

Três anos depois, eu reencontraria Diomar. Aos dezesseis anos, meu olhar sobre o peão mais novo seria diferente. E meus instintos bem mais compreendidos.

Parado com Faísca naquele mesmo lugar, senti saudade de um tempo de descobertas, em que cada curva da estrada me traria grande dor ou grande prazer. Beliscão e Diomar. Senti a boca do peão sugando meu mamilo e estremeci. Senti Beliscão disparando pelo prado, eu montado sobre seu pelo com os braços abertos, deixando o vento lamber meu corpo leve.

Chegando de volta à sede, encontrei Paulo e minha mãe conversando animadíssimos na varanda enquanto tomavam café.

"Alê, sua mãe e eu acabamos de combinar, vamos todos tirar uns quinze dias e viajar para Paris, pode dar seu jeito lá no hospital. Acho que você não vai à Europa, faz o quê, uns cinco anos?".

De repente, parecia que eu havia dobrado uma daquelas curvas das estradas do passado.

23

Num fim de tarde, dez dias depois, mamãe, Paulo e eu decolamos do Campo de Marte com destino a *Le Bourget*. Levamos também Mileto, o que fui descobrir só na pista de embarque. Combinação dos dois, sabiam que eu não concordaria, que diria que o cachorro preferia ficar na fazenda. Aliás, não só ele. Resolver as coisas no hospital, como Paulo havia colocado, não foi tão fácil. Precisei trocar plantões com diversos colegas, prometendo que os cobriria por meses; precisei convencer o chefe da cirurgia que aquela viagem era fundamental para minha mãe, às vésperas de um possível procedimento importante. Eu tinha a expectativa de participar do meu segundo transplante a qualquer minuto, mas a paciente não estava nas primeiras posições da fila e, portanto, não havia motivo para ficar esperando e não viajar.

Nesses mesmos dez dias que separaram a decisão de viajar da efetiva partida, Paulo se ocupou de fazer a programação, com apoio de mamãe. Listaram os novos restaurantes, as exposições, fizeram contatos com pessoas influentes do círculo dos meus pais que poderiam passar dicas que ninguém mais saberia. A conexão entre Paulo e mamãe estava forte, e isso me alegrava. Percebia que era bom para os dois, mas não me contaminava com toda a excitação que eles demonstravam.

Havia, sim, a excitação de voltar a Paris e rever uma ideia de Sebastian. Era improvável que ele ainda estivesse por lá, imaginei-o voltando a Praga alguns dias depois da nossa despedida. Não importava, haveria um reencontro com os lugares que frequentamos juntos, as *Tuileries*, o *Angelina*, a margem do Sena até *Notre Dame*, onde havíamos nos despedido em melancolia. Bastava-me a ideia de reviver os momentos. A viagem seria apenas a Paris, mamãe não gostava de ir a mais de um lugar por vez, talvez algo ali perto, Paulo sugeriu *Bordeaux* e até eu concordei. Maquinando, em minha mente perigosa, pensei em sugerir Praga. Eles sabiam que eu tinha amado a cidade, embora não soubessem o porquê — nunca havia comentado com Paulo o que vivi lá, aliás, com ninguém além de Fabrício. Pensei, e mantive a ideia comigo, já que seria muita canalhice arrastá-los até lá com o claro intuito de rever outra pessoa. Seria demais: o pecador, em pensamentos e omissões, se tornaria também pecador em ações.

Não havia, realmente, traído Paulo naqueles anos todos. O trabalho me mantinha ocupadamente honesto e, embora vontade não faltasse, faltava espírito e iniciativa. Sempre que alguma tentação se insinuava eu me voltava para um paciente, um caso complicado, um caso que deu errado, qualquer coisa que me excitasse ou me entristecesse o bastante para não transgredir.

Pousamos onze horas depois, sem que eu tivesse dormido sequer um minuto. Mamãe dormiu na cabine privada do avião. Meu pai havia inventado algum compromisso e não viajou, achei bom. Fomos de carro até o apartamento da *Île Saint-Louis,* que havia sido aberto, floreado e perfumado para nossa chegada. Nosso apartamento ocupa os dois andares superiores do prédio de pedra, de frente para a *Rive Droite* na *Quai d'Anjou* 23. O térreo sempre foi propriedade, desde que me lembro, de um simpático casal de velhinhos aristocratas, um conde e sua condessa. Ele, embora muito culto, não falava uma palavra de inglês e, como meu francês é nulo, nossa amizade nunca floresceu. Já com a condessa, que falava inglês, espanhol e até português com sotaque de Portugal, pude trocar superficialidades ao longo dos anos. Eu gostava da condessa.

O apartamento havia sido decorado, sempre me pareceu, para sugerir que estávamos na *Provence*, tudo azul claro, branco e lilás. Alguns toques em cinza, também claro, e um ou outro verde. Do *hall* onde está a escada, se entra numa sala imensa com vista para o Sena e o *Marais*; as janelas verdes abertas e o pé-direito alto parecem esticar ainda mais o espaço. Pendendo na parede oposta às janelas, ao lado da lareira de pedras, um Portinari mostrando uma fazenda de café, lembrava ser aquela uma casa brasileira. Sala de jantar, cozinha com panelas de cobre penduradas e um pequeno escritório completam o primeiro andar. No segundo estão os quartos.

A cama afundou com meu peso quando me joguei, o aroma de lavanda transmitiu limpeza, beleza, paz. Estava cansado da noite mal dormida, queria um banho e olhar pela internet algumas imagens do caso da aorta e do transplante, os casos que eu sentia ter abandonado para estar em Paris. Paulo estava ocupado revisitando a programação intensa que teríamos nos quinze dias seguintes. A disposição e o roteiro eram admiráveis, eu, como companhia, nem tanto. Esforçar-me-ia, porém, para aproveitar com ele a cidade incrível que tínhamos logo ali. Pela janela do quarto, o *Marais* e a imagem de Sebastian encostado na mureta do rio quando vim buscar o relógio de mamãe, visitou minha lembrança.

Na primeira noite, fomos jantar no *Arpège* que, segundo mamãe, era seu preferido, o melhor restaurante do mundo. Ela tinha esperança de encontrar o *chef* Alain Passard novamente, dizia que haviam conversado uma vez e, desde então, era o seu restaurante preferido. O jantar foi tranquilo, muitos vegetais preparados de maneiras inusitadas. Eu já tinha descansado e estávamos de bom humor.

Na volta, mamãe foi sozinha com o motorista e eu sugeri a Paulo andarmos os três ou quatro quilômetros entre a *Rue de Varrenes* e a

Quai d'Anjou, seguindo pelo *Boulevard Saint-Germain.* Paris estava alucinante com suas lojas ainda abertas no começo do verão, cheias de gente; os bares e cafés lotados; os inevitáveis turistas no Café de Flore em fila para entrarem e serem mal atendidos; músicos tocavam violino nas calçadas; a iluminação amarela pintava a rua como um *Lautrec.* Fomos caminhando sem pressa, paramos para um *sorbet,* mais adiante para um conhaque. Eu estava feliz. Será que eu havia passado os últimos cinco anos de olhos fechados para essa possibilidade, acolhedora, de estar entregue a Paulo? Paris nos reuniria? Ele estava animado, tanto quanto eu, radiante mesmo. Vestia uma camisa azul-claro debaixo de um *summer* de linho e estava lindo, me mostrando as coisas de Paris como se eu não conhecesse a cidade.

Alguns quarteirões depois de *Saint-Germain des Prés,* ele me fez dobrar à direita e seguimos por um pequeno labirinto de ruazinhas. Perguntei aonde estávamos indo, mas ele não respondeu. Finalmente, chegamos a uma igreja com duas colunas romanas altas e, em frente, uma orquestra de câmara, a música se ouvia por toda a praça ao nosso redor.

"Queria te mostrar isso, *Saint-Sulpice*", disse Paulo, "essa é a igreja mais bonita para mim, porque ela é muito simples e sempre tem música. Ouve, é Vivaldi, o Inverno, ouve que lindo! Você tá ouvindo?"

Eu ouvia os violinos hesitantes num crescendo para enfim desaguar no solo ensurdecedor, o *cello* e a viola depois, marcando a marcha, enaltecendo os espíritos antigos, a arte e o homem. Eu ouvia, mas não respondia. Fazia calor, dobrei as mangas da camisa e sentei num banco em frente à fonte de *Saint-Sulpice,* a orquestra executava o *largo.* Paulo se sentou ao meu lado e segurou minha mão entre as dele.

"É lindo, Paulo, obrigado. Você planejou chegar aqui na hora desse concerto?"

"Sim, planejei. Eu sabia que você ia sugerir voltar caminhando, só não deu certo chegar no começo porque você quis parar tantas vezes." E riu, passando a mão no meu cabelo. "Não é disso que você gosta? Caminhar? Do hospital para casa, de casa para o hospital, para ruas estranhas, por toda a cidade, *Petit Prince*. Aqui não seria diferente. Eu quis te mostrar essa igreja, essa música, que eu sei também que você gosta, porque quero trazer beleza pra sua vida, quero ser pra você mais que eu tenho sido. Mas eu preciso que você me deixe entrar."

"Eu deixo." Coloquei a outra mão por cima da dele.

"Você precisa deixar de verdade, Alexandre, eu te conheço mais do que você me dá crédito. Sou mais do que o crédito que você me dá. Eu não entrei no seu coração de verdade, não pela porta da frente, não fiz dentro de você o que você fez em mim. Mas, se cinco anos depois ainda estamos juntos, me deixa entrar, porque eu te amo. Pensei em escrever uma carta, mas acabei falando, e não sei o que se passa dentro de você. Vejo seus olhos lindos, seu sorriso, mas não sei o que você pensa. Me deixa entrar?"

O *allegro* ia começar e eu não sabia o que dizer, além de continuar repetindo que sim, que ele entrasse, que eu deixava. Era a primeira vez que eu olhava para ele daquele jeito, primeira vez que eu o ouvia. Não senti condescendência por ele, não preferi estar em outro lugar, aquele era meu lugar, não o menosprezei achando que o interesse era qualquer outro que não eu, não me senti desamado.

Mal fechamos a porta do apartamento e Paulo me jogou contra a parede num beijo tão esperado quanto novo. Amei Paulo aquela noite, e cheguei a crer por algum tempo ter encontrado paz.

24

No dia seguinte, mamãe queria fazer compras, programa que já era demais para mim. Eles sabiam que não poderiam me pedir que acompanhasse minha mãe a escolher roupas. Foram os dois.

Passei a manhã no apartamento e, perto de onze horas, levei Mileto para passear. Atravessamos para a *Île de la Cité,* passei junto "àquele" banco e à catedral com sua fila de turistas. Seguimos até a *Pont Neuf* e voltamos. À noite, haveria a abertura de uma exposição de fotografias no museu *d'Orsay*, onde encontraríamos alguns amigos de meus pais. Um galerista com expectativas de vendas nos havia convidado.

Os dias seguiram assim: metade dos programas eu fazia com eles, outra metade do tempo eu passava sozinho, passeava com o cachorro, estudava. Paulo e eu nos aproximamos, apesar de não passarmos todo o tempo grudados. Eu estava tentando deixá-lo entrar, ele percebia. Fizemos sexo muitas vezes naquelas noites, o que era uma mudança e tanto, considerando nossa rotina paulistana de casal idoso.

Uma noite recebemos o conde e a condessa para jantar. Gertrude, a cozinheira, preparou bobó de camarão (não sei de onde surgiram os ingredientes e nem como ela aprendeu uma receita baiana). Conversei quase exclusivamente com a condessa, Paulo se aventurou no francês com o conde, mamãe mais sorriu do que falou, embora fosse muito mais pródiga na língua do que eu. Naquele apartamento, entre moradores, hóspedes e empregados, o único limitado para se comunicar era eu. E o conde. Em outra noite, fomos jantar na casa deles. Lá havia um piano: ele tocava enquanto a esposa cantava canções francesas "do seu tempo", encharcados de vinho, comendo mais que devíamos, bêbados em francês.

Fomos em diversos restaurantes estrelados que Paulo havia listado. Assim, uma semana ou mais se passou, e ainda não havíamos decidido se iríamos a *Bordeaux*; estava bom em Paris.

Mamãe, às vezes, furava o programa da noite caso fosse muito cultural ou se o dia tivesse sido muito intenso. No terceiro dia, da segunda semana, ela não quis jantar com a gente. Arrumei-me ao som de Paulo me apressando, porque a reserva era para às sete e havia sido muito difícil conseguir. Um restaurante meio exótico, que havia recebido uma estrela Michelin recentemente, me disse Paulo. Vesti uma calça clara e uma camisa de um rosa também claro, roupas que ele separava para mim.

"É perto, dava pra ir a pé, mas você enrolou tanto que vamos de carro."

"Onde é?"

"Na *Place des Vosges.*"

O motorista nos levou até os arcos de entrada da praça, contornamos a pé por uma rua lateral, onde Paulo apontou o restaurante.

"Ali, Bistrô Denis."

"Parece bem simples, simpático, só não parece os restaurantes que você tem escolhido. E não tem nada de exótico."

"Eu sei, mas tá super na moda, tem uma estrela *Michelin*, apesar dessa cara de bistrô velho. Faz um *fusion* de comida de bistrô com comida do Leste Europeu, coisa que não sei o que significa."

Aquela informação fez algo reverberar em mim. Segurei o passo uma fração de instante. O restaurante tinha uma fachada estreita, pintada de azul, com janelas brancas e uma porta dupla também branca. Entramos e um garçom verificou a reserva em nome de Paulo Batistella, fomos até uma mesa junto a uma das janelas que davam para a rua. Toalha de mesa branca, guardanapos idem, e o salão à meia-luz escondia os rostos mais distantes e criava um ambiente romântico, apesar de as pessoas não estarem exatamente cochichando. Ouvia-se muito francês, algum inglês, algum japonês. A música ambiente era francesa, delicada como todo o lugar.

O garçom trouxe uma cesta de pães, manteiga e *foie gras*, e nos serviu duas taças de champanhe. Eu sentia uma pontada de suspense, alguma coisa não me deixava mais relaxar, e eu sabia o que era.

"Então, Paulo, qual é a história daqui? Por que esse lugar entrou na sua lista?" Todo restaurante da lista tinha uma história.

"Vou ler pra você o que diz o *Michelin*." Buscou entre as anotações que trazia com zelo: *O Bistrô Denis abriu na primavera de 1994 e já em 1996 ganhou uma estrela Michelin. Inicialmente concebido como um bistrô tradicional, foi, com o passar do tempo, fundindo-se com a desconhecida cozinha do Leste Europeu e criou uma vertente inteiramente inédita em Paris. O jovem chef Sebastian Adamac, conhecido como "le tcheck", responsável por essa inovação, diz que a comida do Leste tem tanto potencial quanto qualquer outra tradição europeia. Os doces e sobremesas são um capítulo à parte, todos com detalhes em azul. Não deixe de provar o creme brûlèe com curaçau e anis."*

Catatônico, apavorado, senti o suor escorrer pela nuca, minhas mãos gelarem, minha garganta se fechou e eu tive a impressão de que não poderia mais respirar. Não sabia o que pensar, como me comportar, não poderia dizer nada sem soar estúpido, sem chorar como uma criança boba.

"O que foi, Alê?" Paulo colocou a mão sobre a minha. "Você tá passando bem? Quer um copo de água?"

Absoluto pavor.

"Vamos embora, vamos agora." Mas era tarde demais, não haveria como justificar.

"Mas por quê? Não quer olhar o cardápio? Tem umas coisas bem legais."

Estar no restaurante de Sebastian, cinco anos depois, ter a perspectiva real de encontrá-lo, era mais do que eu poderia ter fantasiado. Como ele tinha conseguido tanto? Da última vez que nos vimos ele estava devendo o aluguel.

Disse a Paulo que ele poderia escolher para mim. Ponderei que o dono do restaurante, ou o *chef*, provavelmente não estaria ali naquela hora, tão cedo. O *maître* veio à nossa mesa e conversou com Paulo sobre os especiais e as sugestões. Não me lembro o que escolheram, eu tentava olhar pela janela a maior parte do tempo, para a rua de Paris que escurecia apenas para aumentar o manto de medo e excitação que me impedia de agir com naturalidade.

"O que foi, Alê? Você tá estranho. Tem alguma coisa de que você não gostou? A gente pode ir embora, sei lá, eu pensei que você fosse gostar de um lugar com uma comida nova, diferente."

"Tá tudo bem, amor." Paulo deve ter notado a palavra que usei, uma que eu não usava com muita frequência.

"Só quero que esteja mesmo, olha pra mim, vai. Me deixa ver esses dois olhões, isso, um sorriso, tudo que eu quero."

Os esforços de Paulo eram legítimos, o problema era eu. O problema sempre fui eu e estar ali levava minha problemática ao extremo. Os pratos vieram, primeiro as entradas, o principal, a sobremesa azul. Eu podia jurar que aquele toque era uma referência a mim, ele disse na cozinha da *Plaska* que faria um prato com algo azul. Eram as sobremesas, todas elas, ao que parecia.

"Vamos embora, Paulo?"

"Espera." Paulo chamou o garçom. "*Monsieur*, poderia me sugerir um licor ou vinho de sobremesa? O que vocês indicam? O *chef* está aqui hoje? Nós adoraríamos cumprimentá-lo."

Se não o conhecesse, se não admirasse a desenvoltura social de Paulo e os esforços para me agradar, eu poderia jurar que era um plano para me desmascarar, e esse último toque era a cartada final. Empalideci. Era como se eu devesse algo a ele, ou a alguém. Como eu deveria reagir? Deveria levantar e sair correndo? Senti uma leve ânsia de vômito. O jovem *chef* Sebastian Adamac — era a primeira vez que ouvia seu nome inteiro —, e dito por Paulo, em Paris, no Bistrô Denis. Sebastian Adamac, então. Alexandre Adamac. Sebastian, boca vermelha. Sebastian dizendo "não é um mundo tão grande". Sebastian do beco de Praga. Sebastian do supermercado.

"*Bonsoir.*"

A voz conhecida, pela qual tanto ansiei, pronunciou a saudação atrás de mim. Eu fitava o branco da toalha à minha frente sem poder me mover, minhas mãos agarradas ao guardanapo como se fosse uma tábua de salvação, e eu um condenado prestes a ser executado. Sebastian deu um passo adiante, se posicionou ao lado da mesa e começou a dizer em inglês.

"Bem-vindos ao...".

Então se calou.

Levantei o rosto, ele me fitava com expressão tão atônita quanto a minha, as veias de seu pescoço pulsando, seu rosto rubro, paralisado, preso num passado que insistia em nos procurar. Ele me olhava, eu retribuía o olhar, ambos sem dizer nada.

"*Bonsoir*, tudo bem? Adoramos o restaurante, parabéns", Paulo falava ignorando a cena à sua frente.

"Com licença, eu vou...", foi a única coisa que ele disse antes de dar meia-volta e desaparecer por uma escada ao fundo do salão.

"Que cara estranho... ei, *hello*, você também? O que foi esse climão? Vocês se conhecem? Ou fiquei louco?"

"Desculpa, eu disse que não estava bem, vou embora."

"Tá bem, vamos então, não estou entendendo."

Segurei seu braço, interrompendo-o.

"Eu vou, vou caminhando, sozinho, por favor. Te encontro em casa."

"De novo isso, Alê?"

Levantei sem palavras, tive pena da expressão atônita de Paulo, mas não podia pensar em mais nada. Saí rapidamente do restaurante, sem olhar para trás.

25

O vento quente de Paris soprava no meu rosto enquanto caminhava, e caminhei por horas. Fui até *la Concorde*, subi pela *Champs Elysée* até o Arco de Triunfo e desci pela *Kleber* até a Torre Eiffel, atravessando o rio. Ali, acenei para um táxi que me levou para casa, já mais de meia-noite. Parei do outro lado da rua, observando as janelas abertas e alguma luz acesa do lado de dentro, sem coragem de entrar. Devo ter ficado ali mais uns trinta minutos.

Um jaguar verde-escuro encostou em frente ao prédio, o motorista desceu e abriu a porta de trás. Cumprimentei a condessa com um aceno.

"O que você faz parado aí, Alexandre?" A mulher atravessou a rua para falar comigo, em português com sotaque carregado.

"Sentindo a noite." O que mais dizer?

"Pois venha sentir comigo, estou chegando de um jantar e quero mais um pouco de conhaque antes de me deitar".

Acompanhei a condessa até seu apartamento. A sala era parecida com o meu primeiro andar, mas mobiliada três décadas antes, achei reconfortante o cheiro de casa de velho. Sentei ao piano enquanto a condessa entrou, provavelmente para ir ao banheiro, e fiquei dedilhando notas aleatórias.

Alguns minutos depois ela voltou e colocou dois copos de conhaque, me ofereceu um e sentou-se numa poltrona de veludo vermelho que havia ao lado do piano.

"Onde está seu marido?", perguntei.

"Já dorme, ele não aguenta mais ficar até essa hora, *les personnes âgées sont embêtantes.*"

"Eu realmente não falo nada de francês."

"O que é lamentável, uma grande falha na sua educação, de resto tão bem cuidada."

Tentei extrair uma sequência que lembrasse *Pour Élise*, sem sucesso.

"O que há com você, *pourquoi triste?*"

Sem olhar para ela, mexendo impreciso nas teclas do piano, recitei frases conhecidas.

"*Conta a lenda que dormia, uma princesa encantada, a quem só despertaria, um Infante que viria, de além do muro da estrada.* É um poeta português quem escreveu isso." Dó, fá, mi...

"E quem é você? O infante ou a princesa?"

"Eles são a mesma pessoa."

"*Je sais.*" A condessa deu um trago em seu conhaque. "Conheço a história do príncipe que vence os dragões e vaga pelo mundo buscando algo que, no fim, é ele mesmo. Fernando Pessoa, uma das belezas de falar, ou tentar, português."

"A senhora fala português melhor do que eu lembrava", respondi admirado.

"*Non*, apenas o suficiente, o suficiente de cada língua." A condessa sorria detrás de seus óculos dourados.

Voltei a olhar as teclas do piano, indeciso sobre que sentido poderia fazer delas, que sentido fazer daquela noite.

"Preciso ainda achar a princesa." Virei-me para a condessa, que me fitava com olhos apertados. "Mesmo sabendo que eu sou o que busco. É uma busca insólita."

"Insólita? Oh, *oui, inhabituel, je pense.*"

"Hoje foi uma noite estranha, *inhabituel.* Reencontrei uma

pessoa muito importante, que não via há cinco anos ou mais. E parece que não se passou um dia desde quando nos separamos."

A condessa me olhava entre risonha e interessada, provavelmente pensando no grande lugar-comum que eu dissera. Mas o que saiu de seus lábios foi diferente.

"Essas paixões, que parecem estar petrificadas no tempo, quando ele não passa e também não para, são perigosas. Esteja atento. Existe o certo e o prudente, mas também existe o inesperado. Você tem que optar, e não cedo ou tarde, são poucos os momentos da vida em que a possibilidade de opção se coloca." Seu olhar desviou de mim para a janela e o rio.

"A senhora parece falar por experiência. Que decisão tomou quando essas poucas, ou única, oportunidades apareceram?"

"*N'a pas d'importance.*" Parece que você tem muito a pensar. Sem querer te dar conselho algum, se você já sabe o que vai encontrar, por que continuar a busca? *Vivez!*" Virou o copo e o colocou na mesa, como que me convidando a voltar para minha casa.

26

Quando cheguei ao quarto, Paulo fingiu que dormia. Tomei banho, vesti shorts e me juntei a ele sob a coberta. Abracei-o, mas ele não se mexeu.

No dia seguinte, disse a Paulo que tivera um mal súbito, mas que já estava tudo bem e, como sempre, ele aceitou a explicação, ou pareceu aceitar. Passamos a manhã em casa e à tarde passeamos pelo *Marais*. Dormimos antes da meia-noite.

Acordei um pouco após às sete da manhã, havíamos desligado o ar-condicionado, e eu estava suado. Tomei um banho, vesti bermuda, camiseta e uma alpargata, e desci para o café da manhã. A mesa estava posta, embora ninguém houvesse se levantado. Gertrude me perguntou se eu queria meu chocolate quente. Engoli um *croissant* e fui até a janela olhar o rio enquanto esperava a bebida.

Não chegou a ser uma surpresa quando me debrucei e, sentado sobre a mureta do lado oposto da rua, estava Sebastian, me olhando. Exatamente como cinco anos antes. Sorriu e acenou. Vivaldi e o inverno, falta de ar. Fiquei parado alguns instantes, depois voltei para a sala e peguei a xícara de chocolate. Com a mente entre nuvens, desci para a rua.

Atravessei a *Quai d'Anjou*, o sol batendo nos meus olhos.

"*Chocolat chaud*, não é assim que fala?"

Sebastian assentiu. Ofereci a bebida e ele segurou minhas mãos em volta da xícara, levou-a à boca e bebeu. Não dissemos nada. Ele soltou uma das mãos e a colocou em volta da minha nuca, me puxou junto de si e encostou os lábios doces nos meus. O gosto de chocolate entrou com sua língua, me percorrendo, me deixando líquido como o rio correndo abaixo de nós. Precisei me apoiar na mureta para compensar a fraqueza dos joelhos. O beijo de Sebastian estava acontecendo de novo, a boca dele na minha, suas mãos abraçando minha cintura, antes das oito da manhã, no meio da rua. Sem uma palavra, só Vivaldi.

Deixei a xícara no chão e saímos caminhando pela *Quai*, seguimos para o *Rive Gauche* e, quando atravessávamos a *Pont de la Tournelle*, finalmente falamos.

"Pensei que fosse desmaiar quando te vi na mesa do meu restaurante." Uma frase inteira: a voz, o sotaque, a cadência de Sebastian.

"Eu não sabia que você ainda estava em Paris, meu Deus, eu não sabia nada. E te encontro aqui, com um restaurante, com uma estrela *Michelin*. Sebastian, o que você fez esses anos todos?"

"Fiz o que você me disse para fazer, sair para a minha Transiberiana, fiz como te disse que faria."

Coloquei a mão em seu ombro e seguimos pela ponte.

"Quem era com você?"

"A pessoa com quem estou", me ressenti de apresentar Paulo daquele jeito.

"Entendi, e você o ama?"

Chegamos ao final da ponte e atravessamos para o começo do *Saint-Germain*, o que me deu tempo de refletir um pouco antes de responder.

"Amo."

"Fico feliz." Pela primeira vez, ele olhou para o outro lado. "Mesmo assim me beijou?"

"E você, Sebastian, ama alguém? E mesmo assim me beijou?"

"Sim, amo e mesmo assim te beijei. Esperei esse beijo por cinco anos."

"Quem você ama?"

Sebastian pegou a carteira e buscou uma foto escondida entre os documentos. Na foto, ele com uma mulher bonita de cabelos escuros e com uma criança, uma menininha de olhos azuis.

"Amo Catherine, minha filha, e a mãe dela, Anne-Marie. Minha mulher."

Senti as sensações de perda novamente, a garganta apertar e tive dificuldade de responder.

"E mesmo com essa família você me procurou e me beijou", não era uma pergunta para ele, era uma constatação para mim.

Entramos num café na esquina do *boulevard* com a *rue des Bernardins*. Pedi outro chocolate e ele um café. Sebastian colocou a mão sobre a minha, mãos frias, como as pedras dos becos de Praga.

"Nada foi planejado. O garçom do restaurante onde comecei, o Milan, apresentou a gente. Eu estava muito sozinho em Paris, aconteceu, ela engravidou. Catherine e o restaurante são minha vida, mas Anne-Marie me deu tudo, a força para lutar todos os dias. Ela me ama, me lembra você, de muitos jeitos, é pediatra."

"Anne-Marie sabe quem você é de verdade?"

"Sabe quem eu sou, não sabe quem eu fui ou o que fiz."

Eu sentia o peito apertar a cada palavra.

"Quem você foi? Quem você foi agora de manhã parado na porta da minha casa? Quem é você agora, segurando minha mão? Você tá se ouvindo?"

"Não esperava te ver nunca mais, estou confuso, me dá um tempo pra raciocinar."

"Você tem razão, vamos devagar. São cinco anos sem se ver, sem se falar. Nossa vida andou. Hoje eu opero corações, tanto mudou desde Praga..."

"Sim, nunca mais estive lá. Corações, então? Vamos caminhar mais, quero te contar como eu cheguei em Paris com uma semana de salário de ajudante de cozinha e hoje sou dono de um restaurante badalado."

Fugimos do *Boulevard*, seguimos por ruas internas de *Saint-Germain*. Sebastian me contou do início do restaurante, quando o antigo proprietário, hoje sócio, o contratou para fazer os sempre iguais pratos de bistrô, e ele foi inserindo toques da Boêmia, buscando inspiração em receitas antigas do Leste; e como se especializou em doces, os primeiros que chamaram a atenção dos críticos culinários. Logo que o reconhecimento do *Michelin* veio, a sociedade foi oferecida. O hoje sócio sabia que, se Sebastian fosse embora, o restaurante perderia a estrela e o movimento surpreendente, as filas de reserva por meses e todo o glamour recém-conquistado. Contou quando Catherine nasceu, quando completou um ano, cinco anos. Que ele morava em *Montparnasse*, no apartamento de Anne-Marie, de frente ao *Jardin de Luxembourg*. Eu também lhe contei minhas histórias naqueles anos todos, falei de Paulo com tintas mais vibrantes do que normalmente usaria. Não queria que minha vida parecesse menos interessante que a dele.

Perto do *Musée de Cluny*, ele parou em frente a uma galeria e fitou uma aquarela exposta na vitrine.

"É Chagall, meu russo preferido."

Seus olhos não saíam da pintura, um guache sobre papel de quarenta por trinta, um casal, bodes voando enquanto tocam violinos sobre os telhados de alguma vila perdida no meio da Rússia. Atrás, um sol parecia se pôr, mas a luminosidade era duvidosa: seria o fim do dia ou o começo? Ou a hora não importava para aquele casal? Um casal de namorados, ela vestida de branco e ele de terno azul, flutuavam enquanto se beijavam; no chão, um galo vermelho gritando para o sol que nascia ou se punha. Um casal despreocupado, flutuando sobre os telhados de uma cidade antiga, tanto quanto eu estava flutuando com Sebastian naquelas ruas antigas, falando em estado de profunda alegria, enquanto bodes tocavam violino.

"Por que você gosta tanto?"

"Como não amar? Eu queria voar tocando violino sobre os telhados de Praga."

"Você quer voltar pra Praga?"

"Eu quero voar. E Praga sempre será para onde quero ir."

Não me preocupava ter desaparecido de casa sem dar notícia a ninguém, apesar de saber que Paulo e minha mãe poderiam estar preocupados. Eles entenderiam, eu estava bem.

Por volta de meio-dia estávamos novamente no *Marais*. Sebastian disse que precisava ir direto ao restaurante, que tinha muito que fazer. A perspectiva de nos despedirmos me fez sufocar.

"Vamos nos encontrar esta noite?", perguntou me tirando da agonia.

"Que horas?"

"Quando o restaurante fechar, por volta de onze ou meia-noite, quero te mostrar uma coisa."

Eu concordei, sem planejar como daria aquela escapadela. Nos abraçamos, beijei seu pescoço e sua boca levemente. Sebastian foi caminhando para a *Place de Vosges*, enquanto eu voltava para a *Île*. Senti-me como aquela noite em Praga, depois do encontro no beco escuro quando voltei correndo para o apartamento, inundado de felicidade. O poder era descomunal.

Em casa, Paulo e mamãe estavam ainda sentados à mesa do café da manhã. Disse que tinha ido dar uma volta e o assunto ficou por isso mesmo. Eles conversavam sobre o que faríamos à tarde, a ideia era ir a *Tours* e *Amboise*, talvez *Angers*. Uma viagem de duas horas, só a ida.

"Não posso, mas vão vocês, eu tenho que estudar o transplante para quando eu voltar."

Não era mentira, mas também não era verdade. O caso era de Therezinha C. Noronha, cardiomiopatia dilatada e DPOC grave, em necessidade desesperada de um transplante duplo, de coração e pulmão. O coração foi infeccionado pela doença de Chagas, e a doença pulmonar obstrutiva crônica por uma vida de fumante. Therezinha tinha cinquenta e oito anos, uma coisa agrava a outra, e basicamente restava tocar um tango argentino. O chefe da cirurgia havia me enviado um e-mail dizendo que Therezinha havia piorado no último dia e, com isso, passara à frente algumas posições na fila do transplante. Ainda não era o caso de ser a primeira, mas se a condição dela continuasse evoluindo para pior, o transplante seria iminente, caso houvesse um doador duplo. Se eu quisesse participar, deveria estar disponível em São Paulo.

Eu esperara por aquela oportunidade por meses, mas, naquele exato momento, o coração de Therezinha não era minha maior preocupação.

Paulo e mamãe saíram por volta de duas da tarde e me vi sozinho em casa, pensando apenas em Sebastian e no nosso encontro. Tomei outro banho, na banheira, pensei nele, no gosto do chocolate quente da sua boca, no toque sutil na minha nuca e cintura. Entreguei-me àquele pensamento e, depois de satisfeito, permaneci na água até esfriar e começar a me incomodar.

Às quatro da tarde, comi algo que Gertrude preparou e levei Mileto para passear na *Île*. O tempo não passava, absurdamente lento, eu absurdamente tentando manter o controle. Às cinco e meia, telefonei para o galerista que nos havia convidado para a exposição de fotografias no *d'Orsay*, um tal de M. Henri.

"Bom dia, *Monsieur* Henri, Alexandre Prado, como vai?"

Eu queria perguntar sobre o Chagall que vimos na galeria em

Saint-Germain, se ele tinha alguma informação.

"*Biensur*, é uma aquarela que Chagall pintou em Paris em 1947."

"Quanto custa?"

"Creio que uma oferta de cem a cento e vinte mil euros seja suficiente, o mercado não está aquecido, apenas uma aquarela afinal, é um ótimo investimento por esse valor."

Não é um investimento, Henri, é um presente. Pedi que tratasse da compra e entregasse no endereço que mandaria por e-mail, na *Place des Vosges*. Não seria possível entregar no dia, "na manhã seguinte está perfeito", respondi. Imaginei o quanto Sebastian amaria a surpresa.

Fechei as janelas do quarto e me deitei na cama, no escuro, toquei a *Cello Suite* Número 1. Bach me acalmava com grandeza para esperar a meia-noite. Adormeci.

27

Mamãe e Paulo ainda não haviam chegado do *Loire* às 10 da noite, quando acordei. Esperava que demorassem, mas poderiam aparecer a qualquer minuto. Troquei de roupa e deixei um bilhete dizendo que eram mais de dez horas e eu sairia para dar uma volta pela noite quente, comer algo, que não me esperassem. Saí de casa a pé, antes que pudessem aparecer.

A noite estava mesmo quente. Atravessando a ponte, me detive um pouco para olhar o Sena se separando em dois braços para dar espaço às ilhas, dividindo a cidade, como eu me sentia dividido. Não entre dois amores, mas entre a realidade e a fantasia. As águas escuras espumavam sob meus pés, eu ouvia seus uivos noturnos me alertando para os perigos da potência sem controle.

Percorri o quilômetro que me separava do bistrô, cheguei lá às dez e meia, muito antes do combinado. Fiquei dando voltas na praça, tomei uma taça de vinho e, às onze e pouco, bati na porta, já fechada para novos clientes. Um garçom disse que Sebastian havia avisado que esperava um amigo por volta de onze horas. Uma das mesas, desocupada, estava arrumada para mim, bem no meio do pequeno salão. Outro casal terminava o jantar ao lado, e fiquei contente de não entender o que diziam e, assim, poder pensar na minha cena, sozinho numa mesa de restaurante esperando um homem, quase um estranho, acabar seu trabalho para irmos não sei onde, concluir não sei o quê.

O garçom me trouxe uma taça de champanhe. Em pouco tempo as mesas foram ficando vazias. Por volta de quinze para meia-noite, Sebastian apareceu e sentou-se comigo. Vestia uma calça preta e uma camiseta de mangas longas também preta, o que contrastava com a pele e a boca vermelha, *dejá vu*. E de novo a sensação de aperto no peito, de medo.

"Você não mudou nada", me disse com um sorriso.

"Você também não."

"Vou encerrar com o pessoal lá dentro e já volto, tá?"

O último cliente foi embora, umas quatro pessoas saíram da cozinha e também deixaram o restaurante. O salão vazio, a não ser por mim e um último garçom que arrumava as mesas vazias, até que ele também foi embora e fiquei só, a iluminação diminuída. A música subiu de volume um pouco, *I can't help falling in love*, e o karaokê surgiu de imediato, na versão de Elvis. Sebastian sentou-se comigo.

"Todos já foram, agora vamos jantar."

"Sobremesas azuis, por quê?", perguntei sabendo a resposta.

"Você conhece minha inspiração."

Achei exagerado, mas meu prazer era maior que a crítica. Ele se levantou e trouxe dois pratos com uma sopa cremosa.

"Chama *masitá polévka bílá*, um creme de carne e legumes, vê se gosta."

"Eu gosto."

"Não tem no cardápio, muito checo pro meu sócio, mas nosso jantar hoje vai ser só do meu jeito."

"Parece que a estratégia de misturar as cozinhas deu certo, você não devia reclamar."

"Super certo, mas não quer dizer que seja o que eu quero fazer."

O principal foi um pato assado, *kachna* com cenoura e couve-de-bruxelas. Parece banal, mas não era: o pato infuso em tempero de sementes de cominho, em contraste com a doçura das cenouras cortadas como uma obra de arte e o azedo da couve produziam uma combinação original. A *playlist* continuava tocando clássicos de *soft rock*, às vezes mais sexy, tipo *Kissing a Fool,* que até hoje me recordo e que deveria ser o tema desse relacionamento. Mesmo se não gostasse, eu gostava de tudo, não estávamos discutindo a relação, apenas aproveitando um momento. Sebastian falou do sócio, Denis, e da filha, muito da filha. Que o nascimento dela o estava reaproximando do pai, feliz por ser avô.

"De onde vieram esses olhos azuis de Catherine?"

"Da mãe, ela tem os mesmos olhos."

"Então você foi se juntar a uma médica de olho azul? O que isso diz sobre você, hein?"

"Você sabe o que dizem sobre o carma."

Rimos diversas vezes, bebemos uma garrafa de *bordeaux*. A sobremesa foi um pudim de nozes tingido de azul e um cálice de *souterne*. Sebastian perguntou se eu queria conhecer o quartinho onde ele havia morado no primeiro ano. Fechamos o restaurante, poucos carros circulavam nas ruas quase vazias. Ele me explicou que, mesmo morando com Anne-Marie, mantinha o pequeno quarto como um lugar para pensar e ficar só, muito perto do restaurante. Assim, em algumas noites dormia lá mesmo.

"Sebastian, eu quero te dizer, quero que você saiba, que pra onde você quiser eu vou. Se você quiser, eu largo tudo e venho viver aqui com você."

"Você abandonaria a medicina? Não sei, Alex, não parece justo."

"Abandono tudo. E depois resolvo."

Parecia que a decisão estava tomada. Da minha parte, ao menos.

Caminhando pelas calçadas apertadas de Paris ao lado de Sebastian, eu sabia que estava sendo sincero, nada mais poderia se colocar entre nós. Bastava de dificultar as coisas, eu pensava, com essa minha mania de achar que tudo estaria sob o meu controle. Todas as certezas anteriores descendo pelo ralo. Pensei na condessa e nas escolhas que fazemos.

"Quis te trazer aqui", Sebastian me disse fechando a porta e acendendo uma fraca luz amarela, "pra você ver onde eu morei mais de um ano quando cheguei. Naquele dia, fui roubado, um cara puxou papo ali no bistrô, onde acabei trabalhando, eu estava pensando no que faria. Ele me drogou, levou meus documentos e o pouco dinheiro que tinha. Denis, o dono, me ofereceu este *chambre de bonne* em troca de eu cozinhar no restaurante, como te contei. Talvez tenha se sentido culpado por eu ser roubado no bar dele, que virou nosso bistrô."

Aproximei-me da janela e olhei para fora: a noite virando madrugada, vozes à distância, algum vizinho ouvia jazz, baixinho. "*Os sonhos se vão na aurora*", lembrei da música italiana, a lua os leva quando *tramonta*, e um arrepio de pavor me fez tremer.

"Não posso ficar, tenho que ir embora", disse sabendo que mentia.

"Não, ainda não."

Se aproximou por trás e beijou minha nuca, enquanto segurava minha cintura com braços decididos. Passou a língua no meu pescoço, apertando o corpo contra o meu e, então, eu estava de volta a Praga e nada mais importava. Colocou o dedo na minha boca, desabotoou minha camisa e jogou-a ao chão, e continuou beijando minha nuca, minhas costas arrepiadas, descendo pelo meu corpo num percurso molhado. Tirou minhas calças, a cueca e me beijou até o meio das coxas, para então retomar o caminho de subida, me mordiscando. Eu tinha as mãos apoiadas no parapeito da janela numa tentativa de me segurar em pé, mal podia respirar, gemia. Sebastian me levou para a cama e arrancou a roupa.

Senti dor, ele estava afoito, mas sem me importar: eu queria e precisava daquela dor. E eu sabia que precisava desde que o conheci, e que todos esses anos foram como miragem após miragem, em busca de um tempo que não estava no futuro e nunca chegaria. Miragens não se concretizam, mas o que eu vivia naquele momento, o que havia dentro do meu corpo, era minha única realidade. Ou minha vida é que não existiria, e eu não queria existir sem ele.

Às cinco da manhã, tomamos um café que Sebastian passou na minúscula cozinha. Eu tão despreocupado em relação a voltar para casa quanto qualquer vagabundo de Paris.

"Vou contar pra Anne-Marie, vou ficar com você."

Sorri com a xícara quente entre as mãos.

"Vou contar hoje, vou alugar um lugar simples, melhor que esse aqui, e poderei ver Cat todos os dias. E se você fala sério sobre deixar sua vida, vamos morar juntos", as palavras dele saíam titubeantes.

"Eu vou deixar tudo, e depois vejo como volto a ser médico, vou deixar tudo hoje mesmo quando sair daqui, e venho morar em Paris, vou aprender francês para além de *chocolat chaud.*"

"Você faz tudo parecer tão fácil..." Riu enquanto tirava meu cabelo dos olhos.

Tudo mais é fácil, Sebastian, era você que faltava. E com aquela certeza estúpida, retomei o caminho da *Quai d'Anjou*, festejando com a cidade que despertava, a cidade que eu abraçava.

28

"Como assim, foi embora?", eu perguntei, incrédulo.

Mamãe fingia calma, sentada na poltrona da sala tomando café, em seu robe de seda branca.

"Embarcou no voo das sete, tem uma escala acho que em Miami, mas já está voando. Fez bem, estúpida sou eu que passei a noite aqui sentada te esperando. Desaparecer em São Paulo é uma coisa, desaparecer aqui é outra, aqui não há desculpa possível, não há um hospital para te acobertar, e Paulo é um ótimo rapaz que não merece sua vigarice."

"Eu não queria que fosse assim." Foi minha vez de cair sentado no sofá à frente dela.

Pondo-se em pé, mamãe se encaminhou à escada para subir ao quarto e finalmente dormir. Foi quando ela se mostrou uma mulher que eu não conhecia até então.

"Você não queria? Ou o correto seria dizer que você não dá a mínima para como tudo isso aconteceu? Porque, ontem, você certamente não se preocupou com Paulo, ou comigo, não que eu importe nesse caso. Ainda bem que seu pai não está aqui, era hoje que ele te deserdava. Alexandre, eu estou sempre do seu lado, eu te apoio em tudo. Mas o que você fez é indesculpável. De algum jeito, Paulo sabia onde você estava, ele foi te procurar quando chegamos ontem tarde da noite. Ele te encontrou num restaurante, com outro homem, viu vocês pela janela. Ele vai te deixar, e eu espero que deixe. Enfim, vou descansar, pense no que você vai fazer e em como pretende consertar tudo isso."

"Eu sei o que vou fazer, não me importa, não há o que consertar", meu tom era desafiador e arrogante.

Mamãe parou nos primeiros degraus da escada e me olhou com complacência.

"Mas será que sabe? Como é a vida pra você, meu filho? Que decisões você já teve que tomar? Como é ser um rapaz de tanta sorte? Com sua sorte desproporcional... Como é nascer tão bonito e tão rico? É gay, o mundo te aceita, seu pai te aceita, resolve entrar na Medicina e entra, resolve que quer um marido ideal e consegue, resolve comprar um Chagall, e compra, sim, o galerista Henri me avisou. Tudo fácil, tudo à mão."

As palavras de mamãe começavam a me machucar.

"Você não é um lutador, embora tenha o mérito profissional. Você merece o descaso com que seu pai às vezes te trata, ele é um lutador e consegue ver através de você como ninguém. Você segue pela vida com um senso de merecimento tamanho, fingindo que despreza tudo e todos, tudo te enfada, se veste como um menino de rua se não escolhem a roupa por você. Que preguiça. Então, meu filho, porque eu te amo, te digo: acorde enquanto é tempo e pare de tratar como dever da existência toda a sorte que você tem. Porque seu grande mérito na vida é este: ter sorte." E subiu as escadas sem um segundo olhar.

Senti ódio, ela estava errada sobre mim. Quando o choque passou, subi também para meu quarto. Os armários abertos, as coisas de Paulo não mais ali. Não tinha um bilhete, uma nota de despedida, nada. Fui ao banheiro, entrei no chuveiro e, sentado no mármore frio, eu finalmente chorei. Chorei pensando nas palavras de mamãe, principalmente, no que ela havia dito que meu pai pensava de mim. Senti-me o canalha que ela havia descrito.

Meu banho durou quarenta minutos. Só quando saí e me olhei no espelho, vi a nota de despedida de Paulo, escrita com caneta hidrográfica: "Cansei, foda-se você".

De volta ao quarto, olhei meus e-mails em busca de algo mais que viesse de Paulo. Nada, eu havia imaginado um final diferente para nossos cinco anos. Mas havia um e-mail do Doutor Nóbrega, dizendo que Therezinha estava no segundo lugar da lista, o transplante iminente, e caso eu quisesse participar deveria voltar. Ela está em boas mãos, pensei. Desisti do desejo do transplante tão aguardado, pela simples ideia de rever Sebastian mais tarde. Às quatro horas, no mesmo banco na *Île de la Citê*, era uma vida nova que começava. E se quisessem me deserdar, foda-se. Não podia admitir qualquer razão de mamãe: se eu fosse deserdado, tudo bem, eu teria Sebastian. *Abro mão da primavera, para que continues me olhando.*

Descansei algumas horas, ouvi mamãe sair por volta de meio--dia, desci, e Gertrude me disse que ela fora almoçar com uma amiga. Tive vontade de ligar para o restaurante, ouvir a voz dele me chamando de Alex. Só ele me chamava assim.

Às três e meia da tarde, me preparei para encontrar Sebastian. Mais um e-mail do Dr. Nóbrega: Therezinha piorou e estava em primeiro lugar na lista, ainda naquela noite os preparativos para o transplante começariam na esperança que um doador duplo surgisse, nessa angústia de quem precisa receber os órgãos sem saber se virão. E a inocência de quem doa, sem saber que seu destino estará encerrado em algumas horas.

Saí com Mileto. Às quatro e meia, Sebastian ainda não havia chegado, o cãozinho já se mostrava impaciente, mas não tanto quanto eu. Quinze para as cinco ele apareceu, caminhando apressadamente, vindo do *Rive Droite*, trazia um cilindro na mão. Quando se aproximou, me levantei e fui abraçá-lo, Sebastian me impediu com a mão.

"O que é isso, Alex?" Mostrou-me o cilindro. "Você mandou me entregar o Chagall?"

Eu estava surpreso pelo gesto e pela pergunta.

"Sim, é seu russo preferido, você me disse, queria voar em Praga, para Praga."

Sebastian estava vermelho, colérico e eu não entendia por quê.

"Eu amo esse quadro, mas não pedi pra você, não espero isso de você! Quando você se mudar pra cá, vai comprar um duplex na *Île Saint-Louis* pra gente morar? O restaurante do Ritz para eu brincar de cozinha? E logo terei que te obedecer em tudo?"

"Sebastian, o que você tá dizendo, não seja absurdo", eu tentava minimizar aquilo que me parecia descabido.

"Uma vez, Alex, você pagou meu aluguel e aquilo me comoveu. Vim até Paris atrás de você, pra te agradecer, dizer que te amava de um jeito louco porque nem te conhecia."

"Você nunca disse que me amava, Sebastian, nem naquele dia nem em nenhum outro. Te amo é a mentira que você nunca me contou." Eu começava a me apavorar, minha respiração ameaçava falhar.

Sebastian sentou e me puxou pela mão para que eu também me sentasse. Amarrei a guia de Mileto no braço do banco.

"Vim para Paris atrás de você, tocado pelo seu gesto, incentivado a lutar pelas palavras que você me disse, mas hoje eu percebi que foi tudo manipulação sua. Esse quadro! Quanto vale isso? Não é aluguel de subúrbio de Praga! O que você espera? Que eu seja um gigolô como esse seu marido?"

"Não! Eu espero o contrário!" Havia súplica na minha voz, minha respiração arfava e eu sentia minha garganta apertar. Ele não tinha entendido nada.

"Pensei muito hoje, pensei que foi maravilhoso te rever, mas tenho responsabilidades que não posso passar pra outro. Tenho uma filha que quero criar dentro da minha realidade, que não posso abandonar e viver uma aventura que vai fracassar, porque vai. Desculpa por tudo, Alex, volta pra casa, dá esse quadro pro seu marido, eu não sou a pessoa da sua vida." Respirou fundo, olhou em meu rosto perplexo, as lágrimas que desciam torrencialmente. "Você, certamente, não é a pessoa da minha vida."

Sentimento de exaustão psíquica. Dor física.

"Então é isso, estou desconvidado da sua vida. Ontem o convite, hoje o desprezo, de novo. Você é sempre assim."

"Eu nunca vou me encaixar no que você vai exigir."

"Seu problema", tentava falar com o que me restava de voz, "não é esse quadro, não é sua filha, seu problema é a covardia de viver. Você se esconde detrás dessa máscara de bom-mocismo, você diz que levanta cedo e faz sua vida, que quer cuidar da sua filha, mas você tem é medo de tudo."

Sebastian tentava me interromper, mas o que eu sentia era ódio, e não podia deixá-lo falar.

"Você tem medo de mim, não porque te dei um quadro, mas porque você não tem coragem de viver como eu vivo. Você é uma fraude, um engodo, Sebastian, você se esconde atrás de um casamento falso, engana uma mulher que diz amar e ela finge acreditar, enquanto come um cara num quarto barato, enquanto fica de joelhos pra outro homem. Depois volta pra casa, abraça sua filha e morre de culpa de ter sido verdadeiro uma hora antes. Ontem foi verdade, Sebastian, não essa sua vida mentirosa. Você inventa uma cozinha que não é o que você quer fazer, se esconde e faz o que outros querem, nunca se mostra, cozinha uma mistura de nada com nada, pinta uma sobremesa ridícula de azul e acha que é uma declaração de amor, se esconde em uma cidade que não quer como sua."

"Não fale da minha cozinha, eu venci com ela!", a saliva voava de sua boca enquanto gritava.

"Venceu porra nenhuma, você continua infeliz como era no dia que te conheci, fingindo, fingindo que a vida tá boa, que as coisas são assim, que tudo é muito normal", meu tom de voz estava próximo de um grito, me levantei e comecei a desamarrar a guia do cachorro, Sebastian levantou e tentou me segurar. Com toda a força que eu tinha, empurrei-o, ele caiu no chão, o Chagall atirado longe.

"Você é um merda, Sebastian, você destruiu minha vida, do mesmo jeito que destruiu a sua. Você fala do meu amor como se tivesse vivido amor como o meu, não, não viveu. Foda-se, Sebastian".

Ele permanecia no chão, sem dizer nada, estupefato. Peguei a guia de Mileto e virei as costas com a intenção de não mais o ver. Voltei ao apartamento sem poder segurar o choro e a raiva.

Encontrei minha mãe na cozinha e me joguei em seus braços, soluçando como quando Beliscão morreu, como quando Joana se foi. A sensação da morte que poderia ter sido evitada. Não expliquei nada a ela.

"Chora, meu filho, vai ficar tudo bem." Mesmo sem saber, as mães sempre sabem.

Aquele dia conheci um lado novo da minha mãe, algo que se chocava com a opinião de frivolidade que eu tinha construído, uma percepção de que era justamente o tipo de atitude perante o mundo que ela havia feito eu ver em mim.

"Vamos embora, mamãe, vamos pra casa."

"Sim, já tinha pensado nisso, o avião está pronto nos esperando, as malas arrumadas."

*

Vinte horas depois, entrava no centro cirúrgico. Therezinha deitada no meio do grande palco, já sedada e aguardando a anestesia. Dr. Nóbrega deu início ao espetáculo.

"Muito bem, hoje é um dia que esperamos há mais de um ano, vamos salvar a vida dessa mulher. Qual dos residentes quer abrir a paciente? Você, baixinho, de gorro amarelo, pode ser você, já usou a serra e o afastador? Ótimo. Dra. Gabriela vai retirar o pulmão direito e implantar o órgão do doador, a equipe A está cuidando do órgão saudável. Dr. Alexandre vai fazer o mesmo com o coração, a equipe B é responsável pelo coração novo. Aliás, como voltou das férias em Paris só para esse procedimento, Alexandre pode escolher a música. Dr. Marcos, anestesia, vamos começar a exsanguinação. Ligar *bypass*, por favor".

I feel so extraordinary. O sangue começou a ser drenado do corpo de Therezinha para o circulador artificial. Eu estava de volta, disposto a um recomeço, qualquer que fosse, com quem quer que fosse, com ninguém, comigo mesmo. *The chances are we've gone too far, you took my time and you took my money*. Sim, tempo perdido. Operando um coração, redescobri como me sentir novo, e vivo, e relevante, como eu nunca deveria ter me esquecido que era. O coração inchado de Therezinha morreu, seccionei a aorta e a artéria pulmonar, pincei, removi o órgão do pericárdio com as duas mãos, removi o coração sem batimentos, deixando a cavidade vazia, Therezinha morta, exsanguinada. A equipe B trouxe o órgão doado, coloquei na cavidade.

Às vezes, talvez ao menos uma vez, se sofre de tal maneira que a marca se torna eterna, e não tem conserto, o trabalho é conviver com uma dor que nunca vai passar. *Now I feel you've left me standing, in a world that is so demanding*. Dez horas ao lado daquele corpo inerte, minha colega inflando um pulmão novo, eu costurando as mesmas artérias num órgão vivo, a massagem e a expectativa de que ele reagisse com o sangue reintroduzido, a vida em expectativa, minha vida suspensa, num segundo o espasmo de uma sístole fez Therezinha renascer, dei um passo para trás, e respirei.

Dormi por mais de um dia.

29

"Isso tudo te expliquei pra que a gente não fale mais do assunto, serei um novo eu."

Tati me olhou com perplexidade contida e deu um gole de cerveja, tocou o cabelo preso num coque e recolocou o copo na mesa. Estávamos no *Charm* da Augusta, num dia que saí cedo do hospital, dia sem cirurgias e sem muitos dramas, fora os meus. O bar estava cheio com os frequentadores habituais, e um ou outro perdido, como Tati e eu.

Ela me julgava naquele momento, parecia claro, devia estar pensando que, mais uma vez, eu inventava subterfúgios que me extraíssem da realidade, mesmo com toda a descrição que eu havia feito do meu estado emocional desde aquela viagem a Praga tantos anos antes.

"Então, na primeira vez você decidiu se casar com Paulo pra não pensar no outro e dessa vez resolveu cair na vida pra não pensar no outro. Interessante... um meio-termo não te ocorre? Bom, você nunca foi de meio termo."

Havia voltado de Paris há um mês, mais ou menos, e tentava me adequar a uma vida nova, na qual via meu coração endurecido.

"Como foi com o Paulo?", Tati perguntou enquanto refazia o coque com o palito que havia puxado, "vocês se viram depois de Paris?"

"Foi o necessário." Afundei um pouco na cadeira de madeira e contei o último encontro.

Procurei Paulo quando cheguei, claro. Nos encontramos em casa, de onde ele havia saído logo que voltou a São Paulo, um encontro triste que eu gostaria de apagar da memória.

Paulo não queria me ver em casa, preferia que nos encontrássemos num "lugar neutro". Argumentei que nossa casa era o lugar mais neutro que podia existir, já que era tanto dele quanto minha, tudo era dividido. Ele concordou, chegou na noite de uma quinta-feira, entrou sem tocar a campainha. Eu estava sentado no sofá, virado para a varanda e tomando vinho. Sentou ao meu lado, se recostou no sofá e ficou em silêncio, não nos tocamos. Eu também não disse nada, e essa configuração estática, como uma instalação no MAC, durou bem uns dez minutos. Ele se levantou e passou para a poltrona a minha frente, de costas para a porta da varanda, de onde entrava o vento frio do inverno. Eu estava apenas de camiseta e uma calça de moletom puída, mas não sentia frio.

"Agora sem mim, qualquer dia a polícia te prende, andando na rua vestido desse jeito." Ele sorriu pela primeira vez.

"Bem possível. Se eu precisar de um advogado, posso te chamar?"

Paulo suspirou e olhou para o lado. Levantou, buscou uma taça, se serviu do vinho e voltou para a poltrona.

"Não, se você for preso, procure outro advogado." O sorriso desaparecera.

"Você quer saber o que aconteceu em Paris?"

"Eu mereço saber. Não sei se, após ouvir, vou preferir ter não sabido, mas acho que mereço."

Era justo. A edição, os cortes na história caberiam a mim, poupando-o de saber a extensão do meu sentimento durante todos os anos de casamento, por exemplo. Contei para ele minha versão dos fatos, desde Praga, os desencontros, que eu havia me apaixonado e, quando voltei ao Brasil, nunca mais esperava revê-lo. E sobre o encontro por acaso no restaurante dele. Não contei que eu planejara abandonar tudo, a pouca, ou nenhuma, consideração aos sentimentos de Paulo naqueles dias em Paris, os tais detalhes desnecessários.

"E o que você esperava que eu fizesse, Alê, ao te ver no restaurante do cara? Depois daquela demonstração de esquisitice, quando a gente jantou lá?"

"Nada, eu não sei o que eu esperava, estava seguindo um instinto. Perdoe-me, o que te fiz sentir não foi minha intenção."

"O que você me faz sentir, eu ainda tô sentindo aqui dentro." E colocou uma das mãos no peito. "Parecia que lá em Paris a gente estava se conectando, tudo parecia bom. Eu não te conhecia mesmo, não conheço, achava que sua cara de paisagem era só cara mesmo. Você esconde muita coisa atrás da sua fachada, e eu nunca pude ver."

"O que você quer fazer agora sobre a gente?", perguntei sem saber o que gostaria de ouvir como resposta.

Paulo soltou uma risada cínica, levantou e caminhou até a porta da varanda, resmungou qualquer coisa como "eu não acredito", e, sem nenhum aviso, se virou para meu lado e arremessou o vinho contra a parede. O copo voou sobre minha cabeça e se espatifou no lado oposto da sala, esparramando o líquido vermelho por tudo, inclusive, por mim. Dei um pulo no sofá, assustado com aquela reação.

"De você não quero mais nada, Alexandre, um pouco de respeito e só."

Fiquei em silêncio e olhei para baixo.

"Quero sim, quero ficar com esse apartamento inteiro, se não for te fazer falta, e quero o cachorrinho também."

"Amanhã eu saio, vou para o apê dos meus pais, e depois vejo onde vou morar. Sobre o Mileto, é justo ficar com você." Eu faria qualquer concessão.

"Não quero mais nada, material ou emocional, quero só que isso sirva pra você entender que eu nunca quis nada além de você. Tudo que você me proporcionou, viagem em jatinho, conversa com governador, tudo isso foi legal e sedutor pra um cara de classe média do interior de Minas. Mas eu não preciso e nem estava com você por isso, quero que você saiba disso agora e perceba o quanto foi injusto o tempo todo."

"Desculpe-me, de verdade."

"Guarde suas desculpas pra você, ou pra próxima vítima, *your highness*. Vou indo, não se preocupe em limpar as manchas de vinho ou recolher os cacos, eu cuido disso amanhã, vou ficar recolhendo cacos por muito tempo." Paulo passou por mim em direção à porta, sem olhar e, antes de sair, ainda me disse: "Boa sorte, Alê, seja lá o que você busque".

Tati colocou a mão sobre a minha.

"Lamento muito, meu amigo. Eu nunca gostei dele, você sabe. Nunca comprei essa paixão toda por você. Parece que eu também me enganei."

Tati disse que precisava ir embora, eu queria ficar mais, pensei em dar uma volta, mas sabia que não devia e voltei para casa. Respirei o ar frio da liberdade de uma noite de julho, lembrei de Paris, de Sebastian caído no chão me olhando assustado enquanto eu vociferava coisas que sequer acreditava. Após meia hora caminhando, cheguei ao apartamento da Rua Barão da Bocaina, como nos velhos tempos, desviei dos caminhos onde poderia encontrar meus pais. Subi, pela escada da área de serviço, para o roupeiro e ao meu quarto.

Antes de dormir tomei dois miligramas de Alprazolam. Tudo o que eu não podia naqueles dias era ter sonhos.

30

Haviam escolhido Frank Sinatra, já avançadas três horas da endarterectomia pulmonar. *What were the chances we'd be sharing love*, a música era entrecortada pelo monitor dos batimentos e do eletrocardiograma, o *bypass* aguardando a hora em que pararíamos o coração. A residente, Marcela, que havia escolhido a trilha, não entendia nada de cirurgia comigo, de escolha musical.

A artéria pulmonar a minha frente não suportaria muito mais. Como as pessoas deixam chegar a esse ponto? Provavelmente, este homem mal conseguia andar por falta de oxigênio. Havia coágulos e obstruções por toda parte. Minha tarefa era liberar a artéria pulmonar e as válvulas dos coágulos, outras equipes cuidariam do resto da limpeza.

Como cirurgião, minha ação deve ser precisa, sem espaço para erros ou distrações. Por isso, o R3 parado a minha frente não estava ajudando. Eu nunca tinha operado com ele e não sabia como ele havia conseguido estar ali naquela posição de destaque. O que eu via por trás da máscara eram seus olhos verdes e que pouco fazia para entender o procedimento, parecendo que seu papel era o de me observar e me distrair. *Something in your eyes was so inviting.*

"Doutor, qual seu nome?" Olhei para o residente.

"Felipe Campos, Doutor Alexandre, R3 de cirurgia geral, fiz graduação aqui mesmo." Os alunos da Pinheiros acham que essa informação lhes concede algum tipo de *pedigree*.

"Você sabe, Dr. Felipe Campos, quantas pessoas nesse planeta tem conhecimento para abrir o peito de outro ser humano e operar?" Ele ia dizer algo, mas interrompi. "Poucos, e sabe por quê? Porque é difícil. Ser cirurgião é ser também um artista. E essa arte exige atenção total, foco total e controle total, porque qualquer movimento em falso pode matar esse homem."

"Eu sei..."

"Você sabe o nível da pressão pulmonar deste homem, causado pelos bloqueios de todas estas artérias aqui embaixo, para onde você deveria estar olhando e sobre as quais deveria ter estudado? Você está familiarizado com o nível de risco deste procedimento? Que este homem vai ficar aqui umas doze horas e que daqui a pouco vamos baixar a temperatura desse corpo a dezoito graus e parar o coração dele? Você quer operar apêndices para sempre?"

"Doutor, eu não..."

"Dr. Felipe Campos, ou você começa a prestar atenção nas minhas mãos ou desaparece do centro cirúrgico. Dra. Marcela, substitua o Dr. Felipe aqui na minha frente. Você pode observar dali de trás agora."

Something in your smile was so exciting.

O residente ficou desconcertado, os olhos verdes um pouco vermelhos. Eu havia exagerado, talvez, e esperava que ele não tivesse se dado conta do quanto a presença dele me incomodava. Ele estava fazendo um bom trabalho, na verdade. Já tinha visto estudantes e médicos, homens ou mulheres, flertarem no centro cirúrgico, mas nunca me incomodou, isto é, até aquele dia. Felipe colocou a pinça e o sugador de lado, tirou as luvas e se moveu para o fundo da sala.

"Vamos parar o coração do nosso amigo, não quero ninguém piscando aqui."

Felipe retirou a máscara e eu pude ver seu rosto bufando de

raiva, um belo rosto emoldurando belos olhos verdes. A expressão de raiva dava um contraste atraente com o rosto quadrado, as bochechas levemente rosadas, e, vendo ódio em seu olhar, senti certo prazer.

Ao perceber que eu olhava para ele mais que o necessário, sua expressão mudou, e o ar de vencido transmutou-se para um sorriso de superioridade, cínico, como quem diz "te peguei, safado". O apito do *bypass* me chamou de volta ao paciente e, dali em diante, não pensei mais em Felipe. Após uma hora, fechamos o coração e reaquecemos o corpo, o sangue voltou a circular e a equipe vascular assumiu para limpar os demais coágulos democraticamente espalhados pelo corpo do homem. Minha parte estava feita.

Deixei o centro cirúrgico. Na sala dos médicos, tirei o capuz e arrumei o cabelo com as mãos, joguei o avental no chão e recostei no armário, aliviado por ter acabado a cirurgia extremamente complexa. Olhei-me no espelho e fiz umas caretas para destravar a face tensa.

Antes que eu pudesse tirar o pijama cirúrgico, ouvi a porta se abrir. Felipe entrou na sala, trancou a porta, tirou a camisa e esperou dois segundos para que eu pudesse olhar para ele, salivar e aumentar meus batimentos. *Something in my heart, told me I must have you.* Um lobo caçador, farejador de sangue, e eu devia estar emitindo todos os sinais de que era uma presa fácil. Veio determinado na minha direção, eu também fui ao seu encontro e, em menos de um segundo, ele estava chupando minha língua sem timidez. Sua segurança era tamanha que ele não duvidava da impressão que causaria impondo o tipo de sexo de que gostava, sem dar a mínima para o que eu desejava. Joguei-o numa maca e montei, aceitando o convite para abdicar das inibições, agi como o mesmo animal que ele era. Dois lobos no cio interessados em devorar um ao outro. Comi Felipe de frente, sem que uma palavra fosse dita além dos gritos de tesão. Ele me transportou para dias mais felizes, me lembrou Paulo na festa da faculdade, Sebastian na rua em Praga.

Será que a primeira vez é a que fica? Mesmo com tantas melhores que vêm depois? Felipe era diferente de Paulo e Sebastian, o primeiro queria me agradar, o segundo poderia fazer qualquer coisa que eu gozaria chorando. Agora era diferente, Felipe era mesmo um animal no cio. *Two lonely people.*

Já vestidos, ele me beijou e, antes de destrancar a porta e sair, disse, em tom de lascívia, que me excita até hoje:

"Nunca mais me tire da primeira posição, doutor. Se quiser me subjugar, deixa pra depois da cirurgia."

Sorri e me senti feliz pela primeira vez desde Paris.

31

Naqueles seis meses deixei mamãe me enrolar para que eu não saísse de casa. Todos os velhos argumentos, o tamanho do apartamento, as viagens constantes de meu pai, e até "pra que gastar com isso?" apareceu. Fui ficando, consciente da minha inconfessável vontade de não ir a lugar algum. Não queria outra casa, não queria dar um passo que eu veria como definitivo, sem Paulo, sem Sebastian. Sentia falta de Mileto também, o cachorrinho testemunha do meu chilique na *Île de la Citê*. O que chamava mais a minha atenção era sentir falta de Paulo, sim, porque sentir saudades de Sebastian era uma constante desde a primeira vez. Sebastian morava no meu pensamento, num estranho que eu via numa festa, numa lembrança fora de hora, assistindo a um filme, descascando uma laranja na fazenda. Eu convivia com a ausência de Sebastian de forma pacífica.

Sentir falta de Paulo era novo. Pouco ouvia sobre ele, às vezes, alguém me falava alguma coisa do seu sucesso no escritório. Tinha vontade de visitá-lo, principalmente, durante minhas andanças pelo bairro. Chegava a passar em frente ao apartamento da Rua Sergipe e a ficar alguns momentos olhando para o sexto andar. Mas sabia que procurá-lo seria egoísmo. Não podia dar o que ele precisava, era justo deixar a pedra lá e tocar a vida sem ele. Sem eles.

Por isso, conhecer Felipe foi restaurador. Quando voltei de Paris achei que iria sair com mil homens, mas não fiz nada disso: fiquei no hospital, estudei, não me aventurei. Aquela cirurgia em que conheci Felipe, a endarterectomia, é mesmo algo muito complexo. Era a quinta vez que eu fazia e, para ser bom, tem-se que fazer umas cem vezes. Doutor Nóbrega, chefe da torácica, me pediu que conduzisse sozinho porque outra emergência, ainda mais complexa, precisava dele. Eu estava muito inseguro, temia pela vida do paciente, e Felipe, com aqueles olhos verdes, parado na minha frente, me faria matar o homem. Ele tem consciência de sua aparência física e do que isso causa nos outros, como eu também tenho da minha, embora ele use essa arma com mais destreza. Felipe é mais belo que os outros homens da minha vida, talvez belo demais. Felipe é médico cirurgião, excelente aluno. Talvez seja muito parecido comigo para que eu me apaixone, mas impossível ignorá-lo.

Depois do encontro furtivo, ele me bipou, e combinamos jantar no fim de semana, ele se livraria do plantão. Em vez de um restaurante sofisticado, que Paulo escolheria, Felipe sugeriu o Frevinho, na rua Oscar Freire. Éramos muito parecidos, só faltava ser de alguma família aristocrática e viajar de jato particular.

Quando cheguei, ele já estava acomodado num dos sofás de couro vermelho ao lado da janela. Sentei-me à sua frente e imediatamente o garçom trouxe um chope, Felipe já tinha o dele.

"Quer namorar comigo, Alexandre?", foram suas primeiras palavras.

"Provavelmente não, Felipe."

"Ótimo, então podemos aproveitar nosso jantar sem tensão romântica no ar, apesar do seu 'provavelmente'."

"Provavelmente eu tenha dito 'provavelmente' para ser gentil. Você é sempre tão confiante?"

"Provavelmente não."

Comemos um estrogonofe cada um e ficamos falando sobre nossos assuntos incontornáveis: o hospital, o centro cirúrgico, a faculdade e a família, a dele. Minha dúvida logo foi esclarecida: não eram quatrocentões, mas definitivamente tinham dinheiro. O avô era fundador de uma antiga farmácia em Campinas, que se expandiu para uma rede e, em 1999, quando a lei dos medicamentos genéricos foi aprovada, o pai viu a oportunidade de investir tudo o que tinha, tornando-se um capitão de indústria do dia para a noite. Era uma história bonita e da qual ele se orgulhava, a ponto de me contar sem sequer ser perguntado. Apesar do jeitão confiante, eu sentia que ele queria provar algo quando o assunto era dinheiro, ainda mais no primeiro encontro. Como se eu ligasse.

"Essa semana vou dar um plantão de trinta e seis, mas no fim de semana tô livre. Quer fazer alguma coisa?"

Demorei para responder. Sexo era o que eu queria dele, com a mesma fome de lobo nervoso, trepar com o macho alfa que preferia ser comido. Talvez a mistura entre domínio e entrega fosse seu grande atrativo, mais que as feições de um Rob Lowe jovem.

Felipe me convidou para irmos à casa de praia de sua família em Ilhabela. O helicóptero nos levaria, poderíamos passear de barco e passar o fim de semana sozinhos. Concordei com a proposta, já sentindo tesão. Paramos no recém-inaugurado hotel Emiliano, logo ali à frente, e resolvemos nossas — minhas, pelo menos — necessidades.

32

Domingo quando acordei fiquei no meu quarto, para logo ser interrompido por Carmem, que veio me chamar com aquela cara de suricato.

"Dona Beatriz tá chamando o doutor na sala", foi tudo o que ela disse.

A contragosto, fui ver o que mamãe queria. Usava apenas uma calça de moletom velha, apesar do friozinho de julho em São Paulo. Encontrei-a na varanda, lendo uma revista.

"Alexandre, vai pôr uma roupa, você tem trinta e três anos, pelo amor de Deus, não pode ficar andando como se tivesse dezesseis."

E, ainda por cima, moro com a mãe. Joguei-me na espreguiçadeira ao seu lado.

"Fala, mamãe, mandou chamar eu vim."

"Seu pai quer reunir uns amigos na fazenda fim de semana que vem e quer que você vá. Ultimamente, ele anda muito amoroso com você, não sei bem o que está acontecendo."

"Não posso, vou pra Ilha com um amigo."

Mamãe pareceu pensar de que ilha eu falava.

"Ilhabela, que saudade, sabe desde quando não piso lá? Enfim, se não vai, avisa seu pai pessoalmente, que não vou ficar no meio desta discussão. Ele está na biblioteca, vai lá."

"Vestido assim? Não dá."

Mamãe tirou a malha que estava usando e mandou que eu

vestisse, ficou ridícula, apertada, mas escondeu minha nudez. Fui atrás do meu pai, na biblioteca obviamente, fazendo algo muito importante ou muito secreto. Ou ambos. Entrei pela porta que dá para o terraço, ele estava sentado no sofá de couro, conversando com Gregório. Gregório era o diretor financeiro, ou CFO, das empresas do meu pai. Um tipo presunçoso, muito alto e magro, usava uma barba rala e cheia de falhas, mas impecavelmente vestido com uma calça de veludo e um paletó xadrez. Quando eu apareci vestido de *drag queen* trombadinha, a cara do meu pai foi ao chão, mas ele não perdeu tempo mencionando meu traje. Fui eu que falei direto.

"Não posso ir pra fazenda esse fim de semana, vou pra Ilha com um amigo."

"Cumprimenta o Gregório, Alexandre. Sua mãe vai ficar desapontada."

"Já avisei. Oi, Gregório, tudo bem?" Ele assentiu sem falar palavra.

"Bom, Gregório, estamos conversados, nos vemos segunda", e, assim, meu pai dispensou a figura estranha na sala. Gregório levantou, disse qualquer coisa, acenou novamente e saiu sozinho.

"Cara estranho esse aí."

"Estranho não sei, mas esperto demais, às vezes penso, estou cuidando disso. Me sirva um copo, vamos conversar, sirva um pra você também."

Peguei o *Macallan* que estava sobre a escrivaninha e servi dois copos. Sentei na poltrona a sua frente.

"Com quem vai viajar?"

"Um amigo." Meu pai continuou me olhando. Eu não só me sentia, como também me comportava como uma criança perante um adulto quando estava com ele.

"Um amigo do hospital, residente de cirurgia geral, a família dele tem uma casa lá. Já ficamos, mas nada sério."

"Isso não me importa, quero só que esteja atento para que não queiram tirar vantagem de você. Você é muito esperto para umas coisas, muito tonto para outras, e se acha esperto para todas. Se fosse, estava com Paulo Henrique." A maneira como ele falava me dava a impressão de que ele sabia exatamente aonde eu iria e com quem.

"Pode deixar, pai. E eu gostaria que as pessoas parassem de falar pra eu ficar com Paulo. Apesar de acharem ele interesseiro, parece que fiz um grande erro em me separar, resolvam!"

"Paulo não é interesseiro, ele gostava de você. Você sabe quem é a família? Desse novo amigo?"

"O pai dele tem aquela fábrica de genéricos, *Citopharmic*, sabe? Não acho que ele queira tirar vantagem de mim, se é isso que te preocupa."

Ele deu um gole, revirou os olhos e devolveu o copo na mesinha. Por um momento, aquela velha sensação de terror: vou apanhar.

"Eu sei quem são. Josemar Campos da Silva, explodiu de ganhar dinheiro em dois anos com a lei dos genéricos, no que, aliás, eu devia ter entrado também. Fique atento porque ele pode querer algo muito mais precioso que o dinheiro novo deles, e você tem que saber disso e se proteger."

"Vai querer o quê? Roubar minha coroa? Para com isso, pai. Vou só me divertir."

"O filho eu não sei, pode ser que até preste. O pai, esse eu conheço o tipo."

"Que bom que não vou encontrar o pai, né?" Virei o *Macallan* e deixei a biblioteca pela porta de dentro, fui para o quarto.

Eu achava esses comentários sobre dinheiro velho e dinheiro novo uma cafonice. Era o preconceito dentro da elite, uns são mais que outros, mesmo que todos tenham dinheiro, porque o dinheiro vem de mais longe, porque um dia alguém foi um conde, ou matou no tempo em que matar era romântico. E se o dinheiro foi feito em dois anos então... o valoroso empreendedor continua na categoria abaixo.

178

33

O helicóptero pousou em meio à vegetação fechada da Praia do Bonete, no lado sudeste da Ilha. Verde-escuro que se fazia ver na água transparente, iluminada, no jogo incansável de cores da natureza, que enche os olhos. Eu amo Ilhabela, eu amo São Sebastião e Paraty, toda aquela região do estado. Nunca fomos de praia; por razões históricas, nosso convívio sempre se voltou para o interior, que também tem seus verdes e azuis únicos. A Ilha era pra mim uma visão menos conhecida e, por vezes, mais sedutora. Conforme descíamos, as árvores se agitavam e, quando entendi, vi que havíamos pousado no teto da casa. Felipe estava de bermuda laranja e camisa branca, eu de bermuda e camiseta azul. Não havia mais quem me vestisse e meu estoque de criatividade era bem restrito.

Quando descemos e os motores foram desligados, nos trouxeram água de coco e toalhas para enxugar o suor. Mas que suor? Dois minutos e tudo já me parecia exagerado. Felipe parecia feliz por estar comigo, e eu também estava curioso por aquele fim de semana. A casa ficava no alto da encosta, com uma vista deslumbrante do Bonete e de toda a enseada. Descia-se a um píer particular pela lateral de um quadrado de vidro, sustentado por pilares de concreto. Para descer à praia havia outro caminho. Uma escada dava acesso do heliponto para uma enorme varanda, por onde entramos na sala principal, emoldurada em vidro por todos os lados. Empregados pegaram nossas bagagens e desapareceram por algum caminho que não vi.

"Vamos na piscina, vem." Felipe me puxou pela mão mais um lance de escadas e chegamos ao nível da piscina, imensa, com o oceano verde ao fundo. Um homem barrigudo e sem camisa fumando um charuto veio nos cumprimentar, na outra mão um copo de bebida.

"Alexandre, meu querido, seja bem-vindo a nossa casa!"

Olhei com estranhamento para Felipe, que estava boquiaberto.

"Pai, você falou que não vinha nesse fim de semana." Sua expressão de surpresa e descontentamento não deixava dúvidas que Felipe fora enganado.

"Ah, filhão, a gente veio quarta, não te falamos porque você estava no plantão de trinte e seis horas. Mas vamos lá, né, não vamos atrapalhar nada. Sua mãe tá lá na cozinha, vamos bater um papo aqui, nós, os homens."

Felipe parecia querer bater no pai, eu pedi que ficasse calmo, estava tudo bem. O fato de o homem ter me chamado pelo nome indicava que ele já sabia sobre mim, quem eu era, de onde eu vinha. Ponto para meu pai.

Josemar indicou uma mesa redonda, cheia de aperitivos e frutos do mar.

"Senta aqui, Alexandre, poxa, que legal que vocês ficaram amigos. Quem sabe até companheiros, no futuro, claro."

"Pai, deixa de ser inconveniente, você tá constrangendo meu amigo", com ênfase na última palavra.

"Imagina, Felipe, seu Josemar, não é? Obrigado por me receber."

"Josemar, pros amigos só Josemar. Prova aqui essa lagosta, que delícia, me diz se já viu uma danada desse tamanho!"

A próxima hora e meia foi Josemar querendo me impressionar, Felipe bufando no canto e eu tentando manter a compostura. A mãe veio uma ou duas vezes da cozinha, uma mulher linda, podia-se ver a quem Felipe puxara.

"Uma vez eu quis entrar no negócio de agro, ano passado, fiz até uma proposta, mas não foi pra frente. E seu pai, como anda?"

"O senhor conhece meu pai?"

"Mas quem não conhece o poderoso Antônio Aguiar do Prado? Infelizmente não pessoalmente, tentei me reunir com ele algumas vezes pra apresentar umas propostas de investimento, mas ele nem me respondeu. Devia, viu? Meu negócio tá crescendo. Bom, quem sabe agora, né?"

Foi demais para Felipe, que se levantou de supetão. Fiz igual. Felipe disse que sairíamos de barco, só os dois.

"Vai, filhão, vão se divertir. Na volta a gente conversa mais, tem o fim de semana todo ainda. Mas pega o barcão, hein", Josemar puxou o erre do interior quando se referiu ao barco.

"Não, vamos no pequeno."

"Mas seu amigo merece o melhor, vai no barcão."

Felipe nem respondeu, saiu me puxando pelo braço. Fomos ao quarto, colocamos os calções de banho, chinelos e descemos para o píer, onde dois marinheiros esperavam.

"Tem barcão e barquinho?", perguntei imitando o sotaque do pai.

"Meu pai é ridículo, desculpa. Ele quer se mostrar para você. Tem aquele barco ali, de cento e três pés. Vamos no de quarenta e cinco, aquele."

"Vamos na lancha menor, daí vamos só nós sem os marinheiros." Apontei uma embarcação bem menor, ancorada ao lado do "barquinho".

Felipe riu.

"Aquele é o barco dos seguranças."

"Oi?"

"Também acho ridículo segurança na Ilha, mas você não viu o carro que seguiu a gente quando passei pra te pegar?"

"Não." Realmente não vira.

"Pois onde eu vou tem um ou dois. Aliás, me admira não ter um barquinho atrás de você por aqui também."

Não preciso de segurança, foi o único pensamento que tive enquanto embarcava. Outro pensamento: meu pai sabia das coisas.

Saímos para o leste, com a intenção de contornar a ilha e subir em busca das praias selvagens no lado oceânico. Fazia um dia lindo de inverno, e o sol queimava nossas peles, o dourado de Felipe, acostumado àquilo, e o meu branco-hospital. Fomos sentados na proa, com o vento atlântico no rosto. Felipe ia contando coisas da Ilha, fatos históricos ou da natureza, enquanto o barco avançava velozmente. De repente, os motores morreram, eram as orcas passando, apontou o marinheiro. Os mamíferos saltavam como golfinhos, exibindo suas costas pretas e brancas, avistei um filhote. Seguimos mais uns vinte minutos e o marinheiro que comandava o "barquinho" perguntou a Felipe se queríamos parar numa pequena extensão de areia entre as pedras e a mata logo a frente. O barco manobrou e jogou a âncora a uns trinta metros da praia. Ao longe, uma fileira de chapéus de sol reiniciava o verde, interrompido pelo branco da areia. Tiramos as camisetas, passamos filtro solar, um processo que não perde a sensualidade nunca.

"Quer ir de bote ou vamos nadando?"

"Nadando", não haveria outra resposta. Era o equivalente a alguém na fazenda perguntar se eu queria vencer a distância da sede à colina do ponto sul a galope ou trote.

Pulamos na água pela lateral do barco. Felipe com uma ponta primorosa, eu me jogando de improviso. O dia quente e o sol mascaravam a temperatura baixa da água do litoral de São Paulo no inverno, um choque, mas logo que o corpo se acostumou eu pude acompanhar Felipe até a praia.

Era tudo muito verde, o mar, a Mata Atlântica, os olhos dele. Entendi Sebastian e sua obsessão em mencionar o azul, meus olhos, o céu, sempre nas mesmas frases. É diferente quando é você o enfeitiçado pelos olhos de alguém, impossível não os notar o tempo todo. Com Felipe era assim, uma embriaguez verde.

Nos jogamos na areia, ofegantes. Deitei enquanto Felipe ficou sentado, olhando o mar, mexendo em algo entre seus dedos do pé. Ele falou, sem me olhar:

"Desculpa meu pai, ele é um babaca, pedi para estar sozinho aqui hoje. Mas ele tá babando com a sua presença."

"Parece piada, ele quer se aproximar do meu pai, não vai conseguir através de mim, isso você pode deixar bem claro."

"Não é só isso, você não percebe, ele está babando porque acha que agora você e eu vamos casar, e elevar minha posição pra um monte de gente que ele acha importante, que nunca deu bola pra ele e, mesmo depois de rico, continuam não dando. Ele queria ser convidado para as festas certas do Jardim Europa e acha que agora eu vou ser. Por ele, nosso destino já tá definido." Felipe riu, abandonando o trabalho com os pés e me olhando.

"Se a gente se casar, as únicas festas que vamos serão aquelas da ala infantil ou geriátrica. Imagina, com nosso dia a dia, isso não existe. Eu não tenho vida social e nem você vai ter, comigo ou sem."

Um dos marinheiros desembarcou do bote motorizado e veio à praia. Trouxe duas cadeiras, toalhas e um *cooler*. Levou tudo para debaixo dos chapéus de sol e montou o acampamento. Preparou duas caipirinhas e nos trouxe, disse que no *cooler* tinha uma jarra e qualquer coisa era só acenar, depois voltou para o barco. Os seguranças haviam ancorado mais perto da praia e não desembarcaram. Era um show, nós éramos o show, desfigurando completamente o sentido de estar numa praia deserta. Ele parecia acostumado.

Brindamos. Felipe tocou minha boca com a dele, mordendo meu lábio inferior, puxando, segurando por um instante. Desceu para meu peito e abdômen.

"Para, meu, tem muita gente olhando, não vai dar certo", eu disse, duvidando das minhas palavras.

Ele não parou.

"Relaxa, muito valente no centro cirúrgico e aqui parece um peixinho assustado."

Era o lobo faminto falando, assumindo o controle. Tapei os olhos com as mãos e deixei. O vento agitava meus cabelos, meus instintos gritando e reagindo à luz do sol, ao toque dele. Estava gostando outra vez, e aquela sensação me encheu de alívio e de esperança.

34

O resto do sábado e o domingo foram continuações do que já havia acontecido. O pai com sua conversa inoportuna, Felipe irritado, depois só nós dois na praia, debaixo dos chapéus de sol. Domingo não saímos de barco, ficamos ali no Bonete, não havia muita gente na praia, a maioria adolescentes da Ilha mesmo, alguns barcos, sol e verde. Um traço de como seria nossa relação emergiu nesse segundo dia, a conversa sobre cirurgia cardíaca foi o tópico dominante enquanto bebíamos caipirinhas, de cachaça, de gin, de três limões e folhas de tangerina. Felipe queria seguir o mesmo caminho que eu: naquele ano terminaria a residência em cirurgia geral e queria se especializar.

"Quero fazer transplantes, como você."

De volta a São Paulo, uma oportunidade para que ele assistisse uma cirurgia apareceu na quarta-feira. Eu faria um transplante. O paciente tinha cardiomiopatia dilatada em estágio avançado e estava na fila havia alguns meses. Quando o doador surgiu, eu estava de sobreaviso, liguei para Felipe, que assistia numa operação de úlcera. Ele conseguiu chegar a tempo à central de transplantes do Incor e se escovar. Felipe de touca, máscara, avental, luvas, parecia outra pessoa. Apenas os olhos entregavam a intimidade.

"O que você quer ouvir?"

"Eu prefiro silêncio, se for tudo bem", havia hesitação na sua voz sempre tão confiante.

"Claro. Doutor, estamos por sua conta", disse ao anestesista.

A cirurgia transcorreu bem. Observava Felipe com ternura quase paternal, ele estava tenso. Precisei interrompê-lo algumas vezes, mas segurou bem a pressão, ele era bom, eu fui gentil. Muito diferente da nossa primeira experiência naquela mesma sala. Felipe não conseguiu costurar todas as ligações do novo coração, eu fiz para ele.

"Olha aqui, Dr. Felipe, não é tão complicado." Mas ele não estava seguro.

Ao final, perguntei se ele gostaria de dar o choque, de segurar as pás e ligar o novo coração. Ele aceitou e, quando ouviu o primeiro ritmo sinusal, deixou lágrimas escorrem.

"Parabéns, Felipe, parabéns. Vamos fechar."

Depois que fechamos o tórax do paciente, encontrei com Felipe e ele me abraçou, chorou de alegria e alívio. E me agradeceu. Lembrei tanto de mim alguns anos antes, da alegria sublime de fazer aquilo. Lembrei de Therezinha, minha primeira paciente de transplante e das condições daquela cirurgia, eu escolhera *True Faith*, Felipe quis silêncio, eu estava com o coração destroçado pelos acontecimentos de Paris, Felipe tinha alguém segurando sua mão. Também chorei aquele dia, pelo mesmo e por outros motivos.

Tomamos banho e fomos jantar num restaurante ali mesmo em Pinheiros, Felipe, eu e os seguranças atrás. O lugar tinha um nome francês, mas era bem rústico. Na mesa de madeira, ele me fitou com aqueles olhos viciantes e segurou minha mão.

"Alexandre, te amo."

Minha hesitação bastou, mas, olhando também para ele com afeição, respondi que também o amava. Infelizmente, sabíamos que ainda não era verdade. Naquele momento não importava. Estávamos felizes por termos nos conhecido, por começar alguma coisa, por termos tanto em comum. Mais tarde, no hotel, pensei em Sebastian e em Paulo e no que cada um significava, mas logo abandonei os pensamentos, era Felipe, dessa vez, era Felipe. Eu me devia isso.

35

Dois meses depois, nos víamos quase todos os dias, em minutos possíveis, em rotinas de hospital ainda muito diferentes, ele começando, eu avançando. Em algumas noites, conseguíamos sair para jantar; em outras, dormíamos nos hotéis da cidade. Já começava a pensar sobre um apartamento para mim.

No final de outubro, o calor do verão já se lançava sem rodeios sobre a cidade. Os dias mais longos, minha disposição para o trabalho e para Felipe também esquentavam. Aprendi a lidar com o pai, aprendi a lidar com estar com outro médico. Às vezes, ele desaparecia e, embora eu não soubesse para onde ou fazendo o quê, sabia que era pelo hospital, trabalhando. Como eu tanto havia feito.

Nessas ocasiões, não podia evitar a desconfiança, pensar na traição possível. Projetava nele o que eu havia sido com Paulo, porque não tinha vontade de trair Felipe, não havia Sebastian para me fazer jogar fora meu cotidiano bem marcado: levantar muito cedo, operar, estudar. Encontrar Felipe.

Meu pai, conforme a idade avançava, se tornava cada vez mais amoroso. Mamãe nunca mais me enquadrou como aquele dia em Paris. Havia voltado a ser uma criatura de aparente fragilidade e hábitos comezinhos, uma dama da sociedade sem aspirações. Eu, entretanto, já conhecia seu outro lado e nutria uma admiração maior. Às vezes, pedia conselhos e ouvia sempre a mesma resposta — "volte com Paulo" —, mesmo que a pergunta fosse sobre onde deveria jantar. Depois de Paris, eu não ousaria ver Paulo, por vergonha.

Minha admiração por Felipe crescia para além dos olhos e da beleza física. Parecia aumentar a cada mês, conforme ele amadurecia. Passei a admirá-lo como residente de cirurgia, e o incluía nas minhas escalas com alguma frequência. Muitas noites, estudávamos juntos na biblioteca, eu escrevendo minha tese e avançando na minha pesquisa sobre doadores cardíacos submetidos a trauma extremo, ele envolto em estômagos e fígados, dizendo que queria corações. Eu pensava que em breve poderia dizer eu te amo sinceramente.

E, então, exatamente no domingo, 20 de outubro de 2002, um ano após Felipe e eu termos engatado, Sebastian me enviou um e-mail, dizendo que viria ao Brasil.

O texto era direto, não me dava muita escolha:

Alex,

Espero que esteja tudo bem com você. Nesses dois anos pensei muito em tudo, sobretudo em nós e nos erros que cometi. Devo assumir que sempre acreditei que você fosse estar disponível e, por isso, sempre fiz as coisas como se nunca pudesse te perder. Ontem, por reviravoltas do destino, encontrei o bilhete que você me escreveu em Praga quando se despediu em 94. É uma história inacreditável, espero poder te contar. Não quero mais guardar como última imagem você correndo de mim com o cachorrinho na coleira, enquanto eu ficava caído ao chão, derrubado. Aquela última imagem, você chorava e eu acreditava fazer a coisa certa. Quinta-feira à noite embarco para São Paulo, vou atrás de você para conversar de uma vez por todas. Para sabermos tudo. Me diga onde e a que horas. Se esta nota chegar num mal momento, não quero atrapalhar sua vida, podemos ser amigos.

Seu, Sebastian.

Antes mesmo de terminar a leitura, senti falta de ar, o choque adrenérgico, meu corpo reagindo de maneira que há muito não sentia, alerta, com medo, surpreso. Digitei a resposta "conversar sobre o quê?", e apaguei. Digitei um longo texto, dizendo que ele poderia me fazer mais mal, e apaguei. Contei que estava com alguém, e apaguei. Por fim, escrevi somente *"fine"*. E não houve semana para mim. Ele chegaria sexta de manhã.

Reli inúmeras vezes, elucubrando sobre o que cada frase significava. Ele escrevia sem poesia alguma, as frases significavam exatamente o que estava ali. Tampouco percebi sentimento, parecia algo escrito com pressa, talvez formal. A frase "para sabermos tudo" me incomodou mais, sabermos tudo o quê? Seria algum erro no inglês? *To know it all*. O que não sabíamos? Havia mais que eu não sabia? Era apenas uma construção estranha?

Desviei de Felipe o quanto pude, mas na quarta, ele entrou na cirurgia onde eu operava uma safena e esperou até que terminasse, me olhando à distância por horas.

"É impressão ou você me evitou a semana toda?"

"É impressão sua."

Eu me comportava de maneira estranha com ele, respostas evasivas, um ar de quem não se importa. Não me importava. Toda aquela imagem do lobo faminto de olhos verdes se dissolveu com a primeira lembrança que Sebastian me inspirou. Como Catherine Earnshaw, eu sou Sebastian — como pode qualquer outro sentimento concorrer com meu eu mais íntimo? Como *Eros e Psique* do poema da condessa, eu era a princesa que dormia, objeto da minha busca incansável. Éramos o mesmo ente.

"Não acho, acho que tá rolando alguma coisa e você não me diz." Felipe sentou no banco da sala onde nos trocávamos. "Fala, meu."

"Estou preocupado com um transplante na sexta." E, imediatamente, percebi que havia me entregado.

Felipe levantou e se posicionou na minha frente, sorrindo cinicamente.

"Não existe transplante na sexta, não existem transplantes agendados, Alexandre. Você ainda não define quando o doador vai morrer."

Calei-me e, dessa vez, fui eu a me sentar e olhar para baixo. Felipe voltou e se sentou outra vez ao meu lado e desabafou, a voz ofegante.

"Você sabe que faz quatro dias que não vou pra casa? Que estou aqui quase sem dormir? Eu vim para um plantão de vinte e quatro horas e não saí mais daqui desde domingo. Já joguei minha cueca fora, e tomo banho com a escovinha de assepsia. Minha pele fede Clorexidina. Tô dizendo isso porque, sei lá, não tô a fim de enrolação, de ser enrolado. Não tenho tempo pra isso."

"Certo, Felipe, eu estou com um problema pessoal, um assunto que preciso resolver neste fim de semana, queria te pedir pra esperar, e também, não quero falar sobre isso."

"Tudo bem, só não me faz perder meu tempo." Felipe deixou escapar um longo suspiro, beijou meu rosto e saiu arrastando consigo a Clorexidina.

Não perca seu tempo, quis dizer, não desperdice sua juventude e energia como eu fiz e ainda faço. Sigo uma lei imutável, em que o que menos importa sou eu, e me vejo novamente mergulhando nesse poço de autocomiseração, onde a mera ideia de uma conversa me faz desistir de um novo começo com tantas possibilidades. Mera ideia, com grande expectativa sobre o que ele quer falar. Quer dizer que me ama? Quer me tratar como um velho amigo? Como um velho conhecido? Quer se desculpar pelo papel patético? Sim, deve ser isso, ele quer se desculpar pelo que me fez e dizer que seguimos amigos, que amigos se perdoam, vem de Paris dizer isso. Não, Sebastian Adamac, eu não tenho como perdoar, eu quero, mas não posso. O único perdão possível é o da entrega, quero me entregar. Amantes não se perdoam, não há o que perdoar. O perdão entre amantes é uma licença para que um siga em frente com a mente limpa, a consciência tranquila, para o outro é uma tortura. Não há perdão entre quem se ama. Há a entrega e o reconhecimento que nada do que passou antes importa.

Na sexta, acordei mais tarde e tomei café com mamãe e meu pai. Ele me convidou para visitar a usina de processamento de soja de Rondonópolis, iria passar a semana toda lá e queria muito minha companhia. Meu pai aparecia com esses convites de vez em quando, como se eu pudesse jogar minhas escalas para o ar, como se ninguém fosse passar mal do coração naquela semana. Ele viu que havia algo errado comigo, eu percebi, mas não disse nada.

Ao meio-dia iniciei uma revascularização que acabou quatro horas depois. Operar foi meu único descanso no período que antecedia o encontro. *I used to think that the day would never come.* Fechei aquele peito e fui para casa. Tomei banho, vesti uma calça jeans e uma camiseta branca e subi para a Praça Buenos Aires, onde nos encontraríamos às sete horas, num banco em frente à escultura do Fraccaroli. Pareceu-me interessante encontrá-lo novamente numa praça, um parque, dessa vez o meu.

"A mãe." Seria fácil ele encontrar a escultura, subindo pelos caminhos até o ponto mais alto da praça. Ainda era dia, exigiu coragem estar ali.

Andei pelos caminhos da praça, pensei em quanto minha infância havia acontecido ali. Minutos antes da hora combinada, fui para o ponto de encontro. Olhava a escultura quando ele chegou, por trás, e me tocou. Colocou a mão no meu ombro teso e lá a deixou repousar, enquanto eu não me virava, enquanto eu fechava os olhos em algum tipo diverso de oração. Sua mão no meu ombro não me puxava, não me forçava um olhar, e assim ficamos até ele falar.

"Não é um mundo tão grande."

Ele me disse aquilo em Praga, da primeira vez que me deixou falando sozinho havia sete ou oito anos, era também a frase do meu bilhete. Devagar me virei e o encarei. O mesmo, um ou dois anos mais velho, o mesmo sorriso vermelho, o cabelo escuro, curto, o cheiro. Sebastian no meu cenário, talvez eu estivesse sonhando.

"Você demorou", foi tudo o que pude dizer.

Nos abraçamos com força, com a força da tragédia que buscávamos remediar. A emoção infantil de Praga voltou a me inundar, eu era apenas um menino outra vez.

"Me perdoa, Alex."

Diabos, não há perdão, eu o amava. Sentamos apenas por um instante e seguramos nossas mãos. Olhares silenciosos, o sol começava a se retirar, assim como as babás de branco, os *border collies*, os velhinhos judeus e o pipoqueiro. Em breve a praça dormiria.

"Vem comigo."

Descemos em silêncio a ladeira da rua Alagoas até minha casa. Finalmente a sós, na biblioteca do meu pai, o centro de gravidade do apartamento.

"O que aconteceu, Sebastian? Por que você veio? Porque você veio, não é?", havia hesitação em minha voz.

"Vou te contar." Se ajeitou no sofá de couro enquanto eu fiquei na cadeira a sua frente, "Quando você foi embora de Praga, quando pagou meu aluguel, também me deixou um bilhete. Se lembra?"

"Sim, mas vagamente, 'não é um mundo tão grande'."

Sebastian alcançou o bolso de trás da calça, puxou o bilhete antigo e releu.

"Espero que se encontre, e quando isso acontecer, se assim quiser, me encontre. Não é um mundo tão grande."

"Sim, essa frase, copiei de você no parque, você me disse isso antes."

"Esse bilhete, eu levei comigo para Paris, estava na minha mochila no dia que cheguei, foi roubado com ela, ficou perdido junto com a camiseta que usei para dormir na sua casa. Semana passada eu andava perto do *Petit Palais*, perto do outro restaurante que abrimos, e vi alguém passando pelo jardim, alguém que pensei reconhecer. Segui o homem tentando lembrar quem era. De repente me bateu como um martelo, era o cara que me roubou, que me drogou e me deixou lá sem dinheiro, sem documentos, sem nada. Sem pensar em nada, corri a seu encontro como se fosse de alguma utilidade tirar satisfação sobre um evento de 1994. O bandido certamente nem se lembraria de mim."

"O homem estava com esse bilhete após tanto tempo?", tentei não ser debochado.

"Não, antes que eu o alcançasse, ele se encontrou com outro rosto conhecido. Eu paralisei sem poder acreditar. Ele se encontrou com Milan, o garçom de lá, que se tornou meu amigo, me apresentou Anne! O estranho não pareceu me reconhecer, mas Milan ligou os pontos na hora."

"Cúmplices, então?"

"Exatamente, me pareceu óbvio. Tão óbvio, mas nunca pensei nisso. Parei em frente a Milan, ele ficou pálido, começou a dizer qualquer coisa. Alex, eu enfiei a mão na cara do filho da puta, ali, no meio do parque. Eu quis matar, nem ligava mais para o outro. Milan só implorava para que eu o perdoasse, que ele nunca mais tinha feito aquilo e coisas assim. Queria chorar de raiva, deixei os dois lá e fui embora. Corri até *La Concorde* e desapareci no metrô."

"E como o bilhete reapareceu?"

"Uns dias depois chegou uma carta no bistrô. Era Milan dizendo mais ou menos que o que ele fez não tinha perdão, explicou que passava necessidade, mas que depois que virou meu amigo que começamos a sair juntos, depois que conheci Anne, se arrependeu. Um dia encontrou a mochila e resolveu guardar o bilhete. Não sabia se Alex, na assinatura, era homem ou mulher, mas viu que era alguém importante e simplesmente guardou tudo. Algum tempo depois, ele deixou o restaurante, foi fazer outras coisas, e não pensou mais no assunto, não nos vimos mais."

"E quando aconteceu a cena toda do soco, ele decidiu te enviar."

"Foi isso." Sebastian parou de falar, olhou diretamente para o meu rosto e sorriu. "Mas todo esse caminho tortuoso não é importante. O que importa é que, quando eu reli, foi como uma tempestade, como se o mundo caísse em cima de mim. Ou melhor, foi como se o peso do mundo saísse dos meus ombros: eu finalmente sabia o que fazer, sem hesitar, sabia que tinha que te procurar, pedir que me perdoasse, que fique comigo para sempre."

Meu sonho mais selvagem se realizava. Repeti na minha mente as palavras dele. Ele se levantou e veio ao meu encontro, ajoelhou na minha frente e pediu novamente.

"Vamos esquecer tudo? Vamos ficar juntos?"

Eu nunca havia deixado Sebastian, em momento algum. Ele estendeu a mão e tocou meu rosto paralisado, acariciou minha pele aproximando o polegar da minha boca, engoli seu dedo e fechei os olhos. Nos beijamos e eu senti como se chegasse em casa após uma longa viagem. Chegava ao meu lugar e, talvez pela primeira vez, me pareceu um lugar seguro. Estávamos juntos para além da minha loucura e era bom. Subimos para o meu quarto, atravessando o apartamento vazio.

36

Duas horas depois ainda estávamos na cama. A casa vazia, meu pai teria ido para Rondonópolis, e mamãe eu não fazia ideia.

"Quanto tempo vai ficar?"

"Minha passagem é até domingo, preciso voltar. Mas, quero dizer, a gente precisa definir um monte de coisas."

"Pensei de irmos pra fazenda, meu lugar preferido. A gente passa o fim de semana lá e resolve tudo", apenas pronunciar aquelas palavras me excitava tanto quanto a presença dele.

"Como você quiser."

Telefonei para Dolores e avisei que estava indo com um amigo. Chegaríamos antes da meia-noite. Ela respondeu com um "sei", e perguntou se queríamos um ou dois quartos, já sabendo a resposta. Liguei para mamãe e avisei. Ela estava na hípica, não deu muita atenção ao que eu falei. Pegamos um carro na garagem e saímos por volta de dez horas.

Dirigi por uma hora e meia até a fazenda. O fim da primavera estava claro, coloquei MPB para ele conhecer, fomos falando um pouco de tudo, do novo restaurante que ele estava abrindo, da minha pesquisa, de Catherine, a menina estava com quase sete anos. Sebastian ensinava checo para ela, dizia que precisava conhecer suas origens, mesmo que nunca quisesse viver lá. A estrada quase vazia, exceto por um carro que passou a viagem toda atrás da gente e parecia ir para Piracicaba. Cheguei a ficar preocupado, mas, quando entrei na estrada de terra que leva até a porteira principal, ele desapareceu por outro caminho.

O portão foi aberto e entramos pela alameda de ipês, vívidos, coloridos, incendiados pelos holofotes, uma visão encantadora.

"Que lugar maravilhoso, quanta luz."

"Como te disse, meu lugar preferido no mundo." E coloquei a mão em sua perna.

Ao final da alameda, a casa se mostrou, luzes disparadas de baixo sobre paredes brancas e janelas azuis. Ao pé da escada de pedras, Dolores nos esperava.

Descemos com nossas mochilas e apresentei Sebastian à Dolores, já avisando que ele não falava uma palavra de português. Se cumprimentaram com o olhar, ela com um sorriso malicioso para mim, que fingi ignorar.

"O de olho verde é mais bonito, mais colorido. Mas ninguém como Paulo Henrique ainda", comentou Dolores sem abrir muito a boca, como se Sebastian fosse entender.

"Mas eu gosto desse."

"Esse tem cara de traiçoeiro, cuidado, muito branco. Enfim, seu quarto está arrumado, e eu vejo vocês no café da manhã, boa noite."

Naquela noite fizemos amor por horas e de todas as maneiras. Estar junto a Sebastian me fazia experimentar uma sensação de contínua antecipação, de espera por algo que acontecesse e acabasse com o momento. Não me sentia seguro com ele, nem mesmo no quarto da fazenda, ainda que ele não tivesse para onde correr, se esconder e aparecer com uma nova crise de consciência. Mesmo na segurança dos meus domínios, eu era a peça frágil daquela estrutura. Frágil ao mesmo tempo que a base sobre a qual nossa relação se desenvolvia. Era a variável independente, aquela que nunca mudava, a rocha. Ele tinha a certeza de que, mesmo após os acontecimentos todos, eu estaria ali. Nunca deixei Sebastian e ele sempre soube.

Acordei cedo com os barulhos da roça, na cama fiquei olhando para cima. O teto pintado em faixas brancas e azuis no estilo saia e blusa, o chão de madeira escura estalou ao peso dos meus pés. Nu, andei até o banheiro e me olhei satisfeito no espelho, estiquei os músculos da face em caretas e sorrisos, meu corpo ainda exalava o perfume dele. Entrei no banho e me lavei demoradamente. Sebastian ainda dormia. Coloquei uma bermuda e uma camisa leve de algodão, daquelas que estavam sempre na fazenda, e fui para a cozinha, tomando cuidado para que o barulho da madeira não o acordasse.

Dolores retirava um pão do forno, o perfume do café fresco e o cítrico das laranjas recém-espremidas convidavam para o café da manhã. Sentei e me servi de café puro. Dolores cortou uma fatia do pão ainda quente, passei uma colher do requeijão caseiro e da geleia de manga.

"Não gostou, não foi, Dolores? Dele..."

"Gostei sim, ontem falei aquilo porque tinha esperança de que quem desceria do carro fosse o Paulo. Ah, eu fiz geleia de laranja pra você, não come essa de manga, não."

"Só você." Soltei uma risada de descrença. "Esquece isso."

"Toma aqui a geleia. Vejo você com esses moços e não deixo de pensar que o homem da sua vida é o Paulo." E se voltou à porta da cozinha, onde alguém lhe trazia uma cesta de verduras e legumes para o almoço.

"Eu e Paulo, a gente teve nossa chance e não deu certo, você sabe. Não é culpa minha, só minha."

"Não te vi insistir nem um pouco, mas, também, o que vou eu saber do que acontece lá em São Paulo?"

Era verdade, eu sabia, no fim da minha relação com Paulo, eu poderia ter feito as coisas diferentes, mas não fiz, não quis lutar. Sim, Dolores tinha razão, mas não quanto ao homem da minha vida ser Paulo.

197

Cerca de vinte minutos depois ele apareceu. Estava maravilhado com a fazenda e com a comida, muito diferente do que ele conhecia. Experimentou tudo que havia sobre a mesa, os diferentes pães, os queijos e geleias caseiras, doce de leite, tapioca.

"É a alma de um povo, a comida, que linda a alma do Brasil."

"O que você está conhecendo do Brasil não é real, Sebastian, nada disso aqui explica como é o Brasil. Mais tarde a gente sai pra dar uma volta. Aliás, acabei de ter uma ideia, vem comigo."

37

Saímos da cozinha para a varanda e descemos para o terreiro de secagem de café. Expliquei o que era aquele espaço e descemos para o estábulo. O sol estava forte, perguntei se Sebastian havia passado filtro solar. Não tinha.

"Vamos dar uma volta a cavalo! Olha, esse aqui é o meu, chama Faísca." Entrei na baia e acariciei o animal no focinho.

"Não sei montar não, olha só o tamanho desse cavalo, nunca!"

"Tá, calma, vou achar um menor e mansinho pra você. Seu Carlos, me ajuda aqui a selar um manso pro meu amigo."

Preparamos os cavalos sob o olhar assustado de Sebastian, que a cada cinco minutos repetia que aquilo não ia dar certo. Montei Faísca enquanto seu Carlos tentava fazer Sebastian subir no cavalo. Eu orientava.

"Não, Sebastian, a outra perna, segura a sela com as duas mãos, uma na frente e a outra atrás. Isso, agora dá um impulso e passa a outra perna para lá, ele não vai se mexer, mas faz rápido."

Sebastian caiu sentado na sela e sorriu com uma expressão de sucesso.

"Nem foi tão difícil!"

"Vamos lá, bate na barriga dele com os calcanhares e segura a rédea, essa cordinha aí na frente", fui explicando como controlar o cavalo, um velho mestiço manga-larga já quase aposentado.

Saímos do estábulo pelo pasto e, logo à frente, pelo cafezal.

Os cavalos caminhavam, Faísca queria correr, mas eu só o deixava trotar. O cavalo de Sebastian tentava acompanhar, para seu terror.

"Puxa a rédea, Sebastian, não pra cima, reto, pra você. Puxa com mais força!"

Mas era tarde demais, não sei o que Sebastian fez, mas o cavalo disparou em galope pela estrada do cafezal. Sebastian segurava como podia, enquanto o animal assumia uma velocidade que eu não teria esperado de um cavalo velho. Aticei Faísca e fomos atrás deles, em galope também, emparelhei os cavalos e, um pouco à frente, segurei o freio do velho manga-larga, posicionando Faísca como um bloqueio.

"*Aôô...* parado."

Sebastian estava mais pálido do que antes e tremia quase sem controle. Desci e o ajudei a descer, segurando seu rosto pálido entre as mãos.

"Desculpa, achei que fosse ser bom."

"Assustei, só isso, depois a gente tenta de novo. Podemos caminhar agora?"

Sebastian foi se acalmando. Levamos os cavalos a pé e, após alguns minutos de caminhada, entramos na mata e alcançamos a cachoeira, aquela onde às vezes eu conversava com minha amiga capivara. Experimentei a temperatura da água, fria. Tirei a camisa e a joguei na margem, sem me virar para trás. Sem pressa, tirei o tênis, a bermuda e a cueca. O sol quente batia no meu rosto, meus olhos semicerrados. Saber que ele me olhava de costas me excitou. Dei dois passos e entrei no riacho e, quando a água atingiu minha cintura, me virei para ele, sorrindo, como um convite. Sebastian já estava sem roupas, sentado nas pedras da beira do riacho, me olhando com as pernas abertas e o pau duro na mão, que ele apontava para baixo e depois soltava para que batesse em sua barriga.

"Vem, ou você tem medo de água fria?"

Depois do sexo, nos secamos ao sol, deitados à beira do riacho. Nas copas das árvores, uma multidão de pássaros cantava. Não sei seus nomes, nunca fui muito de conhecer passarinhos. Naquele dia, no entanto, quis saber quem eram e por que estavam felizes, quis compartilhar com eles a minha felicidade. Nus, deitados sob o sol, queria que pousassem sobre a minha barriga e meu peito.

Na hora de voltar, fizemos outro momento de instruções e ele subiu no mestiço, fomos devagar. De volta à sede, deixei-o na cozinha com Dolores e levei um frustrado Faísca para uma volta rápida. Galopei até o extremo sul, a colina que conheço tão bem, passei pela fronteira com as fazendas vizinhas e perto da antiga colônia, onde morava Diomar. Lá de cima, respirei fundo diante da minha vista preferida, das matas e plantações em tons infindáveis de verde e marrom contra o azul. O tempo permanecia firme. Comunicava a exuberância que eu sentia: estar ali, estar com ele. Dei toda velocidade a Faísca no caminho de volta, parecíamos voar pelo campo. Chegando à sede, Dolores me disse que Sebastian tinha ido caminhar ou, ao menos, era o que ela havia entendido da mímica.

Encontrei-o na capela, uma construção pequena, caiada em branco, que fica uns duzentos metros à esquerda da casa, logo antes de uma pequena mata. De um lado da porta, um mosaico em azulejos com Nossa Senhora de Fátima, do outro uma fonte. Logo atrás um antigo cemitério, cujos moradores mais recentes eram meus avós paternos. Os demais estavam ali havia muitas décadas, minha bisavó, alguns empregados muitos antigos e alguns escravizados. O cemitério era a parte mais democrática e inclusiva da estrutura social centenária chamada Fazenda São Jorge.

Sebastian estava no penúltimo banco, olhando para o altar, onde havia um crucifixo ao centro. De um lado, a Virgem Maria, do outro, São Jorge com sua lança, certamente procurando o dragão. Uma senhora, Dona Rosa, que eu conhecia desde criança, arrumava e limpava os objetos do altar. Quando entrei, ela parou e fez menção de sair da igreja, num gesto desnecessário de deferência.

"Pode continuar, Dona Rosa, não vou demorar aqui."

Ela assentiu e retomou o trabalho. Sentei-me ao lado de Sebastian, que sorria.

"Que lugar bonito, que tranquilo. Lembro da outra igreja onde conversamos, você lembra?"

"A catedral de *San Vito* em Praga, lembro. De lá a gente foi na sua casa."

"E o tempo todo você tinha sua própria igreja, na sua casa, nunca me falou nada."

"Seria uma conversa estranha, né? E, de qualquer maneira, tudo o que você tá vendo não é meu, é dos meus pais."

"E você é o filho único deles, certo? Não precisa ser gênio pra fazer essa conta."

"O que você está dizendo?" Um arrepio mais que conhecido pela coluna. "Não quero ficar tendo essa conversa de dinheiro, Sebastian. Da última vez, te dei um quadro e vi como você reagiu. Não quero que isso aconteça de novo. Essa é minha vida, o que você espera de mim? Que eu não tenha a fazenda?" Sentia que me alterava um pouco.

"Eu sei, querido, não vai acontecer de novo. Vou ter que me acostumar com a sua desagradável realidade." Sebastian riu com ironia. "Vou ter que me acostumar com aquele apartamento horrível da *Île Saint Louis*, fazer o quê, e essa fazenda, e aquele apartamento com a escadaria de *E o vento levou*, onde você mora. E sei mais lá o que existe por aí. Eu me rendo a tudo isso, só quero deixar uma coisa clara: eu não vou depender de você. Eu posso usufruir de um fim de semana aqui, mas eu não vou viver numa casa que não seja também minha, não vou ser sustentado. Lutei muito pelo pouco que tenho, e consegui ir além do que sonhei, quero continuar assim. Se não for assim, não poderei me olhar no espelho."

"Posso viver do que ganho no hospital, não me preocupa ter uma vida dentro da nossa condição, sem minha família, eu sempre quis viver assim. Quando eu estava com meu ex, vivíamos nas nossas condições, ele ganhava bem mais que eu na época."

"Sem Chagall."

"Isso já não prometo." Rimos um pouco, segurei sua mão e olhei bem dentro de seus olhos pretos. "Como vai ser?"

"Volto amanhã à noite para Paris, vendo o restaurante, pego o que tenho e me mudo pra cá. O maior sacrifício vai ser ficar longe de Cat, mas vou dar um jeito. Da última vez, você se propôs a deixar sua carreira e ir para a França, mas não quero isso. Posso ter um restaurante aqui no Brasil, fazer mais um *fusion*, talvez."

Ficamos ali mais um tempo. Dona Rosa passou por nós e saiu da capela. Contei para Sebastian um pouco da história da fazenda, falei sobre a chaga da escravidão, do período do café e das ferrovias paulistas.

Antes de escurecer, voltamos para a sede, tomamos banho e jantamos. Sebastian ficou em pé, observando Dolores assar uma paleta de carneiro, preparar a farofa e o virado de feijão. Depois do jantar, tomamos uns tragos de cachaça na varanda e, finalmente, dormimos tranquilamente, já definidos os anos seguintes de nossas vidas, de paz e harmonia, como um conto de fadas chegando ao fim, sem atentarmos para os dragões mimeticamente ocultos na paisagem, que nenhum São Jorge daria cabo.

38

Às quatro da tarde do domingo, deixei Sebastian no aeroporto de Cumbica. Inventei diversas e inverossímeis desculpas para não estar no hospital naqueles dias. Felizmente não havia cirurgias, porque, se houvesse, eu teria passado adiante.

Nossa despedida não foi triste, havia a certeza de um reencontro breve e de um sentimento inquebrável que nos unia. Talvez o sentimento não fosse novidade, mas a reciprocidade me enlevava de forma nova. Por trás da separação de acrílico, vi Sebastian se virando e me acenando, com um sorriso vermelho, antes de desaparecer.

Enquanto eu dirigia para casa, meu pai ligou perguntando se eu não queria repensar e passar a semana com ele na usina em Rondonópolis, como ele havia me convidado dias antes. Fiquei com vontade de ir, de tirar aqueles dias e focar em mim e na vida dali pra frente. Disse que pensaria.

Chegando em casa, passei do *hall* para o acesso à copa e a área de serviço. Pretendia subir ao meu quarto pela escada da rouparia, como costumava fazer para evitar meu pai, que não estava em casa de qualquer maneira, ou minha mãe. Carmem me interceptou e disse que tinha visita me esperando na sala desde o meio da tarde. Pensei quem poderia ser, mas tive receio de perguntar.

Felipe estava sentado, quase deitado, num dos sofás, e, quando me viu, levantou como um gato.

"Demorou com o namorado novo, hein?"

"Felipe, eu devia ter ligado, mas eu posso explicar." E me calei, esperando que ele dissesse que não precisava explicar nada, que ele havia entendido.

"Pois então explique. Minha última informação era que você precisava resolver um assunto pessoal. Só não tinha entendido que a resolução era passar o fim de semana com um cara, juntos na fazenda. Você não se preocupou nem em pedir a sua mãe que mentisse sobre onde estava e com quem."

"Ele não é um cara, mas acho que você já sabe disso."

Felipe veio até mim, seus olhos verdes manchados de raiva. Ele não estava acostumado a ser trocado, a perder. Nunca tive intenção de magoá-lo. Pensei que ele seria violento.

"Sabe, Alexandre, amores velhos ficam no passado por um motivo: perderam a energia vital. Você vive da memória, de algo que nunca foi nem nunca será. Você tá me deixando por alguém que nunca vai ser seu, porque se fosse, teria acontecido lá, no tempo desse amor. Você não vê que hoje sou eu, deveria ser eu. Qual a sua limitação emocional, eu não sei. Por que você, um cara tão inteligente, com tanta coisa a seu favor, faz escolhas assim, eu não entendo."

Sentei-me no sofá, absorvendo as palavras que ele parecia ter ensaiado para me machucar. Deixei que ele falasse sem retrucar, sem dizer que o que ele não entendia era ser trocado. Que aquela teoria toda era furada e ele não sabia nada de amor.

"Se você acha que ele é o cara pra você, fica com ele. Mas cuidado pra não destruir tudo com seu jeito pretensamente desinteressado. Você, Alê, transpira privilégio, e isso afasta as pessoas porque você sequer percebe o que faz. Com um olhar, com uma torcida de boca, com uma palavra, você destrói. Eu passei a vida toda aprendendo a ser rico, e sou muito rico, e sou um cirurgião, mas, perto de você, me sinto um cafona, um intruso neste mundo. Você nunca me chamou de cafona ou coisa assim, mas eu sei que você pensa. E tenho certeza de que com esse cara também é assim, seja por dinheiro, seja pela sua profissão, seja pelo que for, não sei, é muito difícil estar com você. Por trás dessa beleza toda, tem algo destrutivo. É por isso que eu não vou te pedir nada, vou embora, você é tóxico."

"Talvez, Felipe, tudo que você está dizendo seja apenas um recalque, essa coisa que você herdou do seu pai. Talvez só você pense isso de mim."

"Viu? Acabou de fazer."

Saiu sem dizer mais nada. Fui ao meu quarto e me joguei na cama, queria ligar para Sebastian. Felipe, tão bonito, jovem, sofrendo por mim. Como Paulo também deve ter sofrido, sofreria ainda? Eu só me importava com Sebastian. Mandei uma mensagem para meu pai, dizendo que topava passar a semana com ele na usina. Fui para o banho e, na volta, li sua resposta de que o avião voltaria para me buscar, no dia seguinte, às sete da manhã, no Campo de Marte.

39

Pousamos pouco antes das dez horas. O Mato Grosso ignora as estações, sempre verão, seco, a brisa é um luxo formidável do qual nem sempre se desfruta. Havia viajado sozinho, comi uns ovos mexidos e café preto no voo, e dormi. Na noite anterior já havia dormido profundamente, como se não houvesse amanhã ou preocupações. Dormi no voo, embora a comissária insistisse em puxar assunto. Não pude deixar de fantasiar: ela e meu pai, sozinhos, cruzando o país.

Um carro me pegou no aeroporto de Rondonópolis, e seguimos para a fazenda onde ficava a usina. Não se parecia com a de Piracicaba, era uma fazenda de trabalho. Dezenas de galpões na entrada no lugar da alameda de ipês em flor, terra marrom, poeira e muito calor. A sede era uma casa térrea pintada de branco e com chão coberto de vermelhão, sem detalhes ou objetos de decoração, uma mobília protocolar. A sala com diversas mesas de trabalho, a área com sofás ao lado, um corredor com inúmeros quartos, não sei quantos ao certo, se estendendo até o limite da casa. A cozinha era externa, assim como a área onde se faziam as refeições. Atrás da casa, um gramado seco com uma área coberta para a churrasqueira e um campo de futebol.

Meu pai me recebeu com alegria quase exagerada, me apresentou para o pessoal como "o filho médico, mas que um dia ainda ia entender de soja também". Ele estava mais em seu ambiente do que em qualquer reunião com a senadora ou seus amigos importantes. Estava em seu elemento.

Os primeiros dois dias foram bem calmos. Logo descobri os cavalos, uma variedade de pantaneiros e outros cavalos de trabalho. Gostei de um especificamente, e com ele corri toda a fazenda, para além da usina até o Rio Vermelho, onde tomei banho e pensei em Sebastian. Meu pai passava o dia em reuniões ou percorrendo a região, avaliando comprar a fazenda vizinha. Cresci ouvindo que tudo que um fazendeiro quer é a terra do vizinho. É verdade. À noite, jantávamos no refeitório, e Renato, agrônomo de confiança, geralmente, estava conosco. Era um ambiente profundamente masculino, mas muito respeitoso, nunca ouvi uma piada homofóbica quando estava na roça com meu pai. Entendo, claro que ninguém o faria perto dele e, caso eu ouvisse alguma, me calaria. Meu pai não, e meu pai não era alguém para se comprar briga. Não se discute com o coronel, muito menos se debocha do filho dele.

"Amanhã à noite vamos fazer um churrasco aqui pro pessoal, né, Renato? O Tião vai matar um novilho e vamos ter festa", meu pai anunciou enquanto jantávamos.

"Isso aí, Dr. Antônio, tão dizendo que vai precisar de mais de um, vem gente das fazendas vizinhas", respondeu Renato.

"Então mata mais de um e vamos comemorar. Não é todo dia que meu filho vem comigo passar tanto tempo. Inclusive, não perguntei, por que você decidiu vir?"

"Pensar na vida, pai." Sorri, com metade da boca enquanto garfava um pedaço da picanha, um sorriso que meu pai saberia interpretar como falso.

"Bom, interessa que veio. Renato, pede pro violeiro voltar amanhã, o sanfoneiro, a coisa toda, pode ser?"

"Claro. Escuta Dr. Antônio, vamos ver a fazenda vizinha amanhã cedo?"

"Vamos sim, mas tá cara, hein... tem que negociar melhor, vou ver se o Gregório não entra na discussão."

Imaginar Gregório ali, aquele CFO estranho, me causou certa irritação.

"Posso ir junto? Qual o tamanho da fazenda?", perguntei.

"Vai te cansar, mas pode. Tem oitenta e dois mil hectares, tão pedindo duzentos e noventa milhões, mas acho que sai por uns duzentos e cinquenta."

E essa era só mais uma fazenda, imaginei o quanto eu desconhecia dos negócios de meu pai.

Depois do jantar, fiquei com Renato e o violeiro bebendo até bem tarde. Era bom estar livre da ditadura de horários do hospital. Fui dormir bêbado, liguei para Sebastian sem perceber a diferença de horário. Ele não atendeu.

No dia seguinte, não acordei a tempo de sair com eles para percorrer a fazenda nova. Fiquei por ali, esperando a dor de cabeça passar, tomei café por volta de dez horas e saí a cavalo. Perambulei até umas três da tarde e, quando voltei, falei com Sebastian e dormi de novo.

Por volta de sete da noite já se ouvia o barulho do lado de fora, a festa estava começando. Tomei um banho e fui encontrar meu pai e Renato, que acabavam uma reunião com pessoas que eu não conhecia.

"Comprou?", perguntei.

"*Due dilligence*, meu filho, *due dilligence*", respondeu como se aquilo representasse uma sabedoria superior, indisponível para mim.

A pequena banda caipira começou a tocar sucessos da moda de viola antigas, havia muita gente do lado de fora. Renato trouxe uma cachaça nova.

"Essa aqui é afrodisíaca, cuidado com o coração, Dr. Antônio."

E ria enquanto servia o copinho americano do meu pai.

"Esse velho aqui não precisa de afrodisíaco não, é ou não é? Hein, filho, pergunta lá pra mamãe." E gargalhava.

"Me deixe fora dessa, pai, não me traumatize."

O clima estava leve, como me parecem ser os prenúncios de tempestades. Como os momentos que antecedem a morte, quando o paciente terminal ensaia uma leve melhora, enchendo os parentes de esperança após o *delirium*, mas sucumbe à doença no minuto seguinte. Uma noite de quinta-feira, despreocupada, como deveriam ser os dias comuns, embora assim sejam os dias que mudam a vida.

Por volta de onze da noite meu celular tocou, era Sebastian. Em Paris, devia ser três horas da manhã. Levantei e fui correndo atender no quarto. Sebastian estava bêbado, era fácil perceber pela voz enrolada, o sotaque mais pronunciado.

"Acabou, Alex, acabou tudo."

"O que acabou?"

"Eu acabei. O restaurante. Não, os restaurantes. Sabe o que aconteceu? Quebraram, *puff*, não existem mais."

"Como assim quebraram, Sebastian? Você não está falando coisa com coisa!" Eu não tinha certeza se entendia bem o que ele falava, ele bêbado, a música alta na janela, eu também já bebera um pouco.

"Segundo o grande Denis, aquele que dá nome aos restaurantes, sabe? Eu não sabia de nada porque nunca me preocupei, porque ficava só na cozinha e não sabia nada de contabilidade. Ainda me chamou de estúpido, como se fosse culpa minha."

"Calma, Sebastian, a gente vai dar um jeito."

"Que jeito? Tô sem nada. E sabe o que mais? Ele tá certo, é culpa minha mesmo. Vou acabar no fundo do Sena."

"Para com isso, volta, como a gente combinou, volta pro Brasil, a gente recomeça!" Ele estava desesperado, e eu tinha medo de que qualquer palavra minha fosse mal interpretada. Se eu oferecesse a passagem, ele reagiria mal, estava de mãos atadas.

"Tá louco né, vou para o Brasil como? Vou pra Praga esta noite. Eu te amo, Alex, mas vou voltar pra Praga hoje."

"Para com isso! Eu não vou deixar... a gente falou tudo dias atrás, a gente vai ficar junto!", minha súplica parecia cair em ouvidos moucos. Ele apenas repetia que iria para Praga.

Em meio a esse desespero, alguém entrou no quarto sem bater.

"Doutor", a ajudante da cozinha estava assustada, "seu pai tá passando mal."

Desliguei o telefone, e corri de volta para a sala. A música silenciada, um grupo de pessoas em torno do meu pai sentado na mesma poltrona onde o havia deixado minutos antes. Olhei e de longe entendi o que acontecia. Ele suava intensamente, pálido, segurando o braço esquerdo. Corri em sua direção, me jogando na frente da cadeira. Com os dedos da mão direita, senti sua carótida arrítmica.

"Pai, você tomou seus remédios? Alguém pega a malinha de remédios dele, urgente", gritei para a plateia, uns diziam palavras de encorajamento, outros rezavam.

"Acho que tá na hora do seu pai, filho, acho que agora é com você", meu pai me disse num sussurro.

"Não, não tá. Me ajudem, aqui, vamos levar pro hospital."

A bolsa de remédios chegou, dei trezentos miligramas de aspirina e coloquei o Isordil debaixo de sua língua.

"Tem um desfibrilador aqui?" Não tinha. "Urgência, gente, vamos colocar ele no carro."

Eu esperava que o Isordil segurasse até chegarmos ao hospital, mas enquanto o carro avançava eu via meu pai perdendo as forças. A cidade não ficava a mais de dez minutos da fazenda, arrisquei uma massagem do seio carotídeo para segurar a arritmia, mas não parecia funcionar. Estava sem nenhum instrumento, o sacolejar da estrada de terra prevenia de fazer a massagem ressuscitadora caso ele entrasse em parada. Corríamos contra o tempo. No banco da frente, Renato me olhava sem dizer nada.

"Filho, olha bem, cuida da sua mãe", sua voz saía vagarosa e baixa, quase um sussurro.

"Pai, você vai cuidar, já estamos chegando", minha voz embargada tal qual a voz de alguém que não acredita no que diz e sabe que o outro também não acredita.

"Confie apenas no Tavares e na Camila. E confie em você. Você é mais forte do que pensa."

"Quem, pai?"

"Sua mãe. Cuida dela, ela precisa de você, ela só tem a você. E faz um filho, um filho seu, por mim e por ela. Um filho com seus olhos, com meu nome. Faz isso, Alexandre, meu filho, meu filho lindo, meu amor." Colocou a mão no meu rosto, acariciando o cabelo que caía na minha testa.

Não havia medo em seu olhar, não havia desespero. Era como se o momento da morte tivesse sido longamente ensaiado. Meu pai me olhava com ternura, comunicando tudo o que sentia, tudo de que se arrependia. Senti-me na iminência da desproteção.

A caminhonete se jogou na entrada da emergência da Santa Casa, uma equipe já esperava com a maca do lado de fora. Colocaram o aparelho de pressão e o cateter de oxigênio, e iniciaram a monitorização cardíaca enquanto arrastavam a maca para a emergência. Quando o eletro saiu, o médico plantonista me olhou, o olhar que temia.

"Supradesnivelamento ST", disse o jovem que deveria ser um residente.

"Vamos fazer um cateterismo, agora, vamos, vamos." Eu confundia meu papel, não queria deixar a equipe trabalhar sem mim. Não estranhamente, eles obedeciam.

Eu mesmo queria abrir a artéria e colocar um *stent*. O olhar cético do outro médico e da enfermagem não me assustava, eu forçava para que todos fizessem o trabalho impossível.

"Doutor, o cateterismo não vai ajudar", aconselhava a enfermeira.

"Vamos fazer, imediatamente, tão olhando o quê? Bando de caipiras incompetentes", minha voz era um misto de grito e choro desafinado.

Sem me higienizar, eu ia iniciar o procedimento quando meu pai entrou em fibrilação ventricular. Não havia mais como controlar a arritmia.

Meu pai morreu quando eu introduzia o cateter em sua artéria femoral. O residente tentou o desfibrilador, uma, duas, três vezes. Eu parei o que estava fazendo e me sentei no chão da sala, ao lado da maca. Em segundos, o monitor soou a linha contínua. Enterrei o rosto entre as mãos.

40

No dia seguinte, os principais jornais do país deram a notícia:

Faleceu ontem aos 68 anos, vítima de um ataque cardíaco fulminante, o empresário paulista Antônio Henrique Aguiar do Prado Filho. Um dos maiores empresários brasileiros, Prado Filho tinha negócios em diversos setores, como açúcar, álcool, soja, fertilizantes e suco da laranja. De perfil discreto, a verdadeira extensão de seu patrimônio nunca foi conhecida. Filho de uma família tradicional, Prado Filho também era conhecido pela primorosa criação de cavalos manga-larga paulista. Deixa viúva, Dona Beatriz Diniz Junqueira, com quem foi casado por quarenta e três anos, e um único filho, Alexandre."

Renato voltou comigo no jato, viajamos em total silêncio. Meu pai no compartimento de cargas. Conseguimos a liberação imediata do corpo, eu mesmo assinei o atestado com o residente. A manhã estava ensolarada quando, às nove horas, pousamos na pista da fazenda em Piracicaba. O avião taxiou e parou perto da cabeceira, a porta se abriu e eu fui o primeiro a sair.

Esperando enfileirados, mamãe e, ao seu lado, Paulo Henrique, dois primos do meu pai, um tio dele, Antonino e Dolores, Fabrício e Tati. Desci as escadas sem pressa, abracei mamãe longamente, sentia seus braços frágeis tentando fazer pressão nas minhas costas, sem sucesso. Estava fraca e não falava, tampouco chorava, não reclamou da minha roupa de menino de rua. Pareceu-me tão pequena, como um recém-nascido, ou um animalzinho assustado. Como Úrsula Buendía em uma caixa de sapatos.

Abracei Paulo. Não o via há um ano e meio. Mesmo com a dor que sentia, não pude deixar de notar como estava bonito. Deferente, abraçou-me com cerimônia. Fui eu quem mudou o tom do abraço, fazendo-o mais emocional, mais verdadeiro. Abracei-o e percebi minha voz embargada demais para falar. Solucei de leve em seu ombro, ele me acariciou a nuca.

"Sua mãe me ligou, me pediu que viesse, espero que você não se importe."

"Obrigado."

"Claro."

"Ele morreu na minha mão, não consegui salvar meu pai."

"Que bom que você estava com ele." Paulo beijou meu rosto com carinho.

Os agentes da funerária tiraram o caixão do avião e passaram diante de nós, mamãe tocou a madeira. Levaram meu pai para a capela, onde, entendi, finalizariam a preparação para o velório e o enterro.

Abracei meus amigos, foi só então que percebi que havia uma multidão de pessoas ali. Outros empresários, a senadora e o governador, amigos da família, executivos da empresa e muita gente que eu não conhecia.

Fiquei entre mamãe e Paulo no primeiro banco durante a missa de corpo presente, um brevíssimo velório, e meu pai foi enterrado no antigo cemitério, ao lado dos meus avós. As pessoas começaram a se dispersar, mas ainda haveria um almoço para quem quisesse. Fiquei alguns minutos olhando o monte de terra remexido, a cruz, a morte que tantas vezes eu havia presenciado, quase todos os dias. A morte seria outra para mim a partir daquele momento. Dei entrada no clube das feridas que nunca se curam. Para sempre seria outro.

"Seja forte, doutor, o senhor vai precisar."

"Obrigado, Dona Rosa, sabe, não consigo deixar de pensar que logo mais vou ser eu aí embaixo também", desabafei para a velha senhora que apenas alguns dias antes tinha encontrado na capela.

"Um dia, doutor, mas hoje o senhor tá do lado de cima. Eu me lembro do doutor, um menino magricela que corria por aqui, que saía ventando naquele cavalo e sumia o dia todo. Lembro daquela alegria. Que menino bonito, meu Deus. Lembra dele o senhor também e cuida do que é seu."

"Cuidar do que é meu? Eu nunca quis nada."

"Mas Deus quer que o senhor tenha, e é sua responsabilidade honrar a vontade Dele."

"Não sei o que fazer, não sei para onde ir, dona Rosa."

"Aonde ir? O doutor pode ser médico, pode ser dono da fazenda, meu patrão, mas o doutor é um menino. E um menino sempre volta pra sua mãe."

E, assim, as novas responsabilidades foram se mostrando, uma a uma, devagar e constantemente. Quando deixei o cemitério e fui caminhando para a sede, sentia algo diferente, uma nova expressão nas pessoas, quase como se curvassem a mim. Abriam passagem, não me olhavam nos olhos. Como faziam com meu pai, era como se eu fosse meu pai.

Encontrei Fabrício me esperando.

"Eu não sou meu pai, Fabrício, avisa pra essas pessoas."

"Mas você é, Alê, agora você é."

"Preciso ver mamãe, vamos lá." Peguei a mão dele.

"Beatriz foi medicada, tá no quarto com Paulo Henrique, não vai aparecer tão cedo."

Ainda havia muita gente por ali, vinham me cumprimentar, dizer aquelas palavras que se diz, oferecer ajuda. Antonino chorava como criança, dei nele um longo abraço.

Perto da escada da varanda, um homem desconhecido se apresentou.

"Doutor Alexandre, meu nome é Luiz Osório Cavalcante, não nos conhecemos, mas sou advogado de seu pai, responsável pelo inventário."

"Esses assuntos podem esperar, meu pai ainda tá quente, Sr. Luiz." Achei impertinente falar de inventário quando eu sequer tinha terminado o caminho entre o túmulo e a casa.

"Lamento, mas precisamos falar agora com o senhor, assuntos prementes. Podemos ir até a biblioteca? Outros nos aguardam."

Segui o homem, Fabrício foi procurar Tati para voltarem à São Paulo. Na biblioteca havia mais dois homens que eu não conhecia, uma moça e uma outra mulher loira e alta.

"O que está acontecendo?", perguntei um pouco assustado.

Um dos homens se adiantou.

"Carlos Tavares, diretor de recursos humanos da empresa, muito prazer em te conhecer pessoalmente, apesar das circunstâncias."

Seria o Tavares, o tal que eu deveria confiar? Ele mesmo continuou.

"Sente-se, por favor. O Doutor Luiz Osório, que o senhor já conheceu, é da firma de advocacia a cargo do inventário. Os demais cavalheiros trabalham com ele, e esta é a Sra. Camila, assistente particular de seu pai. Temos, ainda, ao telefone, em conferência, nossos advogados em Luxemburgo. Podemos começar?"

"Desculpem, senhores, não estou entendendo nada. Começar o quê? Assistente pessoal que eu nunca ouvi falar? A secretária dele é a Marta. E o que tem em Luxemburgo?" Era tudo muito confuso. De repente, um bando de estranhos parecia saber mais de meu pai que eu. "Quero meu advogado aqui também, alguém pede pra chamar o Paulo Henrique Batistella, ele está aí fora em algum lugar, com minha mãe, acho."

"Doutor", Luiz Osório se adiantou, "aqui somos todos seus advogados."

Ficamos em silêncio enquanto procuravam Paulo, um silêncio pesado. O que mais me incomodava era a tal assistente que eu não sabia que existia. Paulo entrou com a mesma cara de susto que a minha e se sentou ao meu lado no sofá. Nas duas poltronas à frente, Osório e Tavares.

"Bom, então vamos lá." Osório limpou a garganta como se estivesse para dizer algo muito contundente. "Todos os bens de seu pai estão em nome de uma *holding* chamada *AP Holdings*, incorporada no Grão Ducado de Luxemburgo, todas as empresas e propriedades pertencem a essa *holding*. Isso foi feito com fins tributários e também para esse momento que estamos."

"Você está dizendo que meu pai não tem nada no nome dele? Esta fazenda? Nossa casa?"

"Exatamente, tudo pertence à *holding*, e a *holding* pertence a ele, pertencia. O testamento de seu pai foi lavrado em Luxemburgo, como o pessoal ao telefone pode atestar."

Osório fez uma pausa dramática. Talvez fosse dizer que ao final, que eu tinha mesmo sido deserdado.

"O testamento é muito específico. Ele deixou cem por cento dos bens para você, nenhuma disposição em contrário."

"E mamãe, não tem aquilo de ser tudo metade dela?" Olhei, atônito, para Paulo, que me sussurrou "calma".

"Sua mãe não possui bens há anos. Veja bem, tudo isso está arrumado faz tempo. Precisamos que o senhor assine alguns papéis."

Olhei para o Tavares, em quem eu deveria confiar, que assentiu. Ele mesmo tomou a palavra.

"Outra providência que seu pai tomou foi desligar o Sr. Gregório da empresa. Esse desligamento prevê uma indenização de vinte e cinco milhões de euros, a serem pagos em Luxemburgo, e a exigência de que ele e a família deixem o Brasil por um prazo de vinte anos. Veja bem, seu pai queria Gregório longe de vocês e da companhia, ele tinha seus motivos e não nos cabe discutir. Os documentos desse acordo estão aqui, o senhor precisa assinar para autorizar o pagamento. Assim que o fizer, o jato de vocês levará Gregório e família para o Uruguai. Já está tudo preparado.

"Gregório já sabia desse acordo?", Paulo perguntou.

"Sim, por isso está aqui com toda a família, pronto para sair da vida de vocês. Foi tudo acordado algum tempo atrás."

Lembrei-me de quando eu havia entrado na biblioteca vestido de moletom e com uma malha de mamãe, e encontrado meu pai com Gregório.

"E, com ele, o que ele saiba dos negócios do Sr. Antônio, seja lá o que for", Paulo disse e me olhou com estranhamento. Ninguém respondeu.

"Devo assinar, Tavares? Esse dinheiro existe?" O estranho em quem deveria confiar deu um sorriso sarcástico e assentiu.

Paulo leu e me disse que estava em ordem. Vinte e cinco milhões de euros. O Chagall de Sebastian me pareceu uma prenda de festa junina.

Os advogados que não haviam sido apresentados me trouxeram as demais pastas com os papéis para as assinaturas. Tavares me passava uma a uma, Paulo lia, eu assinava.

"Seu pai pediu explicitamente que você cuidasse da saúde emocional e financeira de sua mãe", a assistente inexistente, Camila, falava pela primeira vez, "estou aqui para te apoiar com isso, se quiser."

"Ainda preciso entender o que tudo isso significa."

"Significa", continuou Camila, "que além de cuidar da sua

mãe, existem mais cinquenta mil famílias dependendo de você. Que políticos vão te assediar e tentar te corromper, que tudo o que você disser vai virar notícia, que suas opiniões vão alcançar longas distâncias. Em suma, que você pode fazer muito bem ou muito mal. É um tipo novo de poder, para o qual ninguém nasce preparado, mas se prepara."

"Você é bem direta, não é?", Paulo disse com tom provocativo, como se me defendendo.

"É o meu trabalho, Doutor Paulo, preparar o Alexandre para o que virá daqui em diante, meu e do Tavares. Em tempo, acho que é hora de você, perdão, posso te chamar de você, Alexandre?"

"Claro, já que vai ser minha professora", não escondi a ironia.

"Acho que é hora de você conhecer o seu *security detail*, afinal, eles te conhecem muito bem."

"Oi, que *security detail*?" Olhei estupefato para Paulo.

"Ora, Alexandre, você é acompanhado por uma equipe de segurança desde o primeiro dia que pôs os pés na rua aos três anos. Ou você acha que vagueia de madrugada pelas ruas de São Paulo e nada te acontece por quê? Sorte? Você é acompanhado pela equipe amarela por onde quer que vá, mas eles são treinados para não serem percebidos. Seu pai sabia que você não ia querer. A equipe verde cuida de Dona Beatriz, e a equipe azul, bem, será desativada."

"Vocês sabem, todos vocês, que eu tenho quase trinta e cinco anos, certo? Então, tenho sido tratado como um bebê a vida toda? E quando eu viajo?"

"Também, os amarelos estão sempre com você, exceção no centro cirúrgico, obviamente."

Foi uma sensação de traição. Meu pai sempre soube por onde andei, o que fiz, com quem. Dos becos frios de Praga até as ilhas do rio Sena, das madrugadas perdidas no centro de São Paulo. Por alguns instantes, interrompi o luto para sentir raiva de meu pai.

Por fim, todos saíram da biblioteca e fiquei sozinho com Paulo, que continuava sentado no sofá. Levantei-me e fui até a grande janela azul. Lá fora, a multidão já era escassa.

"Bizarro, tudo isso é bizarro", foi o que pude dizer.

"O velho rei está morto. Vida longa ao rei. Você teve a vida toda para se preparar."

"E agora não sei o que fazer." Hesitei alguns instantes. "Você tá namorando, Paulo?"

"Tô sim, faz um ano."

"Como ele é?"

Paulo sorriu e não disse nada.

"Você acha que..." Olhei para baixo, mexendo na barra da cortina. "Poderia passar essa noite comigo? Digo, eu posso ficar hoje na sua casa? Na nossa casa?"

41

Levantei cedo, vesti uma calça de moletom e uma camiseta do Paulo, e o deixei na cama. Fui andando para a casa de mamãe, os amarelos não precisavam mais se esconder. Seguiam a pé e de carro atrás de mim, me deram bom-dia e ofereceram carona. Tantas vezes a sensação de ser seguido, era real. Ri da situação ridícula a que eles se sujeitavam e que eu vivia. Como seguir de carro alguém que só anda a pé? Imaginei as confusões quando eu entrava na contramão. Foi exatamente o que fiz, seguindo pela Sergipe à direita até a Rua Ceará para enfim chegar à Barão de Bocaina. Olhando da rua, a cobertura distante dava a impressão de calmaria naquele sábado quente e melancólico.

Subi direto para o quarto de mamãe. Ela estava na cama, parecia dopada.

"O que você tomou, mamãe?"

"*Frontal.*"

"Tá bem, mamãe. Consegue descer para o café?"

"Não quero, vai você. Quero dormir até amanhã."

"Tá bem", repeti e suspirei, "fica aí deitadinha, daqui a pouco peço para a Carmem trazer alguma coisa."

Na sala de jantar, a mesa estava posta para o café da manhã. Um lugar à cabeceira e outro ao lado. Sentei-me no lugar do meu pai e tive uma sensação de usurpação, como se não fosse legítimo ocupar aquele espaço. Sebastian havia me ligado duas vezes, mas não atendi. Não era hora de ter mais uma conversa tensa com ele, não depois de todas as promessas recém-feitas, não depois de enterrar meu pai. Não havia lugar, naquele momento, para os dramas de Sebastian. As últimas palavras dele se misturavam com as do meu pai, um duelo injusto e vergonhoso pela prioridade da minha angústia. Não sabia o que ele queria dizer com "vou voltar para Praga". Onde entrava tudo o que falamos? Ou não entrava? Três dias após nossa despedida apaixonada, nossas promessas, após ele ter despencado no Brasil, três dias e tudo iria novamente para o campo do sonho que não se concretiza? Comecei a sentir cansaço de Sebastian. Preguiça de Sebastian.

"A senadora está subindo", Carmem anunciou.

"Como assim? Sem marcar? Sem aviso?"

"Ela vinha com frequência falar com seu pai. Se o doutor preferir, eu aviso lá embaixo que não é pra subir mais sem avisar."

A sensação de usurpação só crescia. O que aquela mulher queria comigo às oito horas da manhã do dia seguinte ao enterro do meu pai? Não me levantei para recebê-la, Carmem a levou até a biblioteca, e eu fiquei tomando um café preto e cutucando com o garfo um potinho com *cream cheese* que não cheguei a pôr na boca. Devo ter deixado a senadora esperando uns quinze minutos. Pensei em meu pai naquele mesmo lugar, de sua cadeira eu via o vale. Parecia ver o mundo, num trono, a mesa de vinte e dois lugares coberta por uma toalha de linho branco que se estendia ao infinito. Pensei no que diria àquela mulher que me esperava na biblioteca. As possíveis razões da visita me assustavam. Peguei o telefone e liguei para Camila, a assistente em que eu deveria confiar, e contei que a senadora me esperava na biblioteca. Sua resposta foi mais enigmática que a visita em si:

"A única coisa que você precisa saber é que Gregório não será mais encontrado. De Montevidéu embarcou para um lugar desconhecido. De resto, siga seu instinto. Seu pai te conhecia melhor que você imagina, tudo está previsto."

Entrei na biblioteca, a mulher estava sentada numa das poltronas de couro. Levantou assim que me viu.

"Meus sentimentos, novamente. Como vocês estão?"

"Mal, senadora, posso saber o motivo dessa visita fora de hora?"

"Desculpe se sou inoportuna, mas o assunto é importante."

"Dificilmente." Sentei na outra poltrona.

"Entendo." A senadora voltou a se acomodar à minha frente. "Serei breve."

Meu silêncio indicava que era aquela a minha expectativa. Achei que eu estava parecendo meu pai, naquele momento.

"Temos um acordo, Antônio e eu, de contribuição para o partido. São quatro contribuições das quais ele fez apenas uma. Eu poderia procurar o Gregório, mas nunca tratei diretamente com ele, não gosto de intermediários. Vim aqui te contar isso, pode verificar com ele, e combinar os pagamentos."

Observei a mulher com cuidado, meus batimentos aceleraram e meu pescoço pareceu se fechar. Temi passar mal. Olhei para os lados, como se procurando uma saída. A estante de livros para a direita, as janelas para o terraço e a piscina para a esquerda. Não havia saída, não mais, não dava para dizer "não quero saber disso". Respirei fundo.

"Senadora, como seriam esses pagamentos?"

"Realmente não espero que você se envolva, apenas que autorize. São quatro parcelas de quarenta milhões, pagas em espécie. Gregório entrega as malas num endereço que eu forneço, a casa do tesoureiro do partido."

"Entendi, e esse dinheiro é usado para quê? E o que eu ganho com isso?"

"Pelo visto, você não é bobo, Alexandre, só a cara mesmo. Como o partido aloca depende, não precisamos entrar nisso. Mas o dinheiro será usado para viabilizar uma série de desonerações na pauta de exportação de produtos agro, principalmente, suco de laranja e farelo de soja. Os ganhos para vocês serão de uns quatrocentos ou quinhentos milhões por ano enquanto durar a desoneração. Um excelente negócio, uma barbada, como você pode ver."

"Sem dúvida, um negócio da China. A senhora ganha uma parte? Uma parte maior, eu digo, porque entendo que, por 'viabilizar', a senhora esteja dizendo comprar deputados e senadores para votarem a favor da desoneração, tô certo?"

"Também um aspecto irrelevante com o qual você não precisa se preocupar. Ora, Alexandre, eu sei que você está doido para voltar para o hospital, deixe esses assuntos com os profissionais. Veja bem, quem controla o país somos nós, não é o presidente, não é o governador, somos nós, a elite, não passam de vinte famílias."

Sentado na poltrona de couro, onde tantas vezes vi meu pai, tentei me fixar no que aquela mulher empertigada dizia.

Pensei no meu pai, na minha mãe, nos meus avós. A memória mais antiga que tenho é justamente do meu avô, o pai da minha mãe, em sua fazenda de Brodósqui. É uma cena muito fugaz, eu estava com ele numa caminhonete, e a lembrança é só essa. Mesmo sendo tão curta essa memória, eu sabia que meu avô era um homem temido. Lembro-me que, em qualquer ambiente onde ele entrava, havia um tom de reverência, como se estivesse ali um homem maior que os demais, o rei do café. Hoje sei de muitos dos pecados dele, mas a impressão que ele me causava, e aos outros, é tão presente que posso tocá-la. Ele era um rei de fato, como minha mãe, dentro de sua fragilidade, como eu, dentro da minha ignorância. O mesmo se podia dizer do meu pai, que se casou com minha mãe porque viam um no outro um sentimento antigo de serem iguais, seus sobrenomes, suas histórias, suas fortunas seculares se fundindo. E agora apenas eu, o que restava era eu, séculos de orgulho e altivez. Isso eles esperariam de mim, altivez.

Eu, que cresci sabendo onde estava, mas não entendendo completamente. Que cresci seguido por seguranças sem saber, fingindo a vida toda não me achar diferente de ninguém com quem eu convivia. De repente, me vejo na biblioteca da casa de meu pai, no templo dele, sendo acossado por uma mulher como a senadora, dizendo que quem controla o país somos nós. Nós? Meu pai tinha morrido há um dia, como essa mulher vinha aqui me dizer essas coisas? Se eu era da minha estirpe, se meu pai dizia me conhecer, eu deveria agir como um de nós. Deveria, por fim, me encontrar.

"Senadora, não me tome pela sua grei. Não entendo e não quero entender nada do que a senhora está dizendo. Não reconheço essa familiaridade com que me trata. Com que 'você' me trata. Não vejo por que ter qualquer deferência por uma mulher que entra sem convite na casa do meu pai um dia depois de ele ter morrido, pra pedir dinheiro, me dizer que vou ter quinhentos milhões a mais por ano, ou o que seja. Você, senadora, está acostumada com outro tipo de pessoa."

"Não seja estúpido, garoto, eu trato com seu pai faz anos. Já disse, a contribuição para o partido não passa de cento e sessenta milhões."

Eu tinha consciência de que passei a ter noção dessas quantias fazia pouco, mas falar de tantos milhões como se fosse nada era ultrajante.

"Não me importo com cem ou duzentos, não me importo se eu vou ganhar quinhentos milhões a mais por ano. Que me conste, senadora, quinhentos milhões de reais a mais ou a menos, por ano, não vão mudar minha vida. Eu não ligo para esse dinheiro, pro seu pequeno dinheiro, seu pequeno poder. Não ligo para suas ambições pequenas ou sua desonestidade barata. Senadora, pode ser que esse presidente não seja quem manda no Brasil, mas também não é você. Entra na minha casa para falar de elite, como se fosse de uma casta superior, e que devemos nos irmanar por isso. Em trinta anos você vai estar enterrada, mas meu nome vai estar aí, é isso que devo preservar. E se meu pai tinha suas falhas, eu não respondo por ele. Vou fazer o que for necessário para pôr meu dinheiro a serviço do bem. Eu não preciso desses quinhentos milhões para isso, eu não preciso de você."

A mulher à minha frente estava pálida. Certamente, nunca tinha sido confrontada desse jeito. Perdeu o controle.

"Moleque estúpido, a vida vai te ensinar. Você está lidando com gente perigosa."

"Aprendi com meu pai, esse mesmo com quem você diz ter tanta relação, a não ter medo de ameaças vazias. Como ele me ensinou, senadora, perigosos somos nós. Não me ameace ou as consequências vão ser imprevisíveis."

"Tem um elo fraco que se quebra por muito menos, você esqueceu que Gregório sabe de tudo? Por uma fração disso, ele entrega seu pai, sua família, tudo."

"Boa sorte em localizar esse outro, senadora."

Por alguns instantes ela emudeceu.

"Talvez você não seja tão estúpido, já calaram a boca dele? Com dinheiro ou com bala, coronelzinho?"

Fiquei calado, minha cabeça a mil. Bala? Seria possível que fosse um recurso utilizável? Quem era meu pai? Ela estava me testando, vendo se eu me desestabilizava? Duvidei da bala, mas aumentei a aposta no blefe.

"Mais um detalhe com o qual você não precisa se preocupar... deixe isso com os profissionais, importa que seu destino pode ser o mesmo se não me deixar em paz."

A mulher tremia de cima a baixo quando bateu a porta da biblioteca. Eu caí na poltrona igualmente trêmulo. Eu a tinha ameaçado de morte? Demorei alguns minutos para me controlar, minhas mãos mal podiam segurar os braços de couro da poltrona. Imitando meu pai, me levantei e coloquei no copo uma dose obscena de *single malt*. Tive receio de não conseguir segurar o copo com a tremedeira, mas bebi de uma vez, antes das dez horas. Foi meu primeiro encontro com esse mundo do qual escolhera me privar por tanto tempo.

Outra coisa que aprendi com meu pai é que os animais mais mortíferos são aqueles que atacam sem aviso. Alguns anos depois, estouraria um escândalo político conhecido como "mensalão", e um dossiê sobre a senadora veio misteriosamente à tona, que foi processada e condenada no STF. Nesse ensejo, citou meu pai e investigações inúteis aconteceram. Ainda foi atacada por membros de seu partido, por tentar sujar o nome de um homem morto. Essa experiência de poder era nova, mas aprendi com ela, ele estava certo. Perigosos somos nós. Meu pai era perigoso mesmo após anos debaixo da terra.

O que tudo isso me mostrou é que minha vida havia, da noite para o dia, ficado muito mais complicada, que meus dramas do coração eram muito pouco frente ao que eu devia fazer. Como mudar tudo nos negócios? Como fazer o dinheiro trabalhar para o bem?

Meu pai tinha sido um mestre, e eu o odiei um pouco. Fiquei impressionado em saber como ele havia planejado a vida toda dele, e até a morte e a vingança contra inimigos que ainda viriam a ser. E como eu poderia não falhar naquela mesma missão. Quando recebi o atestado de óbito do cartório, na última linha do documento se lia: não deixou bens.

42

Mais tarde, fui ver se mamãe estava bem. Parecia dormir, chamei-a duas vezes, cheguei junto à cama e toquei-a no ombro. Seu corpo estava inerte, o que me assustou. Sacudi e chamei, sem qualquer reação, senti sua carótida, os batimentos estavam fracos. Olhando em volta vi a cartela do ansiolítico vazia.

"Carmem, Carmem, corre aqui", gritei a plenos pulmões, com esperança de que a moça acudisse, acionei a campainha.

Virei mamãe de bruços e enfiei os dedos no fundo de sua garganta. Ela espasmou duas vezes antes de o líquido amarelo encharcar o tapete. Carmem apareceu, apavorada.

"Carmem, liga para o número da ambulância que tem na copa, fala que estou chamando aqui em casa, pede pra trazerem sonda para lavagem gástrica. Vai, corre, e fala que é *overdose* de benzodiazepínico."

"Benzo o quê?"

"Calmante, Carmem, vai logo, porra."

Eu não sabia quanto havia na cartela, nem há quanto tempo ela teria tomado. Precisava levar mamãe ao hospital imediatamente. Continuei induzindo o vômito até não haver mais nada em seu estômago. Não tinha nada do que eu precisava ali, monitorei o coração enquanto esperávamos a ambulância que chegou logo. No hospital, feita a lavagem completa e administrado o Flumazenil, ela ficou bem.

Quando mamãe acordou no quarto, começou a chorar e a se desculpar. Segurava-me num abraço prolongado, chorava, se desculpava.

"Desculpe, filho, eu não quero viver, mas não quis me matar, você é tudo que eu tenho."

"Tudo bem, mamãe, você me deu um susto enorme, não faz mais isso."

"Sua vida é a coisa mais importante para mim, sempre foi e sempre será, ainda mais agora, eu vou me manter viva por você."

Senti tristeza por ela ter tão pouco pelo que querer viver. Senti peso sobre os ombros, mais um peso pelo qual não esperava. Sua fragilidade se revelou do pior jeito que pude imaginar. Eu precisava da minha mãe como ela foi em Paris, eu também estava frágil. A morte, essa estranha conhecida, meu objeto de trabalho, a face obtusa que encaro todos os dias, me passou a perna. Tive que ver a morte com novos olhos, com um frescor que me assustou e trouxe uma empatia diferente com os pacientes. Ela, a morte, não era mais um fato da vida, não era um erro médico, não era um evento inexorável. Mostrou-se como a tristeza verdadeira é, inescapável e traiçoeira. Não veria mais meu pai, não poderia fazer as perguntas que inundavam meu pensamento, não poderia descobrir mais sobre aquele homem que me parecia mais estranho a cada hora e, no entanto, me fazia toda a falta que se pode conceber. Toda a falta que se pode conceber.

Voltamos para casa naquele mesmo dia. A noite caía quando deixei mamãe no quarto devidamente desinfetado do vômito. Levei comigo todos os remédios e fui para o meu quarto. Tomei banho e vesti um short para dormir. Deitei na cama e o próximo assunto pendente finalmente se impôs. Sebastian.

Tomei coragem e liguei, sem me importar com o horário. Quando ele atendeu minha garganta se apertou, não consegui dizer nada por alguns instantes, ele me perguntava o que tinha acontecido, por que eu não o atendia. Após essa breve agonia, contei que meu pai tinha morrido no dia anterior.

"Lamento, meu querido. Queria poder estar com você."

O choro veio inesperado. Chorei compulsivamente, meus soluços se misturavam a instantes de falta de ar, não havia como segurar nem razões para me privar do que eu necessitava tanto: chorar. Sebastian permaneceu em silêncio um tempo, mas, como não havia fim para minha catarse, começou a cantarolar o que me pareceu uma canção de ninar em checo. Suas palavras, desconhecidas, foram me acalmando, fui retomando o controle, ouvindo o murmúrio longínquo daquela voz.

"Venha para cá, Alex, venha para Praga, e eu cuido de você."

"Não posso, não agora, não sei quando ou se vou poder. Mamãe precisa de mim, tenho que resolver uma montanha de assuntos do meu pai. Ele tentou resolver tudo, mas o desafio que eu tenho é maior que eu. Tem muita coisa pra consertar, muitos erros." Esperei em silêncio o efeito das minhas palavras. "Venha você, cuide de mim aqui, Sebastian, eu te imploro."

Silêncio no outro lado da linha.

"Não posso, você sabe, meus restaurantes em Paris faliram, perdi tudo. Voltei para Praga com cinco mil euros, estou morando com meu pai novamente. Tenho que recomeçar, tenho que dar um jeito e não tenho ideia como."

"Não entendo. Como você viaja numa quinta com dois restaurantes, sem nenhuma ideia de problemas, e na sexta seguinte está quebrado? Isso não faz sentido. E, além disso, se você precisa recomeçar, vem pra cá, não era esse o plano?"

"É, não sou um grande homem de negócios, não sabia de nenhuma dificuldade, os restaurantes estavam sempre cheios. Para abrir o segundo, dei tudo o que tinha para Denis, mas a parte dele, a metade dele, foi um empréstimo bancário e eu não sabia. Eu assinei os papéis, mas não sabia. Ele nunca pagou o banco, não sei o que fez com o dinheiro." Sebastian já se alterava ao reconhecer sua estupidez. "O banco cobrou, não temos dinheiro pra compras, pra pagar os empregados, nada, acabou. E, claro, não temos crédito."

"Eu te ajudo a recomeçar, vem pra São Paulo, hoje."

Um breve silêncio, pensei ouvir um suspiro.

"A única regra que te falei, que te pedi, foi essa. Eu nunca vou depender de você."

"Está sendo egoísta."

"Pode ser que você veja assim. Mas eu vou sair dessa do mesmo jeito que entrei, sozinho, você tem que entender isso."

Fiquei em silêncio até que alguma palavra se oferecesse. Sebastian estava sendo cruel novamente, insistentemente cruel. Ele pensava em seu orgulho, em seu restaurante, em tudo, menos em mim e na dor que eu estava atravessando.

"E eu que me foda? É isso, entendo. Que porra de amor é esse jurado faz tão pouco tempo? Meu pai morreu! Minha mãe quase morre também. Eu tenho um mundo pesando sobre mim e você só se preocupa com seu orgulho? Você é mesquinho, achando que essa merda de princípio te faz melhor. Eu te ofereço o mundo e você me responde que vai fazer tudo sozinho. Se fizer da mesma forma cagada com que fez tudo até aqui, o máximo será lavar prato numa lanchonete porca. É isso que seu orgulho vai te fazer, confirmar seu fracasso."

O ódio, mesmo momentâneo, tem consequências para além do momento, viver não é um experimento científico, não permite repetições sob a mesma temperatura e pressão. Sebastian me respondeu, apenas: "Lamento que você pense assim sobre mim, fique bem". E desligou. Meu choro compulsivo voltou e me fez companhia boa parte da noite, junto com o arrependimento, com a percepção tardia da minha arrogância. Era sobre isso que Felipe me falara. Eu tinha cruzado uma linha definitiva com Sebastian, e me mortifiquei por tudo o que disse. Estranho pensar que ele cruzava as mesmas linhas comigo, no abandono seguido de abandono, mas aquilo não me importava. Poderia ser abandonado quantas vezes fosse, logo estaria pedindo mais, clamando migalhas. Se é verdade que apenas a destruição do desejo nos liberta, eu sabia que nunca seria livre.

Na manhã seguinte, tentei ligar, ele não atendeu. Quando tentei novamente à tarde, um recado gravado me informou que aquele número havia sido desligado. A noite caiu sobre mim.

O que eu faria? Abandonaria a medicina? Abriria mão da minha paixão? Das minhas paixões? Era isso que a vida me reservava? Eu sempre tão privilegiado, o pequeno príncipe, o menino bonito, o mais rico em qualquer ambiente. Meu destino, afinal era abrir mão de tudo o que amava, para cuidar de tudo o que desprezava? Era uma maldição?

O único homem que amei, a única profissão que eu servia para fazer. Estava privado dos meus amores, estava condenado a uma vida indesejada. Pensei em abrir mão de tudo, entregar tudo a alguém, fugir, operar, estar com Sebastian. Nunca quis nada disso, não é hipocrisia. Eu só queria ser médico e amar Sebastian. Minhas mãos tremiam com o whisky de meu pai, talvez eu não devesse operar mais ninguém.

Saí até a varanda e contemplei lá longe o vale do Pacaembu, nossa torre de marfim. Chorei por mim, chorei por meu pai. Voltei ao quarto onde mamãe dormia, por fim em alguma paz, e me deitei com ela, abraçando-a entre soluços. Um menino sempre volta para sua mãe.

PARTE 3 Praga

43

Praga, 12 de março de 2019.

Alex,

Você se lembra de Bob Dylan? *How many roads must a man walk down, before you call him a man?* Pergunto-me o mesmo. O dia do acerto de contas chegou. Já passo dos sessenta, envelheci o que precisava. De certo modo, me consola saber que mesmo minha vida chegando ao fim, antes poderei escrever esta carta e esperar que você a possa ler.

Sim, minha vida chega ao fim, não porque passei dos sessenta, mas porque sempre fui estúpido. Estúpido no amor, estúpido em qualquer forma de sentimento, estúpido na contabilidade e estúpido o suficiente para nunca haver me cuidado. Tivesse eu ficado com você, em qualquer das incontáveis vezes em que te abandonei, você teria visto a mancha estranha se formar no lado interno da minha coxa direita, a mancha marrom que se tornou um amontoado de matizes multicoloridas e, por fim, preta, e que eu nunca prestei a menor atenção. Melanoma extensivo superficial — poderia ser curado, se fosse tratado. Você teria me salvado com um olhar. Agora ele se espalhou, meus ossos doem, é insuportável.

Mas, antes que tudo acabe, quero te contar o que eu fiz de mim, porque nunca deixei de te amar, de sonhar com você e seus olhos azuis-escuros, e nunca amei ninguém depois disso.

Penso naqueles dias tantos anos faz, nossa conversa na catedral, e epifania que você me causou. Em dias abandonei meu trabalho, minha casa, meu pai. Em busca de quê?

A verdade é que, *"certa manhã, quando acordei de sonhos intranquilos, encontrei-me em minha cama metamorfoseado num inseto monstruoso"*. Como Gregor Samsa, demorei a conseguir me mexer, sair da cama, usar meus membros. E tanto tempo fiquei metamorfoseado, sobrevivendo ao bombardeio de maçãs, me escondendo sob o canapé dos meus medos, que quase morri sem perceber.

Minha transformação monstruosa começou quando decidi que a morte da minha mãe me impunha o ordenamento de cuidar de meu pai como a única coisa honrada que poderia fazer aos quinze anos. Por isso, anos depois voltei com ele a Praga, abrindo mão de ficar em Paris e fazer minha vida como *chef*. Anulei-me quando aceitei aquele primeiro emprego na lanchonete do aeroporto, enquanto ele não arrumava trabalho como professor num país recém-saído de décadas de isolamento.

Todas eram decisões que faziam muito sentido e me deixavam com a imagem de um rapaz valoroso, apesar de terem sido tomadas por medo de me afastar de meu pai, de enfrentar meu avô quando ele soubesse o que eu ainda tinha dificuldade de aceitar sobre mim, sobre meus desejos e, de repente, era tarde demais para fazer todas as coisas que devia ter feito.

Um rapaz valoroso dos quinze aos vinte anos, que se tornou um inseto monstruoso quando chegou aos trinta sem sair de debaixo do canapé, apenas subindo e descendo as paredes do meu quarto imaginário, enquanto aguardava ser alimentado por quem me olhava com asco.

Ao entrar naquele trem em 1994, de volta a Paris, senti como se alguém tivesse invadido meu quarto, acolhido minha monstruosidade, aberto as janelas e dito "Vai!". Alguém que viu além da minha aparência repugnante e me enxotou da amargura para o desconhecido, uma troca aterrorizante, mas necessária. Eu estava naquele trem porque alguém, mesmo inadvertidamente, mesmo que buscasse apenas diversão, teve a ciência de me mostrar que as coisas não eram tão horríveis, tão definitivas, tão rastejantes. Era atrás disso que eu ia, e iria aonde quer que fosse.

Venci em Paris. E houve nossos desencontros. E houve a frustração dos meus sonhos. Perdi em Paris. Eis minha história depois do nosso último encontro.

Voltei para Praga no começo de novembro de 2002. Tinha comigo a mesma mochila que levei para Paris quase uma década antes, os cinco mil euros que consegui recuperar, algumas roupas, o seu bilhete. Quando soube do que havia acontecido, quando fui comunicado do meu estado de penúria, pensei em procurar uma solução em Paris ou no interior da França, mas me surpreendi ao esbarrar num estranho e me desculpar em checo. Dali em diante, a língua dominou meus pensamentos, e eu voltei a raciocinar nela, pensar nela e em ver o rio Moldava. Soube que meu período na França chegara ao fim, que meu destino e recomeço estavam a leste, na minha terra natal.

Você pode se perguntar, "por que não recomeçar no Brasil como planejamos?" Será difícil explicar com argumentos, espero que possa entender com os sentimentos. Como ser seu gigolô?

Eu não achava que pudesse depender de ninguém. Eu podia. E tudo teria sido diferente. Mas eu era muito arrogante para me deixar ajudar. Você quis tanto me ajudar, não foi, meu amor?

Cheguei em Praga e procurei meu pai, tendo que encarar a realidade do meu fracasso. Ele me recebeu com amor, amor que eu não via desde os tempos da fuga para Paris, mas o nascimento da neta o tinha feito mudar, eu não sabia o quanto. Ele me ajudou a despir a capa que havia me obrigado a vestir antes, essa capa da prepotência divina. Acolheu-me e me rendi a esse novo, ou redescoberto, sentimento. Meu pai arrumou meu quarto naquela noite, na nossa casa da periferia de Praga, a casa que você conheceu por fora. Tirou roupas de cama limpas, trouxe toalha e preparou uma sopa quente. A neve em novembro não é comum na cidade, mas, naquele ano, enquanto tomava a sopa em frente a lareira, discretos flocos brancos caíram e eu nunca me senti tão em casa.

Nos dias seguintes, fiz uma lista dos restaurantes onde eu me via, os melhores de cozinha local ou francesa. Seria fácil para alguém com meu histórico se recolocar, eu era um *chef* com uma estrela no currículo, qualquer um gostaria de ser o primeiro do país a ter a estrela, eu era o passaporte para aquela conquista. Teria sido muito mais fácil em Paris com suas centenas de restaurantes estrelados.

Um após o outro, os grandes de Praga foram declinando os meus serviços.

Havia um *chef* que eu admirava muito, que fazia coisas como as que eu queria fazer. Um dia, bati na porta do restaurante dele, ainda fechado. Qual minha surpresa quando ele me chamou pelo nome, me enchi de esperança. Se chamava Alexej (como você), um homem que falava baixo, me convidou pra entrar e tomamos uma cerveja. Contei toda minha história, falei das minhas ideias, de como estava contente de voltar, apesar da situação. Na segunda garrafa, Alexej me interrompeu.

"Sebastian, admiro seu trabalho, todos aqui na cidade admiram. Todos te conhecem, precisamente por isso ninguém vai te oferecer uma posição de *chef*. Você é muito grande para a cozinha de outra pessoa. Deve ter a sua própria."

"Mas não tenho um centavo, não tenho como montar um restaurante."

"Então, meu caro, sugiro que volte para Paris."

Meu sucesso anterior, minha estrela *Michelin*, havia se tornado minha ruína, como a letra escarlate. Eu estava marcado e Praga sabia. Alexej tinha razão, ninguém me daria espaço. Eu teria que fazer meu espaço.

"O que me sugere? Não vou voltar, como posso arrumar dinheiro aqui? Não adianta me sugerir um banco."

"Conheço um consultor financeiro que pode te ajudar, supondo que você tenha dinheiro para pagá-lo."

Ele me entregou o cartão de um consultor, Daniel Tomanek. Despedi-me e voltei para casa. Telefonei e consegui marcar uma reunião para dali a três dias.

No dia combinado, vesti um terno do meu pai, velho, mas em ordem, que me caía bem. Fui caminhando naquela manhã fria, o vento assobiava. Entrei na igreja de *Tyn*, rezei para que tudo fosse bem, para encontrar uma alternativa, e segui para a área de prédios modernos e envidraçados, para lá da *Staré Město*. Sentia-me inseguro, parecia que aquele consultor decretaria meu destino.

Ele me fez esperar um pouco demais, mas depois foi muito simpático. Um rapaz com aparência muito jovem, de olhos claros, que me deixou falar longamente, sem me interromper. Em dado momento, me senti numa sessão de terapia, tamanho era meu exagero verbal, minha incontinência em compartilhar. Disse que havia a possibilidade de ir ao Brasil, pois um amigo muito próximo poderia me ajudar. Mas isso não era uma hipótese a ser considerada, eu queria apenas que ele não me achasse completamente sem alternativas.

"Alexandre, não é? Seu amigo do Brasil?"

Olhei para ele paralisado. E não disse palavra.

"Uns dez anos atrás, uma noite, naquela balada que tinha em *Josefov*, a única. Não se lembra?"

"Fui lá várias vezes, não lembro de você."

Daniel sorriu, eu realmente não me lembrava.

"Eu estava com seu amigo, Alexandre, o brasileiro de olhos azuis. Você chegou e ele perdeu completamente o interesse por mim, não se lembra mesmo? Quando ele me deixou sozinho, fui atrás dele, eu o segui. Vi quando você chegou no karaokê, vi o encontro de vocês no beco, vi tudo. Difícil esquecer. Desculpe, faz muito tempo, não espero que se lembre de mim. Mas eu me lembro."

Não me lembrava dele, e ainda não me lembro. Mas ele, sim, lembrava de tudo, recontou aquela noite.

Com algum desconforto, voltamos a falar de negócios, dez anos de distância permitem isso.

Daniel me disse que, realmente, com um banco eu não teria chances, mas que talvez houvesse investidores em Praga dispostos a financiar meu negócio e que minha estrela *Michelin* era o grande diferencial. Fiquei contente, parecia que meu sucesso em Paris ajudaria, ao invés de atrapalhar. Ele faria um plano de negócios e buscaria o investidor. Pediu uns dias para estudar aquele mercado, e disse que levaria em consideração nosso encontro de tantos anos atrás para fazer o preço do serviço, ainda que naquele encontro eu não o tivesse ajudado em nada.

Que história estranha, não é? Parece que seguimos nos cruzando pelo mundo, mesmo quando tudo parece acabado, você e eu. Aquele consultor, antes um estranho, passou a ser um amigo, alguém com quem conversar numa Praga que não queria me receber. Discutimos o plano do restaurante, ele não cobrou nada, perguntou se poderia ser meu sócio e resolveu investir um pouco. Precisávamos de quinhentos mil euros, nada exorbitante comparando com o restaurante de Paris, mas me parecia uma fortuna. Daniel poderia investir, no máximo, cem mil. Pensamos o *road show*, visitamos investidores, coisa que ele chamava de *private equity*. Fomos até Viena e Budapeste.

Enquanto esse processo acontecia, eu precisava trabalhar. Consegui um posto numa lanchonete perto da estação de trem, um pouco como você preconizou como a consagração do meu fracasso. Naquela época, eu jamais lhe teria contado isso — nunca aceitaria sua profecia macabra sobre o meu futuro. Você foi muito cruel.

A rotina era conturbada e desgastante. Meu trabalho consistia em fritar batatas e o que mais o público daquele estabelecimento quisesse, como preparar *goulash* com ingredientes tenebrosos e, ao fim do dia, limpar a gordura que se acumulava em todos os cantos da cozinha minúscula. Pensava em quanto tempo aguentaria aquilo, mas aguentava, enquanto buscava me capitalizar. Meu restaurante seria de comida checa apenas, de Praga, *Oloumuc*, das pequenas vilas medievais ao longo do Moldava. Finalmente realizaria meu sonho. Nada de afrancesamentos, nada de *fusion*: seriam as minhas receitas, o que faltava ao país, uma reconstrução digna da sua tradição.

Aparentemente os investidores não pensavam assim. Em todo o mundo da gastronomia, só eu acreditava naquilo. Comecei a suspeitar que estivesse errado.

Os primeiros seis meses de espera foram suportáveis, a lanchonete era o que menos me preocupava, o trabalho insalubre não me afetava tanto quanto a busca pelo meu sonho. Devo admitir, embora nunca tenha te procurado, queria que um dia você soubesse do meu sucesso. Cada mês que passava e eu não o alcançava era como aceitar um pouco mais sua maldição. Eu precisava vencer para poder te contar.

Um dia, algo previsível aconteceu. Daniel e eu saímos para beber no meu dia de folga e, já meio bêbados, fomos para a casa dele. Eu dormiria lá só por conveniência. No apartamento dele em *Malá Straná*, abrimos mais uma cerveja. Não sei exatamente como aconteceu, em algum momento me vi deitado por cima dele, beijando, comendo, esfregando. Foi puro sexo, pura selvageria. Sexo com você era o que eu mais desejava, talvez o único que eu tenha desejado, mas com Daniel tinha algo de sujo que me excitava, outros fluidos, outros caminhos. Era só sexo, sem a emoção do antes ou depois. Continuamos amigos, continuamos com a intenção de sermos sócios, mas fazíamos esse sexo clandestino.

Um ano depois, meu projeto ainda não havia se viabilizado.

Então, no começo de 2003, Daniel me convidou para jantar. Reservou uma mesa no hotel *Augustine*. Cheguei pontualmente às sete da noite, com o sobretudo coberto de neve. Daniel vestia um terno azul-marinho e, sobre a mesa, uma garrafa de champanhe esperava num balde de gelo.

"Hoje vamos comemorar, Sebastian, a realização do seu sonho. Conseguimos os quatrocentos mil euros que faltavam. Vamos abrir o restaurante. Sorria, meu querido, é verdade."

Sorri, sorri muito, gargalhei e fui feliz pela primeira vez desde que tinha voltado a Praga. Bebemos a champanhe e depois mais outra. Fomos para a casa dele e fizemos sexo do nosso jeito, mas com alguma diferença. A partir daquele dia nos tornamos um casal. Mudei-me para lá, fazíamos as coisas juntos. Tive com ele o que você e eu nunca tivemos, mais de duas noites juntos, sem abandonos. Dei para ele coisas que nunca dei para você, e me pergunto em que momento a fraqueza se tornou força.

Procurei um lugar para instalar o restaurante, uma casa na encosta abaixo do castelo. Fui atrás de equipamentos, preparei o cardápio com as pesquisas que havia feito naquele ano todo. Os recursos chegavam conforme as necessidades, os tais fundos de *private equity* liberavam de forma muito controlada. Por fim, gastamos menos que os quatrocentos incialmente aprovados. Eu fiquei com vinte por cento, Daniel com dez e o fundo com setenta por cento de participação. Após cinco anos, teríamos a opção de comprar a parte dos investidores e seríamos os únicos donos.

O restaurante abriu em maio e foi um sucesso imediato. Logo conquistou a elite de Praga e do Leste Europeu, pessoas importantes passaram a frequentá-lo (Nadja Comăneci esteve lá em passagem pela cidade, entre muitos outros). Quando ganhou a primeira estrela, o prefeito veio à festa; quando ganhou a segunda estrela, ele foi receber o prêmio comigo em Paris; na terceira, o governo nacional deu uma festa no Castelo de Praga e iluminou o céu da cidade de azul, branco e vermelho, cores da nossa bandeira. Chamei-o de *Modrá*, "O Azul", e explicava que era uma homenagem ao rio. O azul me atrai, lembra?

Ao fim de cinco anos, poderíamos comprá-lo, tínhamos o dinheiro. Decidi, com Daniel, deixar aquele restaurante como estava e investir em outros, que seriam apenas nossos. O fundo não exerceu pressão para sair da sociedade. Assim foi feito e, com o passar dos anos, abrimos em Bratislava, Cracóvia, Viena, Innsbruck, Budapeste. Daniel cuidava da gestão e nunca mais tive problemas com finanças, nunca precisei gastar meu tempo com isso, nunca mais fui enganado. Sorte? Você pode achar que foi um erro confiar novamente, e não deixará de ter certa razão, mas te digo que aprendi a escolher melhor as pessoas. Isso faz toda a diferença.

Após dez anos juntos, decidimos nos separar. Daniel me disse que já tinha passado dos quarenta e merecia um amor de verdade. Nossa história era muito prática e gostosa, mas ambos merecíamos mais, era a hora dele. Fiquei triste, mas ele estava certo. O que tivemos foi muito bom, ele é meu grande e único amigo. Gerimos nossos restaurantes juntos, passamos as festas juntos. Alguns anos atrás, ele se casou com um americano que se apaixonou pela cidade e ficou. E se separaram recentemente, mas ele viveu um grande amor de verdade. Apesar dessa proximidade toda comigo, ele nunca me contou o seu segredo, Alex. Aquele que vocês dois guardaram de mim com tanto cuidado.

É claro que eu sei quem é o fundo misterioso, com sede em Luxemburgo, que me emprestou o dinheiro para o *Modrá*. Eu soube no dia da inauguração, quando, ao fim do evento, parado na porta, vi um Mercedes cinza do outro lado da rua. Olhei com atenção, a janela de trás estava se fechando e o carro partiu rumo à ponte. Não sei o quanto poderia dizer que te vi, não sei se juraria, mas soube que era você. Não tive raiva, não me senti enganado seja por você ou por Daniel. Tive alívio por me deixar ser cuidado e, finalmente, começar a me soltar daqueles preconceitos. Imagino que, após tantas tentativas frustradas, Daniel ousou te procurar. Não sei como te achou, como foi a argumentação, não sei qual foi sua reação diante de tamanha petulância.

Sei que você me ajudou e que, no dia da inauguração do meu, do nosso restaurante, você estava lá. Não senti raiva ou qualquer sentimento de traição, mas amor. Revivi, por dentro, o amor que senti por você a vida toda, o amor que sinto neste momento em que as dores quase me impedem de avançar nestas memórias. Nunca comprei sua parte porque te quero perto, sei que você nunca vendeu porque me quer perto. Sei que sempre foi assim e será sempre.

Hoje você tem cinquenta e dois anos. Em breve seu aniversário chega, um três de abril a mais, vinte e cinco anos depois daquele em que te vi no supermercado, paralisado na banca das laranjas, me olhando encantado. Eu soube de imediato que você estava encantado, eu também estava, ainda estou. Você foi a expressão da beleza na minha vida, insensata beleza. Você me fez ser alguém, até mesmo quando nos odiamos.

Não me lembro de tudo sobre você, não sei mais onde estão as pintas do seu corpo, exceto aquela pequena no seu ombro direito. Não me recordo das roupas que você usava, mas me lembro do moletom azul de capuz e de como ele cobria sua cabeça, deixando à vista apenas seu rosto sorridente. Sua voz parece um acorde distante, não me lembro como você pronunciava as palavras, não guardei suas expressões de raiva, mas me lembro como você dizia meu nome, o *bas* pronunciado um pouco mais devagar que as outras sílabas, e nunca esqueci sua tentativa de dizer *chocolat chaud*. Mesmo que muito tenha escoado tempo abaixo, o jeito com que você me olhava sempre esteve vivo, e seu corpo sempre pareceu estar a uma distância infinitamente alcançável.

Vinte e cinco anos depois, quero te agradecer e me desculpar, de joelhos. Sei que moldei sua vida com base nas minhas fraquezas e inseguranças, que você deve ter passado as últimas décadas duvidando do meu amor. Não me lembro se alguma vez declarei meu amor por você, Alex. Eu disse que te amo? Disse eu te amo? Acredite que sim, te amo, sempre foi assim. Você foi para mim a própria inspiração vital e, se não fomos felizes juntos, admito a culpa e a carregarei comigo. Te liberto, te exulto e peço que acredite no meu amor por você. Você, que nunca me abandonou e foi tantas vezes abandonado, acredite que, apesar disso e de tudo, vou te amar pra sempre de onde eu estiver, meu Alexander.

O enfermeiro deixou o controle da morfina aberto. Hoje é minha última noite, me desculpe, mas a dor é demais. Gostaria de te ver, seus olhos únicos e beijar sua boca pela última vez. Mas não posso mais, meu amor. Não quero que me veja desse jeito, arrasado pela doença, quero que guarde minha imagem naquele supermercado, naquele beco, naquele banco defronte ao rio onde dividimos uma laranja. De tudo o que vivi e aprendi, sei que só o amor vale a travessia, só por ele levantamos todos os dias. Amor pela minha filha, pelo meu neto e por você. Tudo o mais, soprará no vento.

Um dia, de algum jeito, essa carta vai chegar até você. Quero que leia e, depois, se quiser, jogue na lareira do apartamento da *Plaska*, mas saiba de tudo o que senti. Tenho esperança de que nos veremos de novo, não é um mundo tão grande.

Seu, Sebastian.

44

Coloco a carta de volta sobre a cama. Já é quase noite em Praga, a brisa fria fere meu rosto enquanto as memórias a tanto tempo repousadas ainda se agitam defronte aos meus olhos, defronte a minha alma cansada. Este quarto, de novo, esta prisão. Rua *Plaska*.

Volto à cozinha, sobre a mesa uma garrafa de vinho está aberta, me sirvo, ouço sua voz, ouço as músicas todas. Tanto tempo e que sentido faz estar aqui?

As batidas na porta me despertam, como se quem bate soubesse que não devia me incomodar nesse momento. Deixo a taça novamente sobre a mesa de madeira, a mesma, e abro. Daniel está ali, ele sorri e me fita com seus olhinhos verdes, seu cabelo loiro agora curto e menos liso que me lembrava (e eu não me lembrava). Peço que entre, nos sentamos à mesa da cozinha.

"Obrigado", digo, "Por me enviar a carta."

"Era a vontade dele. Que você lesse e também que ficasse com este apartamento. Ele comprou faz muitos anos. Não falávamos mais sobre você. Falamos no começo, depois não. Quando descobriu o câncer quis se mudar para cá."

"Não o imaginava assim. Para mim, Sebastian sempre foi frio e misterioso, nada dado a sentimentalismos."

"O que você conheceu dele foi pouco, uma casca falsa. Mesmo, agora, lendo a carta."

Olho atento para Daniel, deve estar com uns quarenta e oito

anos, continua jovem. Ele também me olha, talvez pensando no porquê de termos vivido aquela história toda, e como acabamos aqui.

"O que você quer dizer?"

"Mesmo lendo esta carta, o que você sabe sobre ele é muito pouco. Ele deixou muito de fora, escreveu apenas o que queria que você soubesse. Não fala sobre o amor que viveu com Anne-Marie, sobre o fim desse amor, sobre os homens que conheceu nesse tempo, sobre o vício que o aterrorizou em Paris. Conta sobre o trabalho na lanchonete, mas não sobre as humilhações constantes, sobre quase passar fome. Ele pintou um quadro para você, deixou um mosaico trabalhado de quem foi, sem iluminar os cantos escuros."

"Fui a fantasia que ele optou por não viver", falo mais para mim do que para Daniel. Meu olhar agora se fixa na lareira apagada, onde Sebastian sugere jogar a carta.

"Também não aceitava minha ajuda, pagar um almoço para ele era motivo de briga. Quando te procurei, foi por ser a última alternativa, fingir que havia um investidor. Ele teria morrido sem isso."

Continuo olhando a lareira apagada. Lembro-me dela acesa naquela noite, com a menina italiana cantando, Sebastian cozinhando, eu apaixonado.

"Na noite em que morreu", Daniel continuou, "ele dormiu no quarto pequeno, este aqui ao lado da cozinha. Pediu que o trouxéssemos do quarto maior. Um gesto piegas morrer na cama de vocês. Tudo me parece tão exagerado após tantos anos, é como se toda a arquitetura da sua vida fosse pensada para te deixar essa confissão de amor, se desculpar."

"Você o encontrou?"

"Sim, cheguei aqui antes de o enfermeiro se levantar, depois da corrida que faço todo dia as cinco horas da manhã. Sebastian foi um homem bonito, entendo que ele não quisesse que você o visse. Estava reduzido a um fiapo. Encontrei-o sentado, encostado nos travesseiros sobre a cama, a carta no colo, o lápis ainda na mão esquerda. Acho que ele injetou a overdose de morfina assim que acabou de escrever, não dando tempo para arrependimentos, adormeceu ali."

Ficamos em silêncio mais alguns minutos. Estou feliz, estou triste. Olho em volta e o apartamento da *Plaska* me parece exatamente o mesmo de vinte e cinco anos atrás. Os estofados foram mudados, as paredes pintadas, mas a disposição de tudo é igual. A mesa da cozinha onde estamos é a mesma. Assim como a geladeira antiga, agora mais antiga ainda.

"Posso te acompanhar no vinho, Alex? Posso te chamar de Alex?"

Sorrio para Daniel.

"Sebastian me fez exatamente a mesma pergunta quando nos conhecemos. Pode sim, pode me chamar de Alex e ser a única pessoa no mundo que me chama assim. E, sim, vamos beber."

Daniel serve nossas taças.

"Você veio na inauguração do restaurante? Não sabia, você não me disse que viria."

"Quis ver por mim mesmo, quis ver Sebastian, cheguei à tarde daquele dia, passei o tempo todo parado na frente do restaurante. Vi as pessoas chegando, vocês recebendo os convidados e no final achei que ele tinha me visto. Nos poucos instantes que baixei a janela, ele me olhou e sorriu. Menos de um segundo. Meu desejo era descer do carro e ir em direção a ele, dizer que ainda o amava."

"Por que não o fez?"

"Não queria estragar a minha vida outra vez. Voltei para o aeroporto e para o Brasil. Mas aquela última visão me fez bem, consegui seguir minha vida, de um jeito ou de outro."

"Alex, sei que nossa comunicação foi escassa durante esses

anos todos, nunca aprofundamos muito, nunca falamos sobre o que houve entre você e eu, antes de Sebastian."

"Eu e você ficamos uma vez, vinte e cinco anos atrás, o que há para conversar?"

"Nada, tem razão. Apesar disso, mantivemos contato esses anos todos, em função do restaurante, mas nada nunca pessoal. Você construiu um muro, acho que fui apenas o contador", e solta uma risada nervosa. "Sempre quis perguntar o que aconteceu depois que seu pai morreu? Com Paulo? Com os negócios?"

"Está esfriando, se importa se acendermos a lareira?"

45

Após a overdose de *Frontal*, mamãe passou a ter ataques de pânico recorrentes. Tentamos diferentes antidepressivos, vários tipos de terapia, esperando que as coisas se acertassem e ela reencontrasse o eixo. Temia que adoecesse para sempre. Minha vida passou a ser tomar conta dela.

Além disso, precisava cuidar dos negócios. Os advogados do meu pai e os diretores da empresa estavam inseguros sobre o que eu decidiria fazer. Eu tinha cem por cento das quotas e nenhum herdeiro, nenhum testamento e, pior, nenhuma ideia sobre como domar a Hidra de Lerna. Cada dia era uma situação nova. Sabia, para piorar ainda mais, que só devia confiar na tal Camila e no tal Tavares, que nunca tinha visto antes do enterro. No entanto, eles me orientavam na política dos negócios, mas não nas decisões práticas que eu devia tomar, na montanha de papéis que chegavam todo dia para eu assinar. Meu pai havia decidido comprar aquela fazenda vizinha, lá no Mato Grosso — eu deveria concordar com a compra? Comprar uma fazenda daquele tamanho não é como passar o cartão e comprar uma camisa, lógico, eu estava perdido. Optei por não comprar, começaria a optar por não fazer as coisas, o que levaria tudo à paralisia. Pensava nas cinquenta mil famílias que dependiam daqueles empregos e em quão rápido eu seria capaz de destruir tudo. Tive acesso às contas 'de liquidez', aquelas onde estava o dinheiro ou aplicações disponíveis aqui na Europa, nos Estados Unidos e até no Uruguai, além do Brasil. Quantias obscenas, quantias que ninguém deveria ter individualmente. Quando o número de casas decimais alcança a dezena, é sinal de que algo está errado naquele mecanismo que se autoalimenta e que sempre quer mais, engolindo tudo que há em volta, transformando pessoas boas e rostos conhecidos em feras vorazes, me fazendo duvidar de quão longe meu pai teria ido para construir sua vida, a vida que eu não podia mais fingir não ser minha. Eu era o coronel, quisesse ou não.

Não faço um discurso contra o acúmulo, contra o capital, longe disso. Quero deixar mais do que recebi. Mas que essa riqueza esteja a favor do bem. Tenho que deixar o dinheiro trabalhando quando eu morrer, crescendo para beneficiar o mundo. Foi isso que tentei e, acredito, ter posto em marcha.

Busquei o único apoio que tinha, o único caminho sólido, busquei Paulo Henrique. A estrada mais percorrida.

46

Quando a senadora foi embora, senti que seria minha vez de ter um ataque de pânico. Tudo o que aquela mulher disse reverberou na minha cabeça. Dinheiro ou bala? Não seria crível uma solução tão "escobariana" na minha família. Sabia de histórias de meu bisavô materno, o primeiro rei do café, sobre como se resolviam questões de honra e dinheiro no comecinho do século XX. O café estava no auge pelo interior de São Paulo e o nome de Altino Diniz Junqueira era sinônimo de poder.

Diziam que matou sua amante por suspeita de um envolvimento com um escravizado liberto, e que seus corpos tinham sido jogados no Rio Pardo para os peixes e jacarés. Minha bisavó veio depois, imigrante italiana de olhos azuis escuros. Meu bisavô não escolhia seus amores na casa grande.

Sabia que minha estrutura emocional não era páreo para o ambiente no qual meu pai circulava. Meu negócio era o hospital, os pequenos dramas de poder entre médicos, e o mundo acadêmico era o máximo a que me julgava apto.

No dia anterior, quando voltamos do enterro em Piracicaba, Paulo e eu deixamos mamãe em casa. Ela estava sonolenta e meio grogue, não veria que eu não passaria a noite em casa. Cometi o erro de deixar os comprimidos na mesa de cabeceira. Depois, Paulo e eu fomos para a Rua Sergipe.

"Vou fazer uma sopa pra gente, pode ser?", Paulo perguntou.

"Isso seria ótimo", respondi desanimado, "eu odeio a morte."

Paulo segurou minha mão, me deixou sentado no sofá e foi para a cozinha. Depois de alguns minutos, me levantei e tomei um banho quente, vesti roupas dele.

Quando voltei, a mesa estava posta e a sopeira fumegava, cheiro de caldo verde. Paulo serviu também duas taças de vinho tinto. Enquanto jantava, meu pensamento estava em meu pai.

"É muita ironia, quase uma palhaçada cósmica, que meu pai morra do coração nas minhas mãos. Eu passo o dia cuidando disso, não é como se ele tivesse caído do cavalo. Ele enfartou!"

"Vocês estavam no meio do mato, não tinha nada para fazer, você sabe disso."

"Eu podia ter cuidado mais dele. Sempre soube que ele tomava remédios, que tinha *stents*, mas nunca nem perguntei como ele estava, como estava se cuidando, se tomava os remédios direito. Entende? Foi o meu descaso que causou isso. E agora eu tenho que lidar com um bilhão de coisas que não entendo."

"Sua preocupação é a culpa pela morte dele ou tudo o que sobrou para você cuidar, inclusive, sua mãe?"

Era uma pergunta justa. Não sabia, tudo ainda era muito misturado, confuso. A coisa da morte é obviamente essa, em alguns instantes tudo muda e não tem conserto. Por isso, repito, eu odeio a morte.

Naquela noite, Paulo me levou até a cama dele, nossa antiga cama de casal, e me deitou. Tomei um calmante. Disse-me que dormiria no outro quarto, mas pedi que ficasse comigo. Precisava dele ali, perto, uma companhia segura. Ele tomou banho e se deitou ao lado. Não consegui chorar, mas precisava de conforto, mesmo com os olhos secos e a garganta limpa. Paulo me abraçou e dormimos daquele jeito. Pude não pensar no meu pai, nos advogados e em Sebastian.

No dia seguinte, tive o dia mais intenso da vida: a senadora me visita, minha mãe tenta se matar e Sebastian me abandona.

Precisei de alguns dias de reflexão, mas depois quando estava mais calmo, liguei para Paulo e combinamos de nos vermos à noite.

Às sete em ponto, entrei no apartamento da Rua Sergipe, o cachorrinho Mileto me recebeu com alegria. Paulo tinha preparado um jantar, vi a mesa posta e o ouvi na cozinha. Atravessei a sala e abri a porta da varanda para que o ar da noite, mesmo quente, entrasse. Fui até a cozinha. Ele vestia uma calça de linho que parecia flutuar e uma camiseta preta, e eu notei suas costas largas, seus braços fortes mexendo a panela. Creio que essas observações, que me pareceram fora de lugar naquele momento de luto, de duplo luto, foram uma maneira de a minha cabeça maluca compensar tudo pelo que eu passava. Ele se virou e sorriu, senti que dele vinha verdadeira afeição. Paulo estava feliz de me ter ali.

"Chegou na hora, hein, bonito. Se serve de uma taça, aqui, olha. Estou fazendo aquela massa com frutos do mar que você gosta. Gostava, espero que ainda goste."

"Gosto." Sorri de volta e me servi do vinho que estava sobre a bancada.

Já na mesa, ele perguntou:

"O cara de Paris, o que aconteceu? Era tanto o amor, me pareceu. Achei que fossem ficar juntos."

Eu queria responder que eu também pensei.

"Não deu certo, foi uma aventura, não importa mais."

"Não foi uma aventura. Você pode mentir e me enrolar dizendo mil coisas sobre porque não tá com ele, mas não pode mentir e dizer que foi uma aventura. Se você fez o que fez comigo em Paris por uma aventura, então minha dor vai ser maior que já foi."

Refleti sobre o que ele dizia. Se queria algo dele, o tempo das meias palavras devia ficar para trás.

"Não foi uma aventura. Você quer saber o que foi, sem me julgar ou me rejeitar?"

Pausei e esperei alguma resposta. Sua cara se contorceu e ele assentiu. Percebi que ele se preparava para uma má notícia e tive pena, mas eu lhe devia a verdade.

"Sebastian, o nome dele, como você já sabe, porque ele era o *chef* do restaurante que a gente estava, Sebastian foi, e talvez seja para sempre, meu grande amor. Desculpe tudo que te fiz sofrer, desculpe te dizer isso assim. Ele fez em mim coisas que ninguém nunca fez, por dentro, na minha alma, coisas que não posso explicar. Não se sinta mal, é impossível comparar com você que tem outras qualidades, muito mais e muito maiores, pra ser sincero. Mas Sebastian enfiou a mão no meu peito, arrancou meu coração e o devorou, como num conto de Grimm, e fiquei preso a ele. Não consegui me libertar, sofro e vivo com essa maldição desde 1994."

Paulo me olhava sem mexer um músculo da face. De repente, entortou a mandíbula e olhou para cima. Vi que tentava evitar que caíssem lágrimas. Quando falou, sua voz saiu embargada.

"Não temos por que revirar o passado. Dói muito, Alê. Eu superei a dor de te perder faz tempo, não quero passar por isso de novo. Tenho pena de mim, mas também de você, que nunca vai ser feliz no amor. Eu fui."

Bebi o resto do vinho e me servi mais.

"Foi por ele que você se separou do médico, aquele filho do dono da fábrica de remédio? Sim, antes que me pergunte, por mais que eu tente não saber, as pessoas têm prazer em me dar notícias suas sempre que acontece algum fato relevante."

"Esse fato não faz nem uma semana, incrível."

"Foi por ele, novamente, não foi? O médico também perdeu pra essa obsessão?"

"Sim." Abaixei a cabeça como quem pede perdão.

"O que você quer de mim, Alê?"

Olhei para o rosto a minha frente, o belo rosto de Paulo estava trêmulo. Estendi a mão sobre a mesa e segurei a dele. Falei após alguns instantes:

"Quero você na minha vida, como antes, mas diferente, sem segredos."

"Você me quer na sua vida porque o outro não te quer na dele, não é?"

"Te disse o que Sebastian significa, não posso mudar isso agora. Posso ir tentando mudar, e um dia conseguir. Desculpa, eu te amo, você sabe. Dentro dessa loucura toda, eu também te amo. E quero tentar. Você consegue? Quer? Aceita o que eu te ofereço?"

Paulo soltou minha mão, se levantou e foi para a varanda. Eu pedia muito, era claro. Como dizer que sim quando ele acabara de ouvir que eu sempre amei e sempre amarei Sebastian? Não havia meias palavras, era o que eu sabia naquele momento. Queria Paulo de verdade, eu precisava do calor que ele me trazia naquele momento de frio. O jantar, o vinho e o sorriso me diziam que ele também queria mais. Não sei se minha recém-adquirida franqueza tinha sido excessiva, pois seu semblante era de mágoa pura. No entanto, sentia que ele me queria também. Sempre me quis.

Juntei-me a ele na varanda. Ele estava contra o pilar, me coloquei a sua frente, quase encostando em seu corpo, minha boca muito próxima à dele. Segurei seus braços.

"Só a verdade, se você aceitar minha proposta e meu pedido de desculpas por tudo. Se for preciso te seduzir, eu faço também." Minha boca praticamente encostou na dele, senti nossos corpos estremecerem.

"Como vai ser a sedução?"

"Primeiro, vou te beijar." Encostei a boca e puxei sua língua para mim. "E, depois, vou me ajoelhar e te pedir perdão até você gozar."

Ficamos juntos até 2017, quando entendemos que nosso tempo tinha cumprido sua função. Nossa separação foi amigável. No último dia jantamos juntos, lembramos dos velhos tempos, do primeiro encontro na festa da faculdade, das idas e vindas. Somando os primeiros cinco anos que vivemos juntos e esses dezesseis da segunda fase, fomos um casal por mais de vinte anos. Foi minha vida real, bege, as músicas de amor, de sofrimento ou felicidade, nunca me tocaram da mesma forma com ele. Meu coração ficou bege.

Sebastian pode ser o meu grande amor não realizado, não vivido. Talvez se ele tivesse aparecido, eu tivesse estragado tudo outra vez. Isso dito, Paulo foi meu grande companheiro, meu esteio e — por que não? — o homem da minha vida. Esteve comigo em todos os momentos, nos cuidados com mamãe, na transformação dos negócios. Sem Paulo, não sei o que seria de mim.

Difícil precisar quando deixei de pensar em Sebastian todo dia, em que situação a lembrança passou a ser algo distante. Lembrança acompanhada de dor e depois de ternura. Um ano após o evento de reconciliação, recebi o telefonema, o pedido de ajuda financeira e resolvi ajudar Sebastian. Uma ajuda quase desinteressada.

Os anos passaram e aquela última imagem dele na frente do novo restaurante ficou cada vez mais forte. Ainda posso vê-lo, orgulhoso, parado em frente ao restaurante que tornei possível. E, então, tive um sentimento egoísta, do qual não me orgulho hoje, senti que havia vencido. Mesma sensação mesquinha de quando paguei o aluguel.

47

A garrafa está vazia sobre a mesa e Daniel me olha de um jeito estranho, deve estar me achando um babaca.

"Que bom", diz afinal, "que venceram os dois."

"Sim, vencemos e perdemos os dois."

"Outra garrafa?"

"Por que não?"

"Então sirvo nós dois e essa terceira taça para Sebastian, que nos observe de onde estiver."

Daniel serve uma terceira taça, um tanto macabro.

"E os negócios?", pergunta.

"Fomos vendendo tudo com o passar dos anos. Me desfiz de fábricas, fazendas, muitas propriedades. Menos a fazenda de Piracicaba, claro. Quero ser enterrado lá, um dia."

"Você é muito novo, calma. Não tão novo como eu, é claro."

Parece-me divertido que Daniel faça piadas neste momento.

"Você parece que tem vinte e cinco, mas pelas contas tem bem mais. No dia que nos conhecemos eu estava fazendo vinte e sete e você tinha vinte e três ou vinte e quatro, lembra?"

"Como esquecer?", Daniel sorri.

Desvio o olhar para a nova garrafa que ele põe sobre a mesa. Continuo a contar dos negócios.

"Formei um *family office*, criei um fundo de *venture capital* e passei a investir em *startups*, jovens empresas nas áreas de saúde, pesquisa, sustentabilidade, tecnologia, coisas assim. Foi como decidi ajudar o mundo, tecnologias limpas."

"Um pouco de caridade à moda antiga também não seria mal."

"Formei uma fundação. Eu realmente coloquei o dinheiro para trabalhar para o bem. Nunca me envolvi com políticos. Não foi de uma hora para outra, demorou anos esse desmame, mas com a ajuda de Paulo, consegui. Aprendi a falar grosso com algumas pessoas, me impor."

"Imagino o que seu pai pensaria disso. Vender as coisas dele, salvar a natureza, espantar políticos..."

"Pois é, outro conflito interno com o qual lidei. O que ele diria ao me ver desmontar o império dele? Mas, sabe, a ironia é que algumas das *startups* nas quais investi ao longo dos anos se tornaram grandes empresas, empresas bilionárias. No final das contas, ganhei mais com minha estratégia do que com a dele. Eu não controlo nenhuma dessas empresas, mas elas me rendem mais que uma usina de açúcar e álcool. A segunda década dos anos 2000 tem sido incrível para esse novo tipo de capitalismo. Talvez, afinal, ele se orgulhasse de mim. Mesmo sem um neto de olhos azuis, que nunca conseguirei dar a eles."

"Você abandonou a medicina?"

"Eu me afastei por uns quatro anos. Mas eu morreria sem aquilo, eu abri mão do amor da minha vida pra cuidar de negócios e de mamãe, não poderia ficar sem o hospital. Um dia acordei e me olhei no espelho, perguntei que diabo eu estava fazendo comigo, e voltei a operar. Paulo deixou o trabalho no escritório dele e foi ser o CEO no meu lugar. Melhor decisão que tomei, mas depois disso eu não poderia mais abandoná-lo e voar pra Praga atrás dos sonhos juvenis que não cabiam mais."

Daniel se levanta e tropeça nos próprios pés, se segura na cadeira. Percebo que eu também não estou no ápice da sobriedade.

"Acho que devo ir andando. Fique aí com suas memórias, na sua nova casa de Praga. Amanhã, almoçamos no restaurante, o que acha? Você quer conhecer Catherine e o pequeno Sebastian? O neto?"

"Não sei. Mas, sim, claro", será que quero?

"Então está combinado, amanhã às duas da tarde no *Modrá*. Você sabe onde é." E piscou.

Fecho a porta quando Daniel sai. A lareira acesa me aquece, é abril, como da primeira vez, meu aniversário de cinquenta e três foi uns dias atrás. Volto à cozinha e pego a taça, bebo, encho outra vez, caminho trôpego para o quarto pequeno atrás da cozinha, o meu, onde Sebastian morreu.

Tenho que sentar na cadeira em frente à escrivaninha, minhas pernas fraquejam. Pendurado na parede, acima da cama, está a aquarela, o Chagall. Pela primeira vez me ocorre que Sebastian poderia ter vendido o quadro quando precisou de dinheiro. Poderia ter começado o restaurante em vez de trabalhar um ano numa lanchonete e contar com a improvável solução de alguém investir no seu sonho. Sujeito estranho aquele. Tantos símbolos, tantas vontades não realizadas, tantas noites não dormidas nesta cama.

Deito, aspiro forte, como se pudesse puxar o cheiro dele, mesmo que de morte. O vinho domina meus sentidos. Da cozinha, ouço as músicas italianas da moça que cantava naquela noite distante — *il tuo nome sarà il nome di ogni città* —, e os pratos eram postos sobre a mesma mesa de madeira, sob o concerto do tilintar dos talheres e do fluir do rio abaixo de nossos pés. A voz da jovem napolitana é clara e presente para mim — *ora que fai? Cerchi una scusa? Se vuoi andare, vai* —, percebo que o sol já se foi e estou no escuro, espero que a lua leve consigo essa nova dor, recuperada, ressuscitada depois de tantos anos tentando esquecê-la. Meus olhos me traem e eu penso te ver, Sebastian, parado comigo neste quarto, me dizendo mentiras lindas, mantendo minha existência numa eterna suspensão, nada é real o suficiente ou definitivo o suficiente, todas as decisões práticas e ações embasadas duram até sua próxima aparição, sou nada além do antigo fantoche, cuja habilidade de controlar você nunca soube de fato usar, deixando meus movimentos eternamente desconexos, a voz sempre presa e o coração um instante antes de parar de tanta dor. Sua face branca está me olhando, sua boca vermelha sorri com o mesmo descaso daquele primeiro dia, "fique bem, seja bom, não é um mundo tão grande", pro diabo você, Sebastian, que me fez sentir coisas que nunca mais pude viver, e eu me arrasto por você até depois da sua morte, cafajeste, me arrancou o coração e eu sinto a dor no órgão extirpado.

Como invejo quem amou muitas vezes, quem teve filhos para pôr em perspectiva o tamanho dos amores reais e indiscutíveis, quem pode esquecer o mal feito a si mesmo, quem pode seguir pela causa de salvar o mundo. Eu, na minha pequenez, fiz tudo o que fiz como o alimento necessário para a subsistência, para a subserviência à expectativa de te ver. Para onde quer que tenha ido, todas essas histórias que hoje recordei, são voltas tontas e bêbadas no desejo massivo de estar com você, de te dar o teu sonho e gozar com você à distância, sabendo que você sabia e não se importou que fizéssemos as pazes por meio desse nosso restaurante cravado na colina que leva à catedral, onde conversamos e onde rezarei amanhã, por mim e por você, e por todos que sofreram com nossas mentiras e fraquezas, com as suas fraquezas, com as minhas mentiras — *"ti volti e vedi la tua vita, come la scia di um'elica"* —, e enfim desaguo em choro e tudo se torna pequeno, por que não voltou nesses anos? Por que não me levou a realidade e devolveu o sonho? Te peço agora, vai de uma vez, para de me olhar com sua boca vermelha, você morreu e eu odeio a morte, então vai e me deixe, na sua cama, nossa cama de uma noite de gozo do único amor que conheci, o único possível. Vai, enfim, vai.

48

Ouço o rio, faz frio, o fogo da lareira apagou durante a noite. São dez horas da manhã, minha garganta está seca e minha cabeça dói. Dormi vestido sobre as roupas de cama e a carta amassada, levanto e vou ao banheiro. A imagem que vejo não é a mesma que vi vinte e cinco anos atrás no mesmo espelho, quando um simples tapa na cara resolvia tudo, o rosto de um anjo. Lavo-me, mas a expressão cansada ainda está aqui. Meu rosto mudou, meus olhos são os mesmos, mas envelheci. Sou um homem de cinquenta e poucos anos que se olha no mesmo espelho que me refletiu a juventude. Tomo banho e quando vou para a cozinha fazer café algo me desperta de vez e faz o sangue circular. A terceira taça, aquela que Daniel encheu para Sebastian, aquela brincadeira que chamei de macabra, está vazia. Será que, entre tantas que tomei ontem, tomei a de Sebastian também? Não me lembro. Será que ele tomou? Fantasmas bebem? Ele estava aqui ontem, disso eu sei.

O cheiro de café fresco domina o ambiente antes tomado pelo das cinzas na lareira. Abro as janelas.

Visto uma calça jeans, uma camiseta e um agasalho de moletom azul com capuz, como se tivesse vinte anos. Saio à rua e respiro o ar de Praga na primavera, que saudade. Caminho pela *Ujezd* em direção à catedral. Passo ao largo da rua do restaurante, não é hora ainda. Subo a colina e, dentro da igreja, me sento no banco do fundo, creio que no mesmo que me sentei com Sebastian. Os vitrais, os santos, o silêncio, estão todos lá como há mil anos. Rezo por ele, pelo fogo que nunca queimou totalmente, por mim.

Vago pela cidade rosa e laranja, pelo parque *Kampa* e atravesso a ponte para *Staré Město*. Busco nosso beco, sem sucesso. Como uma fruta na rua, tomo um remédio para dor de cabeça, e às duas da tarde chego ao *Modrá*. Está como me lembro, uma fachada azul escura, portas e janelas brancas. Entro no saguão e me deparo com as pessoas que se acotovelam à espera de mesas.

Uma moça se aproxima, diz algo em checo e, percebendo que não entendo, pergunta em inglês.

"O senhor tem reserva?"

"Não, estou aqui para ver Catherine."

"Qual o seu nome?"

"Diga que é o Alex."

Com a cara espantada, a moça pede que eu espere na mesa preparada para nós. Talvez ela saiba quem é Alex. Daniel já está na mesa redonda de quatro lugares, falando ao telefone. Seu rosto mudou pouco, ele conserva a juventude. Pergunto-me se ele acha o mesmo de mim, espero que sim, e me censuro pelo pensamento. Daniel sorri e me indica uma cadeira a seu lado, mas, antes que eu possa me sentar, ouço uma voz feminina me chamar pelo nome. Viro-me e vejo Catherine. Cabelos escuros até os ombros, olhos azuis como os meus, pele clara como a do pai. Ela sorri com sua boca vermelha e sinto uma fisgada no estômago.

"Alex, que bom te ver, depois de ouvir tanto." Ela me abraça e eu sinto meu coração bater forte.

"Como você é bonita, muito mais que as fotos de criança que eu vi poderiam me prevenir."

Sentamos e Daniel pede licença para terminar a conversa, algo sobre o restaurante de Viena. Catherine parece emocionada.

"Nunca poderei te agradecer por ter ajudado meu pai a fazer essa primeira casa, foi o começo da vida dele."

"Seu pai foi muito importante para mim."

"Sabe, eu li a carta dele, essa que ele fez pra você. Mas não li a sua, não sei o que você sentiu por ele, se foi forte como o que ele sentiu por você."

"Não tenho cartas." Sorri para ela me sentindo melhor. "Mas estou aqui."

"Está bom para mim." Catherine sorriu e gritou algo em checo para um garçom, que logo voltou com uma garrafa de vinho branco. "Vamos celebrar sua volta a Praga."

Sorrio, minha volta a Praga? Ainda sinto a ressaca de ontem e já vamos começar de novo. Nada de novo, na verdade, história da minha vida, vinho e drama. Catherine me conta que é *chef*, agora terá que assumir definitivamente o que já estava fazendo desde que Sebastian ficou incapacitado. Fala dos restaurantes e dos planos de expansão: seu sonho é deixar o Leste e levar o *Modrá* para Londres, Paris, Nova York. Principalmente, Nova York, e cita a frase sobre *make it there*.

"Tudo o que tenho eu ganhei dele. Ainda não fiz nada sozinha. Levar o sonho de papai para os Estados Unidos é meu desafio."

"Talvez eu possa te ajudar", arrisco.

"Acho que não, já basta ter sócio aqui nesta casa." E joga a cabeça para traz, balança o cabelo.

Ela é como Sebastian.

Começo a me preocupar com o neto. "Onde está?", pergunto.

"Teve um probleminha na escola, ficou de castigo, mas logo aparece."

"Você tem vinte e poucos anos, Catherine, como pode ter um filho de oito?", pergunto, assumindo o risco da indiscrição, mas ela não parece se incomodar.

"Pois é, aventura de adolescente em Paris. Sebastian nasceu lá. Não sei quem é o pai, me julgue o quanto quiser."

"Não tem pai?"

"Bem, tem, só nunca mais o vi, nem sei como se chama." E riu, jogando a cabeça para trás outra vez.

"Então o nome completo dele é..."

"Sebastian Adamac, como papai."

Daniel volta para a mesa e se desculpa. Os pratos começam a chegar, Catherine me explica cada um, *bifteky s vejci, hovezi gulas, loupacky*, numa sequência interminável.

"Daniel, você nunca me disse que Alex era um homem tão bonito!", Catherine diz entre um gole de vinho e outro, agora de tinto.

"Nunca reparei, Cat, nunca sequer notei."

A tarde avança e os temores se dissipam. Se Sebastian está aqui, está comportado. Por volta de três e meia, o neto chega, trazido por algum funcionário do restaurante. É um menino bonito, cabelos castanhos claros, pele clara como a da mãe e do avô, um sorriso igualmente vermelho e olhos castanhos. Prendo-me em seus olhos pequenos, mas já tão luminosos. O menino me cumprimenta em francês e, depois de notificado da minha incompetência, faz o mesmo em inglês. Diz que demorou porque ficou cumprindo umas tarefas a mais, que havia brigado na sala, mas que isso era algo muito raro. Eu ouço com interesse, mais interesse que o costume. Daniel interrompe minha abdução.

"Então, Alex, quais os planos? Volta para o Brasil ou pretende passar mais tempo aqui?" Seu olhar trava em mim, me sinto incomodado.

Reflito sobre a pergunta, sobre o menino, sobre o olhar de Daniel, sobre os planos de Catherine, Cat, e me vejo não querendo fazer parte daquilo. A herança de Sebastian para mim é sua família, e eu o usurpador. Seria esse, afinal, o legado dele na minha vida? Será para isso que ele me atraiu a Praga, me deixando um apartamento no testamento? Uma carta de despedida? Uma existência de devotamento distante e, ao final, herdo o que ele tem de mais valioso. Eu sou Sebastian?

Não.

Eu sou Alexandre, não sou outra pessoa.

O almoço acaba e convido o menino para um passeio. Saímos do restaurante e descemos a colina em direção ao rio. Ele me conta, agora com detalhes, os motivos da briga na escola. Ao que parece, o colega roubou a ideia dele na redação e ainda o acusou de não ser checo para escrever na língua.

"Roubar a minha ideia eu não ligo. Dizer que eu não sou checo, não. Daí que dei um murro na cara dele. Sabe, meu vô me dizia o tempo todo que eu era super checo, mesmo não tendo nascido aqui, porque eu nasci em Paris, que nem minha mãe, não que nem meu vô. Então, quem é aquele menino pra dizer que meu vô tá errado? Né, Alex?"

E de repente, várias pessoas me chamam de Alex. Pergunto o que ele quer ser.

"Vai ser *chef* como sua mãe e seu vô, ou vai ser um escritor super checo?"

"Nenhum dos dois. Vou ser médico que nem minha vó Anne em Paris", diz e morde a ameixa que trouxemos do restaurante como sobremesa.

Minha garganta aperta. Nos acomodamos no banco em frente ao rio.

"Você sabe, Sebastian, que eu também sou médico? Como sua avó Anne em Paris?"

"Jura, Alex? O que você faz? Conta!"

"Eu cuido de corações doentes..."

Passo o braço por seus ombros e me sinto jovem como anos antes naquele banco, comendo a laranja mordida de Sebastian.

269

Não, não ficarei em Praga, aqui não é mais o meu lugar, esse apartamento não me pertence, essa família me foi proibida muitos anos atrás.

Cat se aproxima e eu me levanto, ainda com a fruta na mão.

"Alex, seu carro chegou. Você tem certeza que não quer ficar uns dias, pelo menos? Resolver sobre seu apartamento? Seu Chagall?"

"Tenho cirurgias ainda esta semana, Cat, não posso. Mas vou estar por perto. Você sabe onde me encontrar..."

Ela solta uma risada e joga a cabeça para trás.

"Sei, Alex. Não é um mundo tão grande, certo?"

Caminho para o carro, o motorista me espera com a porta de trás aberta. Ainda paro e me volto para a margem do Moldava, onde Cat está agora sentada com o filho no banco, no mesmo banco, conversam, provavelmente em francês, o idioma deles. No horizonte, o sol se põe pintando os telhados de Praga de rosa. Olho o rio que corre azul aos meus pés em seu rito infinito e onipresente na minha vida.

Mordo minha ameixa.

Composto em Arnhem e Raleway
para Quixote+Do Editoras Associadas.
Belo Horizonte, novembro de 2022.